中村修二 ノーベル物理学賞受賞までの闘い

日本を捨てた男が日本を変える

杉田　望

Sugita Nozomu

文芸社文庫

目次

第一章　依頼人は反乱者

1

升永英俊《ますながひでとし》の頭には日曜日という文字はなかった。その日も、朝から中国語のテープを聴いていた。毎週日曜の日課だ。日曜日の事務所は閑散としていて、物音もなく静かでもってこいの学習環境だ。

昭和十七年の生まれだから、その年で五十九歳だ。来年は還暦。同期の大半は、現役を離れて、第二の人生を歩むか、隠退生活に入っている。しかし、升永はまだまだ現役。やる気十分で、八十までは弁護士稼業を続けるつもりなのだ。

（自分は出発が遅かったから……）

と思っているからだ。

東大法学部を卒業した升永の、社会人としてのスタートは、都市銀行だった。研修を終えたあと、配属された最初の赴任地は日本橋支店。この支店はエリートが一年生のとき、必ず通過する行内でのキャリアポストのひとつとされていた。

しかし、都市銀行は二年余りで退職した。上司にもめぐまれ、いまでも銀行にはよくしてもらったと思っている。あえて恵まれた職場を退職したのは、自分の能力からみて、取締役になれる確率は、それほど高いものとは思えず、人生をかけるには割に合わないと思ったからだった。

しかし、他人が見ているよりも、行動は慎重かつ用意周到な男だ。司法試験に受かると、すぐに母校の工学部に学士入学したのは弁理士の資格を取るためで、そう考えたのはこれからの弁護士稼業は技術がわかっていないと商売にならないと考えたからだ。ついでアメリカに留学したのは、これからは国際化の時代を迎えて、アメリカの弁護士資格が必要になると判断したためだ。その意味でも、升永は用意周到な男だ。

アメリカでの生活は六年間で切り上げ、司法研修所の同期の弁護士と事務所を開いた。単独で事務所を持つようになるのは、四十一のときだった。仲間内からはやり手の渉外弁護士とみなされ、気がついてみると、そこそこに成功した渉外弁護士になっていた。

事務所も手狭になった。弁護士を雇いいれるようになったからだ。所帯が膨らみ、現在の事務所に引っ越したのは、つい五年前のことだ。二百坪の広い事務所に、いまは十二人の弁護士が働いている。

東京・神谷町。窓を開けると、目の前がホテルオークラだ。ちかごろ、このあたりは再開発が進み、ビル建設ラッシュで、ビジネスの一等地に変貌を遂げている。

法廷に立ち、刑事事件から大型経済事件まで、弁護士活動を広げたのは、五十近くになってからだ。金額に換算すれば数百億円を超える事件や、なかには一千億円を超える事件も手がけた。いずれも社会的にも影響力の大きな事件ばかりだ。仕事がめったやたらにいそがしく、午前零時になることなど日常茶飯事で執務室のロッカーには寝袋を用意している。しかし睡眠はしっかり取る白髪は年相応に増えたが、いまが人生のなかで一番充実している。

とはいえ、家庭人としての升永は完全に失格だ。それも、そうだろう。ウィークデーも土日も寝袋で泊まり込みだ。土日はがらんとした事務所で誰にも邪魔されず、裁判準備に没頭する。升永には至福のときだ。もっとも升永の頭には、日曜とか家庭とかいう語彙は抜け落ちているのだから、妻や子供たちも、とっくの昔にあきらめていた。家族には迷惑に違いない。

（すまない……）

と思う気持ちはある。

しかし、改革者はつねに悲劇的だ。そうして自嘲的に笑うのが常だ。居直りにも似た自嘲であるのは自分でもわかっている。家庭も仕事も――という具合にはいかないのだ。升永も例外ではない。仕事ができる男は、家庭的には不幸なのだ。

「裁判によって正義を実現する」

升永はいつも子供のようだ。その実現に関わるのが、自分の使命と考える。すなわち裁判による規範の創造に関わることが弁護士の仕事であると思っている。

自分の考え方を、少なくとも子供には伝えておきたい。そんな思いから、歌人であった母治子の遺稿集『蛍かご』に、短い文章を書き添えている。升永は母治子が和歌を詠んでいたのを、知らなかった。実は、時間に追われて、まだ読んでいない。たぶん、読めば升永の知らなかった母治子を知ることになろう。

「そのときは、体が崩れるほど泣いてしまう予感がする」

と、升永は最後に記している。

日曜を除く毎日、午後八時になると、早稲田大学法学部に在籍する中国人留学生、陳君が升永の事務所にやってくる。彼は升永の中国語の先生なのだ。日曜の早朝の学習は、その復習というわけだ。テープに吹き込んだ本場の中国語を、再学習する。

中国語を始めたのにはわけがある。日本企業による対中投資が急増しているからだ。直接投資から共同事業まで関わり方も様々だ。今や日本人の衣服の大半は中国製であるし、食料についても、貿易摩擦が発生するほど中国依存を強めている。

投資が拡大するにしたがってビジネス上のトラブルが多発している。しかし、大半は泣き寝入りだ。なんといっても、相手は社会主義の企業。中国の法体系が未整備であることに加えて、中国企業側が国際ルールになれていないことも大きな理由だ。しかし、中国もＷＴＯ（世界貿易機関）に参加し、国内の法整備を急いでいる。もはや国際ルールを無視しては生きていけない時代となった。法律が社会生活の外にあるとは考えがたいことで、あの中国でもまもなく法による支配が始まる。

（これからは中国だ……）

それで始めた中国語だ。忙しい合間をぬっての学習だ。多少の日常会話ならできるようになった。

練習を始めてから小一時間近く経っていたか、机上の電話が鳴りだした。

（はて……）

升永はいぶかりながら受話器を上げた。日曜日の早朝に、事務所に電話をかけてくるやつなど滅多にいないいないからだ。

「もしもし……」

電話の相手が呼びかけている。しかし、すぐには思い出せなかった。抑制のきいた弾んだ声。特徴のある関西なまりだ。ようやく思い出した。思い出すと不思議なもので、その声が懐かしく感じられる。

「しばらくでした……」

電話の主はカリフォルニア大学サンタバーバラ校教授の中村修二《なかむらしゅうじ》だった。肩で受話器を押さえながら、升永は、長身で太い眉の、豪快な笑い方をする野武士という風情の中村の顔を思い出した。

中村修二……。彼はいまマスコミではちょっとした有名人だった。関係者が注目しているのは、仁科記念賞をはじめベンジャミン賞など内外の賞を総なめにし、日本人で一番ノーベル賞に近い研究者と目されていたからだ。

半年ほど前だったか、いや、もう少し前だったかもしれない。中村が事務所に升永を訪ねてきたのだ。そのとき升永は法律相談を受けた。中村が開発した青色発光ダイオード特許を、自分の特許であると主張できるかどうかの相談だった。

高輝度青色発光ダイオードは、世界的な発明といわれ、中村がノーベル賞にもっとも近い日本人科学者と呼ばれるのは、その発明・開発をなしたからだ。そのとき中村は、以前勤めていた会社、日亜化学工業を相手取り、その特許を、自分名義にするよう訴えるつもりなのか、まだ態度を決めかねているようだった。

見るからに中村は律儀そうな男で、他人との争いを好むタイプの人間には思えなかった。まして長年世話になった会社を相手にしてのことだからなおさらのことだ。

「いま西海岸にお住まいですよね」

「ええ……」

「仮にですよ。訴訟するなら日本よりも、むしろアメリカで訴訟したほうが有利かもしれませんな。というのも、アメリカにはディスカバリーという制度がありましてね。日亜が持っている証拠を、強制的に開示させることができるからです」

他に大型の経済事案を抱えて時間のゆとりがなかったこともあり、あのときは、そう応えアメリカでの裁判を奨めたものだった。

「そうですか……」

と、中村は帰った。

しかし、気になった。升永は、アメリカ時代の友人に電話で事情を話し、裁判の成否を聞いてみた。

「アメリカでやるのは、難しいと思うよ。日本でやったらどうなの、日本の会社が相手なのだから……」

それがコロンビア大学ロースクール時代の友人、ジョージ・アダムズ弁護士の返事だった。友人の判断は逆だったのだ。

どのような条件と環境のもとで開発された特許なのか、それはわからない。しかし、争える余地が十分にあるように思えた。

そう考え電話をしたとき、中村はすでにアメリカに帰っていた。そのとき以来の電話だ。

「実はいま日本にいるんです」

「休暇ですか?」

「いや、講演です。講演……」

照れたように電話の向こうで笑った。中村は晴れがましい舞台に立つのがあまり好きではないようだ。

「ぜひお目にかかり、相談をさせてもらいたいことがあります」

電話の向こうから緊迫した声が聞こえてくる。急いでいるような口振りで、ある種の決意のようなものが伝わってくる。

「で、いつまで日本におられますか」

「一週間の予定です」

「わかりましたが、どちらにお泊まりですか、ホテルは都心部ですか……」

「川崎の全日空ホテルです。そこが講演会場なものですから……」

「ちょっと待ってくださいね……」

そう言って、升永は椅子にかけてある背広から手帳を取り出し、のぞいてみる。スケジュールは秘書がいないと正確なところがわからないが、おおよその日程は手帳に書き込んである。手帳をのぞきながら、升永は少し考え込んだ。手帳にはぎっしりとスケジュールが書き込んであった。

しかし、無理をすれば、夕刻なら二時間ほど時間がとれそうだ。受話器を握り直し、電話の向こうに問いかけた。

「急ぐんですよね。中村先生」

「ええ、できれば至急に……」

「わかりました。それじゃ明日の午後はいかがですか」

「それではよろしく」


中村修二はホテルの窓から外を見た。久しぶりの日本だ。駅前は人出でにぎわっている。

親子連れや恋人同士、それに買い物に急ぐ主婦、頭を金色に染めた女子高生、競馬新聞を片手に走るように歩いているのは労務者風の男だ。背中を丸め、ゆっくりと歩く中年の男。リストラにでもあったのか、せっかくの日曜なのに家庭にもいることができず目的もなく街中を歩いているようにも見える。人びとはそれぞれの風情で通り抜けていく。

彼らはどんな人生を背負っているのか、いろいろな想像が働き、人びとが愛おしく思えてくるのだった。この思いは、いったいなんなのか。憂国などというと、少し古めかしくて気恥ずかしくなるのだが、素直にいえばそれに似たような気持ちだ。中村は日本が好きなのだ。日本に帰ってくるたびに抱くこの特別の感情は説明しがたい。

（しかし……）

このままでは、日本がダメになる。アメリカの大学で教鞭を取り、研究活動をするようになってから、その思いが一層強くなっていた。苦手な講演を引き受けるのも、少しでも自分の思いを伝え、好きな日本をよくしたいと願う気持ちからだ。その思いは日本の企業社会に対する怒りと等価だ。

それにしても、サラリーマンは奴隷のようだ。奴隷の上にのっかる経営者。組織の内部では異論反論は御法度だ。御法度に背けば報復が待ち受ける。出世の道は閉ざされ、やがて組織から放逐される。

だから人びとは沈黙を金と心得るわけだ。そんなわけで日本の企業社会で出世できるのは上司に従順な人間ばかりだ。いわゆるゴマすり野郎だ。こんな状態ではまっとうにモノを考える人間がいなくなるのは当然だ。奴隷根性が日本をダメにしている。研究者とて特別な地位を保証されているわけではなく、組織に属する限り企業社会も大学や国立の研究機関も同じことだ。この俗悪な人間関係。アメリカから帰ってくるとタイムスリップして、いきなり封建時代に戻ったような錯覚にとらわれる。

それればかりじゃない。成果のすべては会社のもので、たとえ偉大な発明発見を成し遂げて、会社に大きく貢献したとしても、本人が報われることは少ない。せいぜい数万円の報奨金でごまかされるのが落ちだ。日本の企業組織というのは、そういう具合になっているのだ。それでいながら、会社はサラリーマン個人に無私の忠誠を求める。

そもそもが、奴隷社会では、自由な研究などできやしない。官僚や偉い人たちは、近ごろ独創性の必要を盛んに強調する。そのためには自由な発想が必要だともいう。彼らも日本がダメになりつつあるのを知っているのだ。知の生産は急激な勢いで劣化しているのは誰の目にも明らかだ。

しかし、奴隷に自由な発想を求めること自体が論理矛盾で、憂慮されるのは、創造力の枯渇だ。かつての職場、日亜化学の場合も同様だった。企業とサラリーマンとの関係を根本から変えなければ——と、思うようになったのはその体験からだ。主張すべきことを主張し、自らの権利を擁護し、まずは企業から自立することが必要だ。

これからは、雇われるのではなく、逆にサラリーマンが経営者を選び、職場を選ぶ時代になる……。近ごろ中村は、そんな風に考えるようになっている。そのためには、闘いが必要だ。黙っていたのでは、いっこうに事態は変わらないからだ。要求を掲げて、正面から闘いを挑む。中村修二が以前にいた会社を相手に訴訟を起こすのは、そのためだ。

それもある。だが、中村を闘いに駆り立てる理由は、もうひとつあった。日亜化学を退社してカリフォルニア大学に移った一九九九年十二月のことだった。あのときの光景をはっきり思い出すことができる。書類を受け取り、怒りで体が打ち震えたものだった。

ノースカロライナ州の東部連邦地方裁判所からの召喚状だった。読んでみると、元の勤務先、日亜化学が高輝度青色発光ダイオード製造特許に関し、企業機密漏洩の疑いがあると中村を訴えてきたのだ。青色発光ダイオードは間違いなく自分が開発したものだ。

その証拠に高輝度青色発光ダイオードの特許を世間の人たちは「中村特許」と呼んでいるではないか。技術は改良改善が必要だ。技術は生きていて、常に成長発展するものなのだ。研究を継続するのは、当然のことで、訴状は、その研究を継続することを「企業機密漏洩」といっている。

「バカな……」

中村特許から日亜化学は、どれほどの利益を上げているか、徳島の中小企業にすぎない日亜化学が世界に通用する企業へと成長を遂げたのは中村特許のおかげだ。その恩人を訴えてきたのだから狂気というべきだ。驚きが次第に怒りに変わってきた。

訴状は研究活動を続けていることを、企業機密漏洩といっているのだ。日亜化学の主張を認めれば、この先の人生はなくなる。そんなバカなことを、認められるはずもない。青色発光ダイオードは、中村にとって、人生そのものであったからだ。

しかし、中村の気持ちは複雑に揺れた。相手の日亜化学は、二十年も世話になった会社だ。恩義はある。とくにいまは現職を退いた小川信雄会長には……。しかし、それとこれとは別問題だ。訴えられた以上は、対抗措置を取らねばならない。中村は、そう思った。

もう一度訴状を読み返してみる。ふつふつと怒りがこみ上げてくる。日亜化学の意図は明瞭だ。日亜化学は企業権力で中村の研究成果を横取りするばかりか、人生そのものを抹殺しようとしているのだ。訴状を読み、中村はそう受け止めた。これだけは絶対に譲ることはできない。もう避けては通れない。そう思うようになった。

今や実際に訴訟されたため、裁判に時間が割かれ、研究活動にも影響が出てきたからだ。

「闘う以外にない」

中村はあのとき、心に決めた。自分を守るための闘いだ。その闘いは、日本の全サラリーマンを励まし、大きなうねりとなり、サラリーマンの自立を促す――そう信じるようになっていた。

中村は現実に戻った。現実に戻り、これから自分がやろうとしていることを思い、身震いした。しかし、不安はある。裁判費用のことや、勝算はあるのか、将来のことなどあれこれ考えると不安が募るのだった。

（やるだけのことさ……）

自分に言い聞かせた。そう考えると、少しだけ気持ちが楽になるように思える。

中村は東京湾の方角に目を凝らした。春の空模様は浮気性だ。重くたれ込めていた雲間から光がのぞき始めていた。

2

その夜も升永英俊は事務所で深夜まで仕事をし、寝袋で寝た。升永は、大きく伸びをする。朝光がまぶしかった。さすがに体が重く痛い。それもそのはずで、執務室の床の上に直《じか》に広げた寝袋で寝ていたのだ……。しかし気分は爽快だ。睡眠時間は六時間ほどで十分だ。それで気力も体力も回復する。

ホテルオークラの向こうの空は、うっすらとアカネ色に染まっていた。三月になり、ほんの少しだけ夜明けの時間が早くなったように感じられる。

洗面所で顔を洗い、髭を剃る。升永は自分の顔を見た。ふっと笑みがこぼれた。まったくひどい顔をしている。目は充血し、髪はぼさぼさだ。乱れた髪に櫛を入れる。半分近くが白髪だ。丁寧に顔を拭く。

「少しは見られるような顔になったかな……」

ぴしゃりと頬をたたき、自分に言い聞かせた。真新しいワイシャツの腕を通すと、気分が引き締まった。

今日は午前九時半に大手不動産会社を相手の裁判の判決が出る。勝訴は確信していた。胸の高鳴りを覚える。判決の日には、いつも味わう緊張感だ。しかし、心地よい緊張感でもある。

夜半から降り出した雨は、いったんは止んだのにまた雨足を早めていた。春に向けて降るごとに、木々の芽は膨らんでいく。しかし、今朝の雨はいやに冷たく、体を凍えさせた。

近くのホテルオークラで朝食を済ませて事務所に戻ると、七時近くになっていた。資料を確認し、書類鞄に入れる。持ち上げるとゆうに十キロは超える重さだ。その重さは知恵の結晶でもあるのだ。

提訴からわずか一年余だ。早い判決に弁護士仲間は驚いている。民事の場合でも、提訴から判決まで三年は常識とされている。事件によっては、十年越しの裁判になることだって珍しいことではない。

けれども升永に言わせれば、裁判も弁護士の腕次第で短縮できる。要はやり方だ。幾度も幾度も公判廷を請求し、だらだらと論証を続ければ、そりゃあ、十年越しの裁判になるのも当たり前だ。

しかし、そんなにだらだらと裁判をやっていて、勝訴判決を勝ち取ったとしても、クライアントの権利を守ることはできない。経済活動は予想以上のスピードで進展をみせるからだ。裁判もまた現実の経済活動を無視しては成り立たないのだ。

裁判を短縮させるのにはコツがある。材料を小出しにするのではなく、争点を整理し、材料を集め、訴状を用意し、一気に準備書面を書き上げ、結審に持ち込む。今度の場合も提訴から一年と少しだ。

時計を見る。神谷町の事務所から裁判所まではクルマで十分足らずだ。二時間ほど時間のゆとりがある。升永は書庫に向かった。書籍や裁判記録がぎっしりファイルされ、書架に並んでいる。升永の事務所は特許を得意としており、関連資料は山ほどあった。弁護士の仕事の命綱は、資料にある。目的の資料はすぐに見つかった。

執務室に戻り、資料の渉猟を始める。もちろん、特許法の条文は頭に入っている。特許法の趣旨は明瞭だ。特許法二条には法律でいう「特許」を、自然法則を利用した技術的思想のうち高度なものをいう――と定義している。特許権はドイツの特許法と同様に、自然人たる発明者個人に属すると、発明者主義の立場を採っている。そもそも特許法はドイツ法に準拠して作られた法律なのだから、それも当然だ。これなら十分争うことができる。升永は確信した。

ついで中村修二の資料に目を通した。たいへんな研究者であることに、改めて気づかされた。ある雑誌は「ノーベル賞にもっとも近い男」と書いている。雑誌などというのは物事をオーバーに書き立てるものだ。しかし誇張ではなさそうだと思ったのは、次の資料をめくったときだ。中村は科学者に与えられる名誉のほとんどを手中にしている。

一九五四年愛媛県に生まれた中村修二は、徳島大学工学部を卒業後、同大学院で修士号を取得。七九年に徳島県阿南《あなん》市の蛍光体メーカー日亜化学に入社し、開発課に配属され、半導体の研究開発に携わる。九三年十二月に、二十世紀中に実用化は不可能と言われた高輝度青色発光ダイオードの実用製品化に世界で初めて成功。九四年徳島大学大学院で博士号を取得。九九年に日亜化学を退職し、カリフォルニア大学サンタバーバラ校に移り、材料物性工学部の教授を務め、現在に至る――と。

日亜化学に在職中の二十年間に、百数十件に上る特許を会社名義で取得。九五年には青色半導体レーザの室温発光に成功。九四年と九七年応用物理学会論文賞A、九六年仁科記念賞、九七年大河内記念賞、二〇〇〇年には本田賞、二〇〇一年には朝日賞などを受賞している。

受賞は国内ばかりではない。IEEEジャック・A・モートン賞、ブリティッシュ・ランク・プライズ、ユリウス・スプリンガー応用物理学賞、カールツァイス研究賞など内外の応用物理学関連の主要な賞を、総なめにしている。これらはいずれも高輝度青色発光ダイオードおよび青色半導体レーザの開発が評価されての受賞であった。

近ごろ、中村はちょっとした有名人で、あちらこちらの講演に呼ばれ、「大学入試の即時完全撤廃」「百人の秀才よりも、一人の天才を！」などと教育の分野でも過激な発言をしている。

「なるほど、ノーベル賞級か……」

独りうなずき升永は書類に没頭した。半開きの執務室のドアをたたく音がする。

「先生、クルマが来ました」

声をかけたのは秘書だ。法律の専門家ではないが、裁判全般に知悉《ちしつ》していて、頼りになる相棒だ。

「おお、そうか……」

重たい書類鞄を持ち、エレベータに乗り込んだ。このビルに勤めるサラリーマンやOLたちが、雨に濡れた傘の水を切りながら駆け足でエレベータに消えていく。いつの間にか雨足を強め、土砂降りになっていた。タクシーはエントランスの向こうに停車している。

「先生、傘を……」

升永はいつでも無頓着だ。というよりも考え事をしていると、忘我の境地となり、周囲が目に入らなくなるのだ。升永はタクシーに乗った。タクシーに乗っている間も、中村修二のことを考え続けた。いつの間にか霞ヶ関の裁判所前についていた。

法廷に入る。東京高裁は合同庁舎の五階にあった。すでに傍聴席には記者たちの姿があった。民事裁判で司法クラブの記者たちが法廷に姿を見せるなど珍しいことだ。被告側の弁護人が入廷する。

「起立！」

法廷事務官の声がかかる。裁判長が左右に陪席判事を従えて入廷する。裁判官たちの着席を待って、テレビカメラがいっせいに回り始めた。フラッシュが焚かれ、眩《まばゆ》い光に裁判長がほんの少し顔をゆがめた。裁判長は前置きもなくいきなり判決文を読み上げた。時間にしてわずか三十秒足らずだった。

「………」

法廷にどよめきが起こった。ことの経過を知らない人間には、何のことやらさっぱりである。裁判所というのは、いつもこんなものだ。どよめきを背中に受けながら裁判官三人はドアの外に消えていた。

升永の顔が紅潮していた。新聞記者の幾人かは法廷の外にかけだした。ビッグニュースを原稿にするためだ。法廷調査官が判決文のコピーを、双方の弁護士に渡す。コピーを見ながら升永は大きくうなずいた。

完全勝訴だ。名門の大手不動産会社を相手の裁判で、これほど完璧な勝訴を勝ち取るのも、珍しいことだった。実は幾度か和解の斡旋を、裁判長は示唆したこともあった。実質的な利害損得を考えれば、クライアントが和解に心を動かすのも当然だ。動揺するクライアントを説得し、判決に持ち込んだ。それは弁護人としての我が儘《まま》ともいえなくもないのだが、クライアントもよく耐えてくれた。

「判決で規範を作る……」

弁護人の升永は、裁判の意味を、そう考えている。そう考えるのは、人びとが裁判を避けて紛争や問題を談合での解決や、行政指導という名の官僚による恣意的な判断に任せている限りは、苦境のこの日本を再生できないと考えるからだ、明治以来のこの悪しき因習をうち破るには、法の支配を確立する必要がある——と。升永には、熱い憂国の思いがあるのだ。

升永はときおりバカげたことを考える。なぜ太陽は東から昇り、西に沈むのか、火はなぜ熱いか、水は冷たいか、なぜ耳で見えず、目では聞こえぬのか。つねるとなぜ痛いのか、常に子供のように考える。

「そんなこと、あたりまえじゃないか」

と人は疑問を捨て、たいてい思考はここで停止する。しかし、他人と違うのは、このあたりで、彼の疑いはますます激しくなり、あくまで抱いた疑問を解明しようとし、子供のころ教師や母親を困らせたものだった。それは五十を超えたいまも同じで、そういう好奇心が衰えを知らない。

升永は全知能を傾け、激しく攻めた。用意した準備書面はＡ４で優に千ページを超える。論点は多岐にわたり、訴状や準備書面を読むだけでも大変なエネルギーを要する。

とても寝ている暇などなかったのだ。和解や和議にも、いっさい乗らなかった。ひたすら判決を求めたのだ。その姿勢に裁判官も、ある種の感動を覚えていたようでもあった。

升永は長文の判決文を読み進める。

判決主文には、

一、控訴人は被控訴人に対し、金三十五億二千三百万円を支払え

二、控訴人の反訴請求（当審において追加変更した請求を含む）を棄却する

――とあった。

判決主文にいう控訴人とは、大手不動産会社のことで、また被控訴人とは出版社オーナーのことだ。升永は被控訴人、すなわち原告の立場だ。

東京地裁一審判決では原告勝利。判決に不服として大手不動産会社が上訴し、高裁で争っていたものだ。

地裁に続き高裁での勝利判決。サブリース契約。バブル期に不動産会社が地主や家主などオーナーから賃貸用のビルやマンションなどを一括して借り上げ、テナントや

個人に転貸する事業のことで、事業者は通常、一定水準の家賃収入をオーナーに対して長期に保証する契約のことだ。

順風満帆であったかに見えたサブリース事業——。が、バブルの崩壊で事態は一転する。地価の暴落で、ビル空室率の拡大と賃料相場の下落が続いたからだ。そこで大手不動産会社はオーナーに賃料の引き下げを求めた。事業者とオーナーとの間に訴訟が相次いで起こったのは、このためである。

しかし、日本の裁判所はオーナー側の味方ではなかった。これまでの裁判では、ほとんどがオーナー側の敗訴に終わっている。保証賃料の見直しを迫る法的根拠としたのは、大正時代に成立した弱者救済法とでもいうべき借地借家法だった。東京高裁でオーナーが勝利したのは初めてのことだ。

裁判で展開した論点は多岐にわたったが、とりわけ弁護人としての升永が強調したのは自由契約の原則であり、歴史的伝統に裏打ちされた大手不動産会社の信用力があったればこそ契約はなったと主張した。

けれども、これまでのサブリース事件で升永以外の弁護士がオーナー側代理人として闘った四つの高裁裁判では、借地借家法を援用し、オーナー側の主張を認めなかった。けれどもこの高裁裁判長は大筋で原告側の主張を認めていた。その意味でも画期的なオーナー勝利といえた。

「先生、おめでとうございます」

　判決文に見入る升永の背後から、声をかけてきた女性があった。名刺を見ると、通信社の記者だった。

「司法クラブの今月の幹事です」

　女性記者は言った。

「恐縮ですが、判決についての感想をお聞かせ願いたいのですが……」

　女性記者は性急だった。

「いま、ここで、ということですか」

　升永は思わず聞き返した。

「のちほど、クラブの方でお聞かせ願えればと思いますが」

「わかりました……」

　升永はその場で引き受けた。法の支配の意味――。それを広く啓蒙する必要を常々考えていたからだった。

　記者クラブは裁判所合同庁舎の二階にあった。入り口に受付があって、そこが記者会見場となっていた。一番奥の壁を背にした一段高いところに、記者会見に臨む側の席が用意されていて、その前に二、三十人ほど記者が座れる椅子があった。

　記者たちはすぐに集まった。朝日、毎日、読売の三大全国紙のほか、ブロック各紙、

NHKをはじめテレビ各局、共同、時事などの記者だ。升永は幹事の女性記者に促され、壇上に立った。テレビカメラが回り始めた。升永は記者たちを見下ろす格好で、話を始めた。

「今回の判決の意義は……」

升永は幾分興奮していた。記者会見に応じることなど、渉外弁護士をしていたころには考えられないことだ。

（わかってくれたかどうか……）

記者たちの反応はいま一つだ。升永には心許なかった。それでも、記者たちからいくつかの質問がでた。記者たちの質問が集中したのは金額の多寡だった。なるほど金額は大きかった。裁判所が示した算定方式は優に二百億円を超える金額であったからだ。質疑応答は二十分ほどで終わった。

裁判所を出て、升永はオーナーの事務所に向かった。勝訴の日は特別だ。まだ雨は降り続けていた。オーナーの事務所は、青山近くにあった。昼食をともにしながら、裁判の報告をすることになっていた。クルマは約束の時間にビルの前に着いた。

升永は回転ドアをくぐりビルの内部に入った。正面の向こうに洒落たカフェテラスがあり、エントランスから突き抜ける空洞は、見上げると、はるか高く突き抜けていて、見事な景観を作っている。エレベータホールもゆったりとしていて、内装も意匠を凝らし、いかにも一流好みの趣味人らしく贅を尽くした作りである。オーナーの執務室はビルの最上階にあった。

「ありがとう」

部屋に入るなり、オーナーは感謝の言葉を口にした。いまはビジネスの第一線から離れ、西欧の古文書研究に明け暮れる日々を送っている。文献蒐集家としても一流でいくつかの研究論文ものにしていると聞いている。個人としても、彼は好人物なのである。升永にはあいにくそちらのほうの知識にかけていて、執務室の飾り棚に陳列してある欧米の古書が、どれほどの価値を持つのかさっぱりだった。

「そろそろ昼のニュースですな……」

そう言って、オーナーはテレビのスイッチをオンにした。天気予報の時間が終わり、アナウンサーは番組案内をしているところだった。オーナーは落ち着かない様子で、テレビの画面に見入っている。

ニュースは小さな扱いだった。しかし、アナウンサーは判決の意味を、経済的な側面から強調するのだった。

「本当によかった……」

出版社のオーナーは言った。弁護士にはこういうときが至福のときなのだ。

3

中村修二はほっとため息を漏らした。講演会は盛況だった。聴衆は二百人ほどだったか、もっと多かったかもしれない。そのほとんどがサラリーマンだった。喋りは上手だと思っていない。中村も、自分のことはよくわかっている。しかし、聴衆は、熱心に聞き入っていた。それが嬉しかった。

夕刻のホテルのコーヒーハウスは、意外にも空いていた。窓際の空きテーブルを見つけて、そこに座った。コーヒーを注文し、時計を見た。まだ編集者は姿を見せていない。一般向けの啓蒙書を出版するのは初めてのことだ。原稿を書き上げたのは二月末のことだった。あまり自信はなかったが、無愛想な編集者は原稿を見てほめてくれた。

「四月には出しましょうよ」

編集者はあせっていた。

コーヒーを楽しみながら、中村は講演の内容を振り返ってみた。自分の考えを、うまく伝えることができたであろうか。聴衆に伝えたいことはいろいろある。しかし、限られた時間で話せることは、限界がある。伝えたいことの一つは、会社人間になるなということだった。自立せよ——とも強調したつもりだ。会社をどんどんお辞めなさいと挑発を繰り返しもした。

「あなたの講演って、ぶっきらぼうで、なんだか生徒総会で仕方なく発言する高校生みたいな感じ……。でも、それでも受けているから本当に不思議……」

妻の裕子が、そんなことを言ったことがある。裕子の言葉を思い出し、中村は思わず含み笑いをするのだった。

コーヒーハウスの横を、数人のサラリーマンが通り抜けていく。視線が合うと、会釈を返してきた。そのうちの一人が、そばによってきて握手を求めてきた。講演会の聴衆の一人のようだった。

「おもしろく聞かせていただきました。勇気がわいてきます」

男は手を握りながらいった。

「そう言ってもらえると嬉しいです」

中村は照れたように応えた。

「よろしいですか……」

と男は目の前の席に座った。

男は有名家電メーカーの技術者だと名乗った。一流大学を出て、一流企業で働く結構な身分の技術者だ。改めて、渡された名刺を見てみる。なるほど、世界的に名の通った家電メーカーの名前があった。

「いま商社みたいな仕事をしていますよ」

男は自己紹介のついでに、仕事の中身を話した。本来の仕事は技術開発なのだが、やっ国内生産はごくわずかで、生産の主力は中国など海外に移しているものだから、やっていることといえば部品調達だ。いかに安く調達するかが、勝負という。インターネットで安い部品を手に入れ、コストダウンに追われる日々だ。なんで自分がそんな仕事をやらねばならぬのか、というのが彼の不満だ。

「テレビ、洗濯機、電子レンジ、掃除機、炊飯器、音響製品、MD、パソコンにパソコン部品――すべてが、そうです。近ごろでは液晶だって韓国に負けていますからね。秋葉原の電気街に並んでいる商品のほとんどは、中国やマレーシア、インドネシア、タイの製品です。われわれがやっているのは、かつての総合商社と同じで、右から左へと、回していくことだけ……。こんなことをやっていたら日本がダメになるのも当然です」

一気呵成にまくし立て、そこで男はため息を漏らした。もちろん、言われるまでもなく中村は日本の家電メーカーがおかれている深刻な状況は熟知している。

相手の存在などおかまいなく男は続けた。

「その上にですよ。今度は大リストラ。日立がやれば松下も、ソニーも東芝も、という具合です。あわせて十万人のリストラ。しかし経営者が責任を取ったという話は、聞いていません。無責任きわまりない」

有名大学を出て、有名メーカーで働く男は企業経営者に対し攻撃的だった。四十代の半ばにしては、頭髪に白いモノが目立ち、歳以上に老けて見えた。

「私がですよ。部品調達なんです、仕事といえば……。こんなバカな。いまの経営者は人の使い方を知らないんです。これじゃ会社がおかしくなるのも当然じゃないですか」

男は盛んに愚痴る。

サラリーマンの自立を——と、話を前向きに聞いてくれた、と思ったのは間違いで、男は、勤務先の不平不満を言い立てた。いかに自分は不遇をかこっているか——と。話を聞いているうちに腹が立ってきた。

「どれほどの仕事を、会社でやったんです」

男はきょとんとしている。

「あなたは会社を非難できるほどの仕事をなさったんですか」

「そりゃあ、もう……」

そう言って男は鼻を膨らませた。

「仕事は研究開発とおっしゃいましたね。業績を聞かせていただけますか、たとえば、これまでの実績とか……」

一流大学を出て、一流企業に勤める男は黙りこくった。男は有名人とほんの少しだけ話をしたかっただけなのかもしれない。しかし男の言い分に同情も同調もできなかった。怒りすらわき上がった。

不平不満をならしても、何も事態は変わらない。事態を変えたいというのなら、会社の悪口などをいうまえに、まず動くことだ。ともかくやりたいことにチャレンジする。すべてがうまくいくはずはない。途中で挫折を味わうかもしれない。そういうときが正念場というものだ。人間としての真価が問われるのは、そういうときだ。

「そういう努力をしたのか」

と男に聞いた。

男は答えに窮している。

にわかに場は気まずい雰囲気となった。そこに編集者が息を切らせながら、コーヒーハウスに入ってきた。編集者の姿を見て男はそそくさと立ち去った。

「待たせてしまって、すみません……。どなたです」

編集者は男の後ろ姿を追いながら聞いた。

「講演会の参加者のようです」

「そうですか。遅れてしまって、本当にすみません」

編集者は額に浮かぶ汗を拭きながら、ぴょこんと頭を下げた。書類封筒から分厚いゲラ刷を取り出し、中村の前に示した。中村が東京にいる間に、著者校正を終えてしまいたいという算段のようだ。

原稿は二百五十ページほどに組み上がっている。ぱらぱらとめくってみる。

「書名ですが……」

といって編集者は一枚の紙片をテーブルの上に置いた。大きな字で「怒りのブレイクスルー」と書かれている。副題には「常識に背を向けた『青い光』が見えてきた」――とある。

中村は照れた。なんとも大仰なことだ。しかし、感心した。編集者というのは、なるほどうまいネーミングを考えつくものだ。

「どうですか……」

編集者が聞いた。中村は腕を組み、考えるそぶりをした。書名は著者と協議の上で決めるのが、この業界の通例だ。

「怒りのブレイクスルー、ね」

ブレイクスルーには、切り抜ける、突破するとか、科学の新発見などを含意する。過激にいえば、モノをこなごなにうち砕く、めちゃくちゃにするなどの意味もある。怒りの――と形容詞がついているのだから、意味合いは後者にあるのだろう。

「気に入りませんか」

編集者はたたみかけてきた。気に入らないわけではない。オーバーと思える副題に少しだけ照れているだけなのだ。

「いや、そういうわけじゃないが」

「それじゃ、これでいきましょうよ」

編集者は強気で押してきた。

「わかった」

とだけ中村は応えた。

「先生、夕食はいかがですか?」

編集者は誘った。

「先約があってね。せっかくだが……」

「わかりました」

とあっさり引き下がり、

「ゲラ、できれば明日の夕刻までに、目を通しておいていただければ……。それじゃお願いしますよ、先生」

彼は伝票をつかみ、あたふたとホテルを出ていった。編集者というのは、言うことは一方的で、いつもあたふたとしていて、なんとも落ち着かない人種だ。

振り返ってみると、もう編集者の姿はなかった。

「明日まで、ね……」

中村は一人つぶやき、改めてゲラ刷に目を通してみた。自分で書いたものなのに、何かよそよそしい風情をしている。パソコンの画面上に現れたものとも、プリントアウトしたそれとも違った表情をしていて、間違いなく自分の分身のはずなのに、どういうわけか、他人行儀なすまし顔に見えるのだった。

一般向けの啓蒙書として書いたのだが、そこには人生の過半を書き込んでいるつもりだ。どのページをめくっても、小学生のころから大学院を出て、日亜化学での二十年におよぶ思い出がいっぱいにつまっている。

とりわけ日亜化学での二十年は、ただひたすら実験に明け暮れ、研究に没頭した日々だった。劣悪な環境ではあったが、日亜での二十年は青色発光ダイオード開発にすべて焼結される人生であった。家族を犠牲にし、すべてを青色発光ダイオードの開発に捧げた日々。バカな――と、人は言うかもしれない。しかし、そのことに少しも悔いはない。

自分で書いたものなのに、ゲラ刷を読み進めているうちに目頭が熱くなってくるのだった。

4

同じ夕刻、横浜方向に向かうJR京浜東北線の電車に升永英俊の姿があった。退勤時間にはまだ間があるようで、車内は比較的空いていた。田町駅を出て次は品川だ。升永は時計を見る。川崎まで十五分程度だ。

約束の時間に少し遅れそうだ。出版社のオーナーへの報告を終えて、事務所に戻ってみると、客が待ち受けていて、話が長引いてしまったのだ。

升永は時間に厳格な男だ。タクシーを使わず、JRを利用したのは、時間に正確に動くのは電車の方だと思ったからだ。

品川で乗客がどっと降りていき、席が一つ空いた。床においた重い書類鞄を持ち上げると腰に痛みが走った。登山で痛めた腰なのだが、いまごろになって痛み出している。ゆっくりと書類鞄を持ち上げ、痛む腰をいたわりながら席に座る。

升永はふいに旧友のことを思い出した。いま彼は大阪弁護士会でも一、二を争う弁護士事務所のオーナーだ。

旧友は八代紀彦《やしろのりひこ》といった。四国松山の裕福な医者の息子で東大の学部時代に、司法試験に合格し、卒業と同時に司法研修所に入った優秀な男だった。いわゆるイソベンを一年ほどで切り上げ、翌年には自前の独立事務所を開いた。イソベンとは「居候弁護士」のことであって、先輩弁護士の事務所で居候の格好で修業し、後に独り立ちするのが、この業界の習わしだった。

都市銀行を辞めて、半年は失業保険で食いつなぎながら、勉強を続けた升永。彼には、その後の生活をどうするか、まるで展望がなかった。両親に無理はいえない。あてにできるのは、半年の失業保険だけだ。そんな升永に援助を申し出たのが大学時代の友人で、当時、司法研修を受けていた八代紀彦だった。

「しかし……」

と、升永は謝絶した。

「まあ、いいから……。その代わりといってはなんやけど、オレと一緒に事務所を開くのが条件や……」

冗談めかして言った八代は、翌月から妻の名義で毎月一万円送ってきた。当時、学卒の給与が二万数千円程度だったから、これは大金といえた。十二月には別にボーナスといって二万円送ってきた。実を言うと、大学時代法律の勉強はほとんどやっていなかった。登山やスキーに夢中になっていたからだ。大学三年。そろそろ就職の準備を始めなければならない。銀行を——と考えるようになった。

しかし、銀行に入るには成績の過半が優でなければならない。とくに都市銀行は、秀才好みの組織だ。そこで選択したのが比較的優の取りやすい近代外交などの非法律科目だった。これがうまくいき、かなりの成績をもって都市銀行に入った。けれども法律に疎いのは、銀行に入ってからも同じだった。

「手形の裏書きに連帯保証人と書いてありますが、保証人とはどう違うんですか」

女子行員に聞かれ、言葉につまった。法学部を出たといっても、その程度だ。要するに大学時代はまったく勉強しないグループに属していたというわけだ。その升永が一念発起で勉強を始めた。

「おまえ、大丈夫なの……」

母親は心配した。食いっぱぐれのない銀行を選んだはずなのに、その安定した職場を捨てて、今度は司法試験に挑戦するという息子を見て心配したのだ。

試験には自信があった。しかし、考えてみれば、それは根拠のない自信というべきで一年間の勉強のあと、受けた司法試験は見事に落ちた。それもそのはずで、仲間六人と勉強会をやったとはいえ、予備校にも通わず模擬試験すら受けていなかったのだから落ちて当然だ。甘く見ていたのだ。考え方を改めた。

「来年こそは！」

気合いを入れ直した。いまにして振り返ってみても、あんなに集中力を発揮して勉強したのは、後にも先にも、大学受験以来のことだ。一回目の挑戦は失敗したが、しかし、今度は違う。自信もあった。勉強仲間に須藤という男がいた。弁護士業の傍ら長く大学で商法を講じた男だ。

「升永なら間違いなく一番で合格だよ……」

仲間の一人は言った。

一次試験は○×式の六十問。短答式試験は難なくパスした。難関は論文試験だ。約二万人ほどの受験生のなかから一次試験で二千人ほどに絞り込み、論文試験で合格するのは五百人ほどの狭き門だ。六月実施の短答式試験に次ぎ七月には論文試験だ。

生来の楽天家である升永には自信があった。七科目全部で持ち時間は二時間。最初の出題は甲乙丙丁の債務関係を論じよ――という民法の事例式問題だった。その問題を読み違えてしまった。その読み違いに気がついたのは、最後の最後だった。残す時間は十分。論点以外のことを書き試験会場を出た。どうやって家に帰ったのかもよく覚えていない。覚えているのは、鈍く光る山手線の線路だけだった。

（投身……）

いまにして思えば、ゾッとさせられる。それほどのショックだったのだ。ともかく五日間の試験は終わった。

「おまえ、見に行かないのかい……」

母治子が心配げに聞く。

気分は鬱状態だ。とてもその気にはなれなかった。母治子に促され、合否の確認に出向いたのは気弱にも翌日のことだ。

「あった」

掲示板を見て思わず叫んだものだった。自分でも信じられなかった。ということは、例の問題以外は全問正解だったわけだ。升永は成績順位二番で昭和四十四年度の司法試験に合格した。

「通ったそうじゃないか。おめでとう」

最初に祝いの電話をくれたのは、八代紀彦だった。心底喜んでくれた。親友の祝いの言葉が嬉しかった。翌日、八代は四国の銘酒を手に上京してきた。

「どうや、うちの事務所は、千六百万円の稼ぎがある。それを折半だ」

大阪のビジネス街北浜の一等地にすでに事務所を用意しているとのことだ。二人で事務所をやろうというのは冗談ではなく、本気だったのだ。自分を見込み、誘ってくれた八代の友情は嬉しかった。

八代は熱心に口説いた。そして将来の夢を語った。二人でやれば大阪一の弁護士事務所にしてみせると、断言した。升永にも心動かされるものがあった。

駆け出しの弁護士には、破格の条件だ。大卒の年収が百万円にもみたぬ時代だ。しかしせっかくの好条件を謝絶した。友情を裏切る格好になったことに心が痛んだ。友情というのは厄介で複雑なものだ。

謝絶したのは、八代の事務所に入れば、ライバルになるからだ。司法試験を受けているときも世話になった。開業にあたっても世話になることになる。それでは、自分の自負心はどうなるのか、ありがたいことだが、耐えられそうになかった。ライバル同士では友情が保てない……。ライバルと友情の相克を惹起する。升永には友情が大事だった。升永はそう判断した。つらい決断だった。

「そうか……」

八代は渋い顔でうなずいた。そのとき、八代が心の内を理解してくれたかどうかはわからない。しかし、八代との友情は、以来変わることなく続いている。それでよかったといまでも思っている。

司法研修所を出て、升永は勤務弁護士になった。弁護士を十数名抱える一応名の通った有名な弁護士事務所だ。自分ではそれなりに仕事ができたと思っていた。勤務弁護士になって四年後、升永はアメリカに留学する。アメリカで弁護士資格を取得するためだ。アメリカでは西海岸を中心として、三年余り弁護士活動を行った。

「おまえの噂聞こえてけえへんな」

アメリカから帰り、友人と東京に事務所を開いたばかりのころだったか、久しぶりに会った八代は、皮肉な言い方をしたことがあった。あのころは、舞い込んでくる仕事といえば、いわゆる渉外弁護士としての折衝《せっしょう》ごとばかりで、まあ、カネは稼げたが、法曹人としての仕事の成果は、いま一つだった。

（クソッ……）

腹が立ち、反発した。しかし、反発しながらも、八代には絶対に負けぬ仕事をやってみせる——と、刺激になったのも確かだ。八代とは深いところでつながっているように思う。

電車の車窓から東京湾岸の新しいビル街が見える。いま新しい副都心として、このあたりは開発が進んでいる。都心丸の内に拠点を構えていた三菱グループも、このあたりに本拠地を移している。

升永の思考は現実に戻った。八代ならどんな闘いをするか、そのことを考えた。彼は飛び抜けて優秀な弁護士だ。

この日本では職務特許が大半を占める。サラリーマン研究者が特許の持ち分をめぐり会社に対し自ら主張するなどあり得ないことだった。いずれの企業も事情は同じで、発明者個人に帰属する権利を、企業自身の権利としてきた。それが許されてきたのは、従業員発明者との関係において、圧倒的に優位に立つ企業側に、特許法でいう権利移転の契約概念が喪失しているからだ。

この難しい裁判を、八代なら引き受けるだろうか。彼もたぶん、引き受けるに違いない。その確信だけは不思議にあった。

気がつくと電車は川崎駅に着いていた。重い書類鞄を抱えて階段を上るのは、一苦労だった。十年ぶりか、いずれにしても久しぶりの川崎だ。うらぶれた印象の街だった。駅舎はターミナルビルに改装されていて、駅前もすっかり変わっていた。

目的のホテルはすぐに見つかった。回転ドアをくぐり、その先にコーヒーハウスがあった。窓際の席で熱心に分厚い書類に目を通している中村修二の姿があった。升永は軽く手を上げ中村修二と向き合って座った。中村修二は書類をテーブルの脇に押しやり、升永の顔をみてほっとため息を漏らした。そして静かに話し始めた。

第二章　四国・佐田岬大久浜

1

中村修二は故郷の光景を鮮明に思い出すことができる。生まれ故郷は愛媛県西宇和郡瀬戸町というところだ。詳しくいえば、瀬戸町の大久《おおく》の浜辺だ。

指を折って数えてみれば、もはや四十数年前のことになる。中村修二は大久の砂浜で遊ぶのが好きだった。なんにもないところだったが、豊かな自然があった。そこが修二少年の格好の遊びだった。学校から帰ると、修二は決まって大久の浜に出た。

地図を思い浮かべてみる。四国の南西端に位置するこの小さな寒村は、九州の大分に向かってまっすぐに細長くのびる佐田岬《さだ》のちょうど真ん中ほどにあり、目の前に宇和海と呼ばれる海が広がる。目を凝らせば、宇和海の先に豊後《ぶんご》水道が見え、さらにその先は太平洋だ。修二少年には少なくとも、太平洋が見えるように思えた。海岸に出るのは急な坂道を三十メートルほど下らなければならないが、子供の足でも数分の距離だ。半島の北が伊予灘、南が宇和海だ。

　宇和海に面する斜面の段々畑には、柑橘類が植えられていて、花を咲かせるのは初夏の頃で、十月頃になると、それは見事に実を結ばせたものだ。しかし、そこは半農半漁の過疎地で、この地域に住む人びとには、映画見物や買物などができるもっとも近い町が船で行く八幡浜《やわたはま》だった。

　その日も修二は学校が終わると、カバンを家におき、一目散に大久の浜に向かった。急斜面を降りていくと防波堤がある。そこに腰を降ろし海を見つめているのが常だ。

「修二……」

　長兄の呼ぶ声が聞こえる。

　修二少年は防波堤の上に座り、海を見つめていた。いつまでもいつまでも飽くことなく海を見つめているだけだ。

　防波堤から段々畑を見上げると、大久の西端の方向に四国電力の変電所が見える。戦後まもなく佐田岬半島の突端まで給電するためにたてられた変電所だ、変電所は台風の荒波を避けるため、急斜面の中腹にあった。そこが父友吉が一人勤務する変電所だ。友吉が守るのは、まことに小さな変電所だが、それでもこのあたりでは、唯一の近代的な産業施設といえた。

　雲が流れていく。形を変えながら、流れていく。入道雲は人の顔をしている。笑った顔がいつの間にか般若顔に。夕焼けに染まった入道雲がゆっくりと流れていく。そのさまは海賊どもがあやつる帆船のようにもみえてくる。入道雲は絶え間なく不定形に姿を変え大久の山影に流れていく。

「呼んでいるんに聞こえんのか……」

振り向くと、長兄が立っていた。

「相撲をやろう」

長兄は出し抜けに言った。二人の少年は砂浜に出た。兄弟は四つに組んだ。長兄は首一つほど背丈が上だ。腕力も勝っている。あっというまに砂の上にたたきつけられた。

「まだじゃ！」

修二は長兄の胸に飛び込んでいく。今度はうっちゃりでやられた。長兄をカッとにらみつけ、脛にかじりついていく。あっさりと持ち上げられ、足をばたばたするも、またも砂の上にたたきつけられた。

「こんちきしょう！」

投げ飛ばされても投げ飛ばされても、組み付いてくる弟に、長兄は相撲をやろうと言ったことを後悔し始めていた。負けん気ばかりは人一倍の、二つ違いの弟の形相に長兄は後悔を通り抜け狼狽した。しかし、長兄は容赦はしなかった。それでも食らいついてくる弟に長兄は往生するのだった。

修二は友吉・ヒサエ夫婦の、兄・姉に次いで三番目に生まれた次男坊だ。どこの家庭もそうだが、次男坊というのは、負けん気ばかりが滅法強いもので、ときとして兄弟喧嘩の火付け役になるのが次男坊だ。

「修二、相撲はヤメじゃ、家に帰ろう。メシの時間じゃけに」

やる気まんまんの弟に向かって、長兄は長兄の威厳をもって言った。

「いや、まだじゃ、まだじゃ」

「おしまいじゃ！　おしまい、わからんかい夕飯どきじゃけんに」

「逃げるんか」

「何じゃと、本気なってやるけ」

夕日が佐田岬半島の向こうに沈みかけ、残照がきらきらと宇和海を照らしている。こうなると、相撲というよりも喧嘩だ。

「おおい、お前ら何やっているんじゃ」

段々畑の上から父友吉の呼ぶ声が聞こえてきた。父の声など耳に入らぬ――。兄弟の取っ組み合いは続いていた。

「いい加減にやめんかい。二人とも……」

友吉は兄弟をどやしつけ、二人を引き分けた。修二は、もはや半ベソ状態だ。それでも兄に食らいついていく修二に、友吉はただあきれるだけだった。

小学生のとき修二は勉強ができたという記憶はなかった。中の上——そんな程度の成績だったと思う。ひたすら遊び、海岸や段々畑の自然を観察する少年だった。ただほかの少年と違っていたのは、驚くほどの集中力を発揮して物事を観察し続けたことだ。

あのころがよかったと思う。しかし、まもなく中村家は父友吉の転勤で、大久を引っ越すことになる。少年の修二には大久の海岸が懐かしかった。友達が——というよりも、あの浜辺と大久の自然が好きだった。

父親の勤務地は大久から遠く離れた内陸部の大洲《おおず》だ。大洲からは八幡浜に出て、さらに佐田岬の尾根づたいに歩けば大人の足でも半日はかかる距離だ。低学年の小学生にはとてもかなわぬ距離だった。

それでも、修二は大洲に引っ越したのちも未舗装の悪路を自転車を漕ぎ、生まれ故郷の大久に幾度も足を運んだ。大人たちは修二の姿をみてびっくりしたものだ。

大洲は大久に比べれば大都会。道路は広いし、おまけに鉄道まで通っている。田舎育ちの少年には面食うことばかりだったが、いつしか新しい土地での生活も慣れて、大洲では小学校二年から大洲高校を卒業するまでの、十年近くを過ごした。

大洲は伊予国の中西部に位置し、江戸期は外様大名加藤氏六万石の城下町だった。藤堂高虎、脇坂安治《やすはる》・安元親子の後を受けて、加藤貞泰が伯耆国《ほうきのくに》米子から六万石を得て移封してきたのは、元和三年（一六一七年）のことと記録されている。

寛永十二年（一六三五年）風早《かざはや》郡、桑村郡の飛び地を松山藩と交換して所領を喜多、伊予、浮穴《うけな》の三郡にまとめることができ、新領を「御替地」とよんだ。入封まもなく、新谷《にいや》藩一万石を分知したため、実質五万石ながら六万石として遇され、明治維新まで十三代二百五十年続いた。陽明学者中江藤樹が仕えたこの藩は、好学の藩風でも知られ、藩校止善書院明倫堂や常磐井《ときわい》家の私塾古学堂からは人材が輩出したことでも有名だ。

町の中央部に鵜飼いで有名な肱川《ひじかわ》が流れていて、この町は左岸の旧城下町と、右岸の新市街地からなっている。国鉄予讃線が通じるまでは交通といえば、肱川を利用した水運が中心であって、船便の交通網は瀬戸内海に広がっていた。産業の中心は藩政時代からの農業に加えて、藩政時代に製紙業が専売制とされ、大洲半紙の生産が奨励された。明治に入ってからは養蚕・生糸が盛んとなり、養蚕は肱川の沿岸の台地などの桑栽培により、ごく最近まで続いていた。

この大洲で修二は中学を卒業し、大洲高校に入った。大洲高校は藩校以来の伝統を引き継ぐ名門校で、南部地域の八幡浜を含む、この地域の進学校であった。

高校進学のため勉強した覚えはないが、高校に入ってからも中学から始めたバレーボールに熱中するあまり勉強した記憶がない。受験校特有の詰め込み教育に反発を覚えたからだ。小学生のころから、そうなのだが、とにかく暗記が不得意だった。不得意に腹を立てて、漢文、古文、日本史、世界史などはからっきしで、ともかく勉強をする気に全然なれなかった。嫌いというよりも、記憶を試す科目に関心がなかっただけのことだ。

好きな科目はあった。小学生のころから自然を観察するのが大好きで、中学に入り数学が好きになり、高校では加えて物理が好きになった。文系の学科になると、教科書すら開いたことがない。ただ英語だけは別らしく中学のころから得意科目の一つだった。難関の大洲高校に入れたのは、英語がそれなりにできたからだ。

「おまえ、変わりもんやな……」

高校時代の数少ない友人の一人、二宮勝が背後から声をかけてきた。二宮がのぞき込んでいるのは数学の教科書だった。教科書は真っさらだ。大事と思える箇所や、覚えなければと思う公理や公式にはアンダーラインを引いたり、ノートに書き写したりするものだが、修二の教科書は文字通りの真っさらだった。

さすがにノートには書き込みがある。しかし他人がのぞいても、ミミズがはったような文字で、メモなのかそれとも数式なのか、何を意味するのか、さっぱりわからないのだ。友人たちは、中村ノートを「宇宙人のノート」と呼んだものだ。

滅多にクラスメートと交わることもなく、教室にいるときは、決まって窓の外をぼんやりとみている。放心しているようでもあり、哲学に耽っているようにも見える。その意味でも修二は変わり者として扱われた。

それでいながら、友人には、

「オレが得意なんのは、数学だけじゃ……」

とのたまったものだ。

確かに他の学科には少しも興味を示さないのに数学と物理だけは別である。よくできたし、よく勉強していた。しかし、どういうわけか、公理や公式を頭にたたき込もうと努力している形跡はなかった。

二宮が変わり者と呼んだのは、それだけじゃない。数学の解の導き方が、とても変わっていたからだ。少年の目には、変わったやり方に見えたが、いま流に言えば、独創的と呼ぶのが正しいのかもしれない。

数学には模範解答というものがある。言ってみれば、解答を出す手順だ。受験生の多くは模範解答を、定理や公式を参照しながら、頭にたたき込むものだ。しかし、修二は参考書の類をいっさい読まなかったものだから、模範解答なるものを知らなかった。そこで編み出したのが、独特のやり方である。

「定理や公式が間違っているかもしれんじゃろうに……」

そう言ってのけ、級友たちをびっくりさせたこともある。公式や定理を疑ってかかるなど高校生には考えられないことだ。何とも尊大なものの考え方だ。

独特のやり方というのは、高校生なりに考えついた「公理」や「定理」を、導き出して解答を出していくのだ。それが修二にはおもしろくてたまらなかった。そのおもしろさを他人に説明するのは難しいことだ。だいたい凡人には理解不能と思っていた。

「おまえな、公理を覚えたほうが早いじゃろうに、違うんか」

「間違っておったらどうするんや」

と反論したものだ。

ともかく公理などくそッ食らえ！　だった。要するに。暗記するのが嫌いで、そうやっているだけなのだが、それは自分でも説明のし難い、どういうのか、信念みたいなものであったと思う。

授業が終わり、教室は閑散としている。夕日が校舎を赤く染めていた。まもなく学期末の試験が始まるため、級友たちは家路を急いでいる。修二はふいに時計を見た。

「あっ、時間じゃ」

そう言い残すと、修二は教室を出て、グランドに向かった。もう学期末試験が始まるというのに、部活に走る級友を、二宮はあきれ顔で見送った。家に誘い、いっしょに勉強するつもりだったが、二宮は修二の後ろ姿を見てあきらめた。

勉強の代わりに励んだのが、バレーボールだった。中学高校を通じ大洲時代の修二にはバレーボールがすべてだった。

とはいえ修二は背が高く敏捷な動きをするものだから、その能力を買われて誘われたというよりも、長兄が部活の先輩として大洲中学にいて、おまえ入れや――と、有無を言わせず入れさせられただけのことだ。

中学バレーは九人制だ。部活を始めたときのキャプテンが二歳年上の長兄だった。長兄はスパルタ式練習が一番効果的だと思っていたようで、ともかく練習はハードで、盆も正月もなく練習させられた。その割には試合に弱かったが、練習量だけは四国一だったといまでも思っている。

ただし、先生や監督がいなかったものだから練習はすべて自己流だ。テレビで覚えた回転レシーブとか、フライングレシーブとか、ボールに向かって突っ込むだけの練習だ。突き指をするわ、膝も腕もすりむくわで、生傷が絶えなかった。

「血も出ないようじゃ練習が足りん」

というのが口癖だ。

当然のように試合に負ける。負ければ、根性が足りんからだ、ともっと根性を入れて練習をさせられるという具合だ。考えてみれば中学時代というのは「根性！　根性！」で、三年間を過ごしたようなものだった。

大洲高校でもやはりバレーボール部を選んだ。もっとも大洲高校では、長兄が別な高校にいったものだから、別に強制的に入れられたわけではない。まあ、中学の延長みたいなもので、当然のことのようにバレーボール部に入ったというわけだ。

けれども、進学校の部活などたかがしれている。県大会に出場するなどおよびもつかぬことで、地域の地区大会すら一回戦で敗退するよわっちいチームだ。親善試合ですら一勝もしたことがない。しかし、練習だけは大まじめで続けられた。

高校バレーは六人制だ。バレーボール部などに人が集まるはずもない。試合ができる六人を確保するのが精いっぱいで、まことにマイナーな部だった。しかし、練習のやり方は中学のときといっしょだ。根性、根性だ。それでも負ける。負けるのは根性が足りんからだというのも、中学のときといっしょだ。それがこの地域の特性のようで、少年たちは根性を鍛えられるのだった。

秋の日はつるべ落としの如しというが、もう夕闇が迫っていた。グランドは校舎の敷地から一段上のところにあり、バレーボール部のコートは、その端の体育用具の倉庫の前にあった。よわっちいチームが冷遇を受けるのは、世の通例である。しかし、練習だけはえらく熱心で、ネットが暗闇に包まれ、見えなくなるまでやるのが、大洲高校バレーボール部の意地と伝統でもあった。

「さあ、いくぞ！」

先輩が声をかけ、サーブを切る。それを一年生三人が声を上げながら受ける。コートは荒土だ。たちまち膝の皮膚が破れ、血が吹きだした。とっぷりと日が暮れて、ネットもボールも見えなくなったころに、ようやく練習は終わるのであった。

びっちり三時間。若いとはいえ、へとへとだった。家に帰れば、風呂、メシ、あとは寝るだけだ。そんなことじゃ成績が上がらないのも当然だ。それでも、進学コースの五組に入っていたのは奇跡というほかない。

この進学校には一学年九クラスあり、一組から三組までが商業科。残りの六クラスが普通科で、普通科の成績五十番までが五組に編入されることになっていた。修二はその栄光の五組に入っていた。

もっとも、歴史や国語がからきしダメだったため、その不利を英語と理数系でカバーしての、かろうじての「五組」だった。五組の席順は一二年を通じて、ビリから数えて二番か三番というのも仕方のないことだ。二年に進級するときは、五組から転落するのではないかと心配になった。

「オレ、バレーやめることにしたわ」

キャプテンにぼそりと告げた。

「そうか……」

と言ったきり、キャプテンは引き留めはしなかった。まがりなりにも進学校だ。学業をおろそかにしてまでの、バレーボールじゃあるまいというわけだ。

しかし、一週間もたたずに、修二はバレーボール部に復帰している。高校バレーは六人制。六人そろわなければ、試合にも出ることができない。それでは不人情じゃないか、中村は男気を示したわけだ。それもある。しかし、生来体を動かし、汗を流し、何かに夢中になるのが好きだったのだ。

こうして報われない練習が、卒業するまで続いた。それでいながら、在学中に一度として勝ったためしのないチームで終わった。いや名誉のために書いておけば、練習試合で一度だけ勝ったことがある。それがすべてであった。バレーボールで養ったのは、根性と生来の負けん気だけだった。

心配なのは大学進学だ。それでも三年になると、次第に成績は上がりだし、栄光の「五組」の席順が十番以内に入ったのは夏休みが終わってからだった。

「おまえ、決めたか」

そう聞いたのは、二宮勝だった。二宮の傍らに西田哲也が立っていた。二人とも五組の秀才である。どの大学を選ぶのか、漠然とは考えていたが、中村は具体的な準備は何もしていなかった。

「どこにするって、どういうこっちゃ」

「決まっているが、な。大学よ」

「ふーん」

修二は考えこんでしまった。三人は並んで肱川のほとりを歩いた。高校三年の秋だ。高校生には進路を決めなければならぬ重大な時期である。しかし、修二には自分の成績でどの大学に入れるか、さっぱりわかっていなかった。漠然とした夢はあった。気恥ずかしくて口にはできぬが、物理学者になる夢だ。さりとて、その夢を実現するにはどうすればよいか、わかっていなかった。しかし、親友の二人は、すでに進路を決めていた。

「どこにするんや」

「徳島大学の工学部にしようと思う。いっしょにどうか……」

と親友の二人は誘うのであった。

家に帰り、家族と相談してみた。長兄はすでに東京の大学に進学している。ありがたいことに両親とも教育には熱心だった。とくに母のヒサエ方は……。

「好きにしたらええがな……」

友吉はぼそりと言った。しがないサラリーマン家庭である。長兄を東京の大学に進学させて、次男を大学に進学させるには、家計に負担がかかる。さらに下の弟もいる。呑気者の修二にも、そこらあたりはわかっている。

「心配せんでもええ……」

友吉はきっぱりとした口調で言った。友吉は口数の少ない男だが、子供たちの教育に関してはきちんとした考えを持っていた。ヒサエも大きくうなずいてみせた。

大学進学の許しは得た。しかし、どこを受けるか、まだ決まっていない。翌日、二宮が訪ねてきた。

「徳島大はな、ほかの大学に比べると英数の比率が高いんや……」

二宮は意外にも、情報通であった。つまり徳島大学の工学部は、他の国立大学に比較すると、理数系の配分がほぼ二倍の評価をしてくれているというのだ。数学も物理も、抜群の成績だ。それなら、合格の可能性はある。二宮は、そんな意味のことを話した。

「なるほど……」

修二は二宮の話に合点した。

昔、徳島大学は「国立一期校」と呼ばれ、四国ではもっとも難関の大学とされていた。しかも理数系に強い大学だった。自分の考えている将来は、物理学者である。話を聞いているうちに、その気になってきた。

「決めた……」

さっそく進路指導の教師を訪ね、自分の希望を伝えた。教師は成績表を手にして、しばらく考え込んでいた。

「そうか、決めたんか。しかし、国語や歴史が、こんな程度の成績じゃな。好き嫌いやない。ともかく勉強しないことには無理や。国語も歴史もやらにゃあかん。大学に受かるまでの辛抱やないか」

進路指導の教師は諭した。

本当は理学部の物理学科にいきたかったのだが、電子工学を選んだのは、進路指導の教師に、物理じゃメシが食えん、就職先もなく苦労するぞ――と言われたからだった。しかし、やりたかったのは理論物理だった。

（辛抱か……）

修二は納得した。大学に入るまでの辛抱なのだ。わずか数カ月の辛抱だ。できない辛抱ではないと思った。大学に入れば、好きな勉強を好きなだけやれる、大学というのは、そういうところなのだから、と自分を励ますのだった。徳島大学は理数系の配分が高いとはいえ、やはり五科目受験の壁は高い。国語も歴史も必要だ。本腰を入れたのは十一月に入ってからだ。

暗記は難行苦行だった。何で嫌いな科目を勉強しなきゃあかんのや――と途中で投げ出したくもなったが、ともかく難行苦行を乗り越えて、翌年の二月末、徳島大学を受けた。徳島大学の受験に先立ち、京都の同志社大学を受験したのは、滑り止めのためだった。幸いに両大学とも受かった。

迷わず徳島大学を選んだ。授業料も下宿代も安かったからだ。

四月——。

徳島大学は大洲から予讃線・高徳本線の特急を利用すれば五時間の距離だ。しかし、当時は特急はなく、鈍行を乗り継いでの十時間におよぶ旅となった。四国を西の端から東の突端まで、瀬戸内海沿いに横に走る長距離の旅である。

修二は二宮ら大洲高「五組」の親しい友人とともに、徳島大学工学部に入った。徳島は阿波蜂須賀《あわはちすか》家の城下町で、徳島県の県庁所在地でもある。大洲に比べれば、はるかに都市化が進んでいる大都会だ。

親元を離れての初めての生活だ。大学のキャンパスから歩いて三十分ほどの、徳島城の堀近くの下宿に決めた。安アパートで、そこには徳島大学の先輩二人が住んでいた。四畳半で五千円。共同トイレに共同の炊事場があるだけの、文字通りの安アパートだ。しかし、当時の学生生活などというのは、その程度のものだ。

徳島大学は四国で一番の大学だ。電子工学を選んだのは、物理に一番近い学問だったからだ。修二は希望にあふれていた。大学に入るまでの辛抱じゃないか、と高校の教師に諭され、受験勉強に励んだ。辛抱のかいがあったというものだ。

四月半ばから授業が始まった。しかし、修二はがっかりした。好きな物理が思いっきりできると思っていたら、何のことはない、まるで高校教育の履修みたいなもので、教養科目と称するくだらん授業ばかりだ。

何でこんな勉強せにゃあかんのか——修二は心底腹を立てた。それでも、二週間だけは授業に出た。しかし、どうにも我慢がならなかった。六月に入り、授業を受けるのをやめた。高校時代に芽生えた物理学に対する猛烈な向学心——それが裏切られたように思えたのだった。修二は一人、下宿にこもり、どうすべきかを考えた。

いっそのこと、大学をやめようかとも考えるようになっていた。下宿に引きこもる日々が続いていた。大学に行かなくなって一カ月たったころ、大洲高から徳島大学に進学した親友たちが心配して下宿を訪ねてきた。その親友たちに向かって、修二は絶交宣言をする。

「お前ら、もうくるな！　お前らとつきあっているのは時間の無駄じゃ」

ずいぶんなものの言い様をした。

夏休みに入っても考え続けた。大学では好きな物理学が勉強できない、ではどうすればよいか——。そのことを考え続けるのであった。

2

中村修二が大学の授業に絶望し、下宿に引きこもり、悩んでいるころ、升永英俊も人生の岐路に立たされていた。

難関の司法試験を突破し、日本でも一流と呼ばれた弁護士事務所に入ったまでは、順調な人生だった。母校東大工学部に学士入学して工学士号も取得し、第一弁護士会に弁護士登録したのは昭和四十八年だ。

最初は勤務弁護士だった。世間にも名の知れた大手の弁護士事務所だったが、そこで内紛が起こった。升永も巻き込まれ、それで仲間と新しい事務所を立ち上げた。仕事も順調に入ってきた。だが、先が見えてくるようにも思える。
四十、五十になったときの自分の姿を思い浮かべてみても、芳しい未来像が見えてくるわけではない。一応、世間並みの生活はできるだろう。升永はそんな程度のことで満足するような男ではなかった。
その考えは、漠としていて、形のあるものではなかったが、次第に輪郭がはっきりとしてくる。これからは国際化の時代だ。升永はそう思うようになった。

日本で弁護士稼業をしているだけじゃ、国際化の波に乗り遅れる。洋々たる世界が目の前に広がっているのに、じっと待つのは、ばかげたことだ。しかし、それは安定した仕事と収入を放棄することを意味する。升永は悩み始めていた。

「アメリカに渡ろうか……」

考えているうちに、そう思うようになっていたのだ。その思いは日増しに強まっていくのだった。弁護士業の国際化――。これは避けがたい時代の要請でもある。

「どう考えますかな」

同僚弁護士と幾度か、国際化問題を議論してみたが、彼は否定的だった。

しかし、升永の判断は違っていた。時代は確実に動いている。いずれ日本の法曹界は変わる、いや、変わらざるを得ないのだ。いずれアメリカ人弁護士が、東京に事務所を開く日がくる。ドメスティックじゃ生きていけなくなる。升永はそう確信した。

「アメリカで何をするんや」

升永はにやりと笑い、答えなかった。もちろん、やるべきことは決まっていた。ロースクールに留学し、アメリカの弁護士資格を得ることだ。まだ、米国の弁護士資格を持っている日本人は少ない。その弁護士資格を、一番乗りして取得すること、それが当面の目標であった。そしてアメリカで弁護士業を開業することだ。日米両国の弁護士資格を手に、日米を隔てる太平洋を一衣帯水の如く行き来して両国間で自由かつ縦横に活躍すること、それが最終目標だ。

一人だけわかってくれた男がいた。大阪に事務所を持つ八代紀彦だった。

「わかるよ……」

と八代は言って、升永の新しい旅立ちを祝福するのだった。

しかし、問題は一つあった。頭の痛い問題だった。法曹資格を取るため、アメリカに渡るのはいいのだが、それを妻にどう言えばいいかだ。日頃は迷いの少ない男なのだが、こればかりは迷ってしまう。

その日は珍しく早く事務所を出た。新妻の明子と食事をする約束をしていたからだ。新婚生活を始めてまだ一週間と少し。仕事が忙しいものだから、それらしい生活ができていなかった。

明子は先に来ていて、レストランの奥で小さく手を振っている。二人は向き合って座って、メニューに目を通す。前菜を決めたのが明子で、メインディッシュは升永が決めた。ワインはとびつきりの上物を注文し、二人はワイングラスを合わせた。

明子とは母治子の知人を通じて、知り合った。いっこうに結婚する気配もない息子を心配した治子が、持ち込んできたのだった。わかりやすく言えば見合いだ。写真を見て、気に入った。彼女は、短大を出て、服飾デザイナーをしていた。本人を見て、さらに気に入った。升永は一目惚れをしたのだ。

「君と結婚したい」

学生時代は山に夢中になるような、体育会系の男だ。厳しい冬の登山に耐えられるよう肉体はいつも鍛えている。しかし、女には奥手だった。もちろん、学生時代に好きになった幾人かの女性はいたし、銀行に入ってからも、つきあった女もあった。だが、元来体育会系の男だ。女の扱いが、お世辞にも上手とはいえなかった。

「結婚……」

などという言葉を、よく口にできたものだった。体育会系というのは、端《はた》からみるあの豪快さというのは上辺だけのことで、実を言うとまことにシャイなのだ。シャイな男が結婚を口にできたのは、逃してはならぬ美女だったからだ。

　明子にも頼もしい男に映った。肌は浅黒く真っ白なワイシャツがよく似合う偉丈夫で、堅い筋肉質の首すじ、ややウェーブのかかった髪、精悍な顔で、冗談好きなフットワークのいい男だった。十歳の年齢差が少し気になったが、話しているうちに惹かれていった。明子は遠慮なく質問した。

「どうして銀行に入られたの」

「どうしてって、そりゃ食いっぱぐれがないのが銀行だと思ったからさ」

　明子は笑った。質問に対する答えになっていなかったからだ。聞きたかったのは銀行という仕事が好きで選んだのか、という意味だ。しかし、升永はより現実的な食える食えない、という問題で答えた。

　昭和十七年生まれの男には、食える食えないが、より深刻な体験として、体のなかに記憶されている。終戦直後は悲惨なもので、慢性的な食料不足のなかで育ったからだ。しかし、年齢が十年も離れていると、歴史的な体験は意味を持たなくなっているらしい。世代間の落差だ。

「そうかしら……」

と明子は首を傾げた。

升永の貧乏物語には多少の誇張があったけれど、明子はまるで異国での出来事のようにそのことを聞いていた。

結婚してまだ一週間だ。新妻を東京において、ニューヨークに留学するとは、どう考えても、身勝手というものだ。それが予定の行動であるのなら、結婚する前にきちんと話しておくべきことだ。もちろん、そのことは気にとめていたし、いつかちゃんと話をしなければ——とは、思っていた。

（しかし……）

と升永は考えた。明子はデザイナーの仕事を天職と考え、仕事に燃えている。数えで二十六歳。世間からも一応の評価を得て、仕事がおもしろくて仕方がない時期であった。その明子の気持ちはわかっているつもりだ。妻の仕事を大事にしたいとも思うのは本気だ。だから仕事をやめてついてきてくれ——とは、言いにくかったのだ。

しかし、なぜアメリカに留学するのか、その理由を、説明するのは難しいことだ。国際化であるとか経済摩擦とか、つまりは形而上のことがらについての説明であるからだ。芸術家志望で、デザイナーを天職と考える明子が、それを理解してくれるかどうか、心配にもなる。

メインディッシュも終わり、コーヒーが出てきて、明子はケーキにナイフを入れようとしていた。どう切り出せばよいか、升永は思念しつつ、恐るおそる切り出した。

「実は……」

非常に大きな勇気を伴う一言だった。明子はびっくりした顔をしたが、しかし、あっさりと認めた。心配は杞憂だった。ただ、明子は一つだけ条件をつけた。

「半年に一度は帰ってきてほしいの」

「もちろんだよ」

新妻としては当然のことだ。彼女にも彼女の都合があるように、夫にも夫なりの都合があるというものだ。明子はそのように理解してくれた。升永には明子が理解を示してくれたことがとても嬉しかった。

明子の承諾を得ると、升永は渡米の準備を始めた。都市銀行を辞めるときもそうだったが、いったん決断すると、行動は早い。とはいっても無鉄砲に走るのではない。一見、無謀に見える彼の行動は、常に万全の準備のもとに行われる。

留学する大学も決めていた。ニューヨークにあるコロンビア大学のロースクールだ。書類を取り寄せ、すでに入学手続きをすませていて、升永がコロンビア大学ロースクールに留学するのは、それから半年後のことであった。

何とも慌ただしい夫の行動に、明子は驚き呆れはしたが、そこは新婚間もないことでもあり、機嫌良く送り出したのだった。

婚の夫婦の、それであった。

新婚六カ月で夫はアメリカに旅立つ。別れの挨拶をする二人は、それでもやはり新

「お元気で、ごきげんよう」

手を振る夫に、

「それじゃ……」

コロンビア大学はアメリカの大都会ニューヨークにある東部名門アイビー・リーグ校の一つだ。学部学生は三千人ほどと少ないが、法学、経済、経営学、医学、建築、美術、国際関係など、各分野を網羅した大学院が充実している。学部課程のコロンビア・カレッジは一般教育の開拓者的存在で、その「現代文明論」や「人文学」の教養カリキュラムはとくに著名である。ちなみに大学院およびプロフェッショナル・スクールの学生総数は、一万七千に達する。日本人の間では国際関係や経営学が有名かもしれない。とくに六百万冊の蔵書量を誇る大学図書館は、アメリカでは一番の図書館だ。図書館には、足繁く通ったものだった。

大学の近くにアパートメントを借りた。学生にしては豪勢なもので、七十平方メートルを超えるアパートメントだ。けちな生活をするつもりはなかった。弁護士をして蓄えた預金がたっぷりあったからだ。

年間三万ドルの予算を組んだ。学生にしてはえらく踏ん張ったものだ。遊びより仕

事の升永は、日々飲み歩くわけではない。生活は堅実そのもので、遊びや趣味といえば、スキーぐらいなものだ。まあ、威張れるほどのこともなく、遊びより仕事――の生活では蓄えができる。

大都会の大学だが、日本の大学と違ってキャンパスは広かった。勉学の目的がはっきりしているロースクールでの生活は、充実していた。とりあえずの目標は、ロースクールで修士を取得し、ワシントンDCの司法試験に合格することだ。ロースクールの学生たちはよく勉強する。のんびり構えていると、たちまち落伍者になり、大学を去らなければならなくなる。学生間の競争は、日本では考えられないほどの厳しさがあった。

その上に外国人である升永には、語学のハンディがあった。日本にいるとき、かなり英語はできるほうだと思っていたが、それでも本場の英語になれて、ロースクールでの演習についていくためには、もっと英語になれる必要があった。ロースクールでの一年は講義・演習・図書館通いという日々が続いた。

教室にドッと笑いが起こる。教授がなにやら冗談を言っているようなのだが、何のことやらさっぱりで、升永には笑えなかった。そんな調子だから授業についていくのが、ようやくという語学力だった。

生来の負けず嫌いだ。へこたれなかったのは、升永が目的指向型の人間であったからに違いない。もっとも勉強好きは升永のとり柄でもある。

次は司法試験への挑戦だ。目指すはワシントンDCの弁護士資格だ。日本の司法試験に比較すれば、アメリカの司法試験は楽だ。なんといっても、百万人に近い弁護士を抱える国柄のことだから……。

試験会場は、物音一つしない。誰もが真剣だった。しかし、升永には、日本での司法試験に比べると問題は易しく思えた。ゆとりをもって、問題を解く時間を計算してみる。問題を読み違えるなど初歩的な同じ過ちは二度と繰り返してはならぬ。心を落ち着かせ、問題を解いていく。解答をもう一度、読み返してみられるほどの余裕があった。

試験は終わった。上着を脱ぎ、大きく伸びをする。こんな自由な気分になれたのは、アメリカに来てから初めてのことだった。ワシントンの街がとてもまぶしく感じられた。自由というよりも開放感といったほうが、正確かもしれない。世の中が輝いてみえる。なにやら、初めてのアメリカ体験のような気分になってくる。街ゆく人に、やあ、と声をかけたくなるような弾む気分だ。

三週間後、通知がきた。合格の通知だ。自信があったが、通知を手にし、合格の実感を味わうことができた。

日本人で最初の有資格者——という夢は残念ながら実現できなかった。すでにワシントンDCをはじめ、ニューヨークなどで弁護士資格を取得している日本人が、十人前後いたからである。しかし、まだ希少価値があった。なんといっても十人前後なのだから……。

「おめでとう……」

東京からの電話は妻明子からだった。東京を出るとき、アメリカで弁護士資格を取ったらいっしょに暮らす約束をしていた。

「ありがとう」

明子の祝福が何よりも嬉しかった。

司法試験に合格したのも嬉しかったが、升永はアメリカで多くのことを学んだ。なかでも強くひきつけたのは合衆国憲法だった。改めて読み直してみて感動したことをいまでも覚えている。

民主主義、人権、法の下の平等、言論および報道の自由など、民主主義の諸原則は大切だ。権力は選挙によって構成されるからだ。しかし人びとはときとして、衆愚に走る。その衆愚を抑えるのが、絶対的正義であり、それが基本的人権と法の下の平等なのである。

法の下では大統領もいかなる権力者も、他の市民と同様に、平等に裁かれる。そして権力の暴走をチェックするのが言論の自由であり、報道の自由だ。それらのルールが社会規範として人びととの生活のなかに生きているのが、アメリカなのである。そのアメリカを升永は目のあたりにした。

「法の下の平等……」

何度もかみしめた言葉だった。そして升永は法によらず行政指導と称する官僚による恣意的支配を許す日本の現状を考えるのだった。そんなことを議論しながら、わいわい騒ぐのがアメリカの学生たちだ。

ロースクール最後の日――。

飲んで騒いで気がついてみると、いつのまにか仲間は帰っていた。残っていたのはロースクールでは仲の良かったジョージ・アダムズだけになっていた。

「どうする？　君は日本に帰るのか、それともアメリカで仕事をするのか……」

ジョージはバーボンが入ったグラスを片手に聞いた。

「ここで仕事をするつもりだ」

ジョージはよりよき友人であり、相談相手でもあった。彼は就職のためのアドバイザーを買って出ようとしているのだった。

経歴書を希望する企業や法律事務所に送ることから始めるのが、アメリカでの就職活動の第一歩だ。ただし経歴書にしても、文房具屋に売っている書式の整った用紙に経歴を箇条書きにするだけの、日本式のいわゆる履歴書ではないのはもちろんだ。商品の売り込みと同様に、自らの得意分野や才能才覚を売り込むわけだ。

待っていては、何も起こらないし、ことは始まらない、自分で売り込まないことには、誰も売り込んじゃくれないのだ。恥じることなく堂々と売り込むのだ。好き嫌いは別だが、アメリカとは、そういう仕組みの社会なのだ。

「まずアクションを起こすことだ」

ジョージ・アダムズは言った。

アダムズに教わったやり方で、升永は幾通もの経歴書を書き、これはと思う法律事務所に送った。仕事はアメリカでも日本企業が多く進出している西海岸でやりたいと思っていた。ロスアンゼルスやサンフランシスコなど、西海岸に本拠地や拠点を持つ法律事務所だ。そのうちのひとつ、ギブソン・ダン&クラッチャー法律事務所から面接したいと連絡が入った。

「ほうー」

書類を見ながら、人事担当者はうなずいてみせた。日本人弁護士は珍しく、希少価値と言ってもいいかもしれない、そのようにギブソン・ダン&クラッチャー法律事務所の人事担当者は受け止めていた。

「パートナーに会ってください」

人事担当者は書類上のいくつかの質問をしたあと、そう言った。

パートナーに会ったのは翌日のことだ。彼は日本人である升永に、一般の米国人弁護士と同様な期待しか持っていないようだ。質問もありきたりで、質問の多くは弁護士としての適性に関するものだった。

「日本企業を顧客にする自信はあります」

升永は抜け目なく売り込んだ。

しかし、反応はなかった。それでもあっさりと採用は決まった。しかし、仕事は希望の営業ではなかった。来る日も来る日も、契約書とか約款とか、法律事務書類の作成ばかりで、それはそれで、確に法律事務に精通するようにはなるが、あくまでも事務屋の仕事だ。アメリカにまで来て、事務屋の仕事を続けるつもりはなかった。

この事務所で十分過ぎるほど法律事務の仕事は覚えた。升永が再び手紙を各法律事務所に出し始めたのは、ギブソン・ダン&クラッチャー法律事務所に勤めて三カ月あまり経ってからだ。ロスから離れるつもりはなかった。顧客を獲得するのが弁護士にとって一番大切な仕事であると考えたからだ。

一通の返事が届いたのはそれから三週間ほど経ってからのことだった。封書にはグラハム&ジェームズ法律事務所——と、あった。本部がおかれた事務所の所在地はロスではなかった。サンフランシスコに本部があり、西海岸では百人を超える弁護士を抱える有名事務所だった。調べてみると、ロスにも支部を持ち三十人もの弁護士が働いている。これなら、希望がかないそうだ。

さっそくレターを手に、サンフランシスコの本部に出向いた。面接に出てきたのはパートナーの一人グラハム自身だった。彼はユダヤ系の米国人で、会うなり人懐っこい笑顔を見せ握手を求めてきた。

「本部での勤務はどうか……」

グラハムはサンフランシスコでの勤務を勧めてくれた。

「ロスで働きたいと思います」

升永は希望を述べ、その理由を話した。グラハムはしばらく考え、キャビネットから資料を取り出し、机の上に置いた。

「オレンジ・カウンティには一人事務所があるんだが、そこは赤字でね……。閉鎖を検討中なんだ。ここを立て直す自信が、君にはあるかね……」

顧客は自分で開拓するものだ、と升永は思っている。

「もちろんです。私に任せてください。売り上げを三倍、いや四倍にしてみせます」

升永は大きく出た。そして自分の目論見を話した。グラハムは耳を傾けた。

「こういうことです」

升永は日米の経済関係や、深刻化する経済摩擦について話し、そのため日本企業の多くは輸出を現地生産に代替し、摩擦回避に動いている現状を話した。

さして上手い英語とはいえないが、論旨もしっかりしていて、内容も具体的で根拠があった。升永の説得力のある話しぶりにグラハムは次第に引き込まれていく。

「なるほど、日本企業——ね。それは確かにアイデアだ」

グラハムは納得したようだ。

オレンジ・カウンティには、多数の日本企業の工場が建設されていて、これからも日本企業の進出が予定されている地区だ。理屈は通っている。なるほど、そこには潜在顧客が顔をそろえている。

「わかった、オレンジ・カウンティは君に任せよう。年収六万ドルでは、どうかね」

決断の早い男で、グラハムはその場で採用を決めたのだった。

どのみち、オレンジ・カウンティ支店は閉鎖の予定でいた。ダメで元もと——。グラハムはそう判断したのだ。

条件は年収六万ドル。通常、ロースクールを出たての有資格者の年俸は、三万ドル程度だ。破格の条件といってよかった。仕事は日本企業を顧客として獲得することであり、日本企業の法律問題の担当だ。

3

悩み続けていた中村修二に一つの転機が訪れようとしていた。それは彼の運命を決める大きな転機だった。しかし、大学教養課程の下らない授業に腹を立て、授業をボイコットして、下宿に引きこもる日々が続いているのは相変わらずだった。

それでも、進級できるほどに、そこそこ大学の勉強をやっていたのは、修二の暮らしぶりを、友人から伝え聞いた母親が、心配して電話をしてきて、

「卒業だけはするように……」

と、きつく説諭したからだった。変わり者の修二だが、母親は格別な存在で、母親の言葉にだけは逆らえなかった。

それに家計の実状もわかっていた。父親は四国電力の保安係に過ぎない。収入もたかがしれている。そんな家計なのに、長兄は東京の大学へ、末弟は金沢の工業大学に進学している。もう貯金も底をついているはずだ。卒業だけは——という母の言葉は身にしみてこたえる。中退するなど、母のことを考えれば死んでも口に出せない言葉だった。中退もせず学業を続けたのは、そんな家庭の事情があったからだった。

大洲高から進学してきた二宮ら親友との交友も絶った。本来、中村はお調子者で、人づきあいのいい男だった。友達に頼まれると絶対に断れない性分なのだ。そんな中村の突然の絶交宣言に友人は驚いた。

絶交宣言とは穏やかならざる所為だが、友人たちには、そんな中村をそっとしてお

く包容力があった。中村は徹底した。アルバイトの家庭教師も時間がもったいないからと、やめた。学費は親が出していたが、生活費はアルバイトと奨学金だった。それでも、考える時間が欲しいとアルバイトをやめてしまったのだ。そして考え続けた。

物理学に対する渇望。それができない苛立ち。怒りがふつふつとわき上がる。高校時代に芽生えた物理学への強烈な思い、それを裏切った大学に対する怒りだ。夢をうち砕かれたことへの怒りだ。

これまでの人生というのは、ただの浪費だったのか……。友人は一番大切な存在でもあると思っていた。しかし、それすらも否定的になる。よくよく考えてみれば、友達づきあいというのは、妥協の連続だ。妥協ばかりで、まるで自分の意志というものがないではないか。これじゃたまらん——と、絶交宣言したのだった。

「いったいオレは何をやっているのか」

さらに思索はつめられていく。このままではサラリーマンの道しかないのか。大学に続く道はサラリーマンへの階段。物理学をやりたいのにどうしてなのか——。どう考えてもこの道から逃れられそうにない。怒りの矛先は次第に教育制度に向かっていく。

中村は解を求めて読書に励んだ。読書に疲れると、考え事に耽る。一人で沈思黙考を続けるのだ。傍目《はため》にはボーッとしているようにしか見えない。焦点を定めて考え事をしているわけではないが、どうやら、そうしているのが好きなのだ。生活は一万円たらずの奨学金が頼りだ。まあ、学食と下宿を往復するだけの生活だから、切りつめれば、なんとか生活はできる。

それにしても、修二の悩み方は、凡人にはわかり難く、他人には形而上的というか観念的にしか見えなかった。つまり物事の本質を考える悩みだ。髭はのばし放題で部屋にこもり、読みふけったのは、哲学書や物理学の書物だった。物理学の先にあるのは哲学だ。哲学に突き当たるのはごく自然だ。しかし、その哲学についても、中村は否定的になる。

「超くだらん……。バカか」

中村は哲学書を読み終えて、吐き捨てるように言った。哲学というのは、突き詰めれば発狂するという。しかし、こんな程度の考えなら、オレでも思いつくわい、そう思ったのだ。それにしても古今の哲学者を、バカかと罵るとは、相当な傲慢ぶりだ。しかし、中村は少しも傲慢とは思わなかった。

哲学書に飽きると、図書館から借りてきた物理学の専門書に再び目を通す。そうして中村は、自分が好きなのは物理学であることを再確認するのだった。しかし物理学についても、専門書を読み進めているうちに辛辣な感想を漏らしている。

「こんな程度じゃ」

日本人学者の本にも翻訳書にも、飽き足らなくなって原書に当たるようになる。公理や定理すらも疑ってかかるような男だから、翻訳書に疑問を抱くようになるのも当然というべきで、原書を読むようになるのは、翻訳が信用ならぬと思えたからだ。大学に入っての独学である。

中村修二たちが大学に入ったとき、キャンパスを揺るがした全共闘・学生運動の波は去っていた。すでに政治運動の季節は終わり、ある学生は女の子を追っかけるのに忙しく、またある学生は、すぐそこまで押し寄せているバブルの波を予感してのことか、学業もそこそこにして卒業できるだけのぎりぎりの単位を取り、風のように大学を去っていく。勉強するのはいい会社に入るためで、何かをやろうという気迫に欠ける学生ばかりだ。

自らの進むべき道に呻吟し、思索を重ねる学生など一握りに過ぎない。日々大学に対する絶望感は強まるばかりで、自らの道を探し求めて、目的もないままに悩み続ける中村はやはり変わり者だった。

修二は学生仲間たちから「仙人」と呼ばれていた。いや、仙人というよりも、苦行僧といったほうが似つかわしい。というのも、四畳半の下宿にこもり、哲学書や物理学などの書籍を読みあさる一方で、中高校以来、日課として続けてきたジョギングを、大学に入ってからも欠かすことがなかった。徳島城の堀端をジョギングする中村を、学友たちは不思議な思いでみていたものだ。悩みながらも肉体を鍛錬する姿は、やはり苦行僧に似ている。だから決して弱々しいインテリではなくて、肉体的にはすこぶる健康的なのである。

そんな中村が三年に進級できたのは、奇跡に近い。

半年におよぶ思案の末に、一つの結論を出している。ともかく大学を卒業すること、社会に出て自立すること。そして大学に戻ったのは一年の秋口だった。

以後、超くだらん――という一般教養の科目も進級できるだけのぎりぎりの単位を取るための勉強だけはやった。二年に入ってからも同じことで、ジョギングで体を鍛え、残る時間のすべてを、読書に精を出すか、沈思黙考に費やす日々だった。

その日も修二は、大学図書館から借り出した分厚い書物を小脇に抱えて、下宿に急いでいた。しかし、いつもと少しばかり違っているのは、今日は図書館にいく前に学務課に立ち寄ったことだ。大学のキャンパスは徳島城跡から見ると、助任川《すけとうがわ》を挟んだ北側に位置している。助任川の川べりをゆっくりと歩くのがいつものコースである。

中村の表情はいつもと違う。いつになく晴れやかだった。三年になっておもしろいと思える講義に出会えたからだ。福井萬壽夫《ますお》工学部助教授の講義だった。午後からの講義は個体物性に関するもので、あんなに熱心に講義に耳を傾けたのは、大学に入って初めてのことだ。

「なるほど……。材料物性っていうのはおもしろいんだ」

専門課程に入り、ようやく自分が考えた物理学の領域での勉強ができるように思えた。暗いトンネルを抜けて、ようやく曙光が見えてきた。足取りも弾んでいる。浮かれた歩き方だ。少年のとき大久の浜辺を飛び回った、あの歩き方だ。足取りも軽やかになろうというものだ。しかし、気分が弾むのには、いま一つ理由があった。中村は恋をし始めていたのだった。

二週間ほど前になるか、いや、はっきりと覚えている。中村がいつものように学食で食事をしているときだった。学食はいつになく華やいだ雰囲気だ。ダンスをしたくなるような激しいリズムの音楽が聞こえてくる。中村はふらふらと席を立ち、音楽が聞こえるほうに歩き出した。ドアを開けると、そこは学生のたまり場になっているホールだ。照明を落として、ボリュームいっぱいにした激しいビートのきいた音楽に合わせ、大勢の男女学生が踊り狂っている。

ふっと見ると、ドア近くに長身細身の女子学生が一人立っていた。美しい人だ。輝くような美しさだった。見ている方がどぎまぎするような輝きをはなっていた。そうするのがごく自然なことのように、吸い寄せられるようにして女子学生の前に立ち中村は言った。

「踊らんか」

中村には自分でも信じられない言葉を口にしていた。中高とバレーボールに明け暮れ、大学に入ってからは仙人のような生活をしていた中村が女に声をかけるなど、あとにも先にも、これが初めてのことである。

声をかけられた女子学生は、驚いたという顔で中村を見た。やがて彼女は小さく頷き、向き合ってステップを踏み始めた。ミラーボールが妖しく彼女の頬をとらえた。舞うように踊っている。中村は彼女のステップに調子を合わせる。ゴーゴーダンスというやつで、交互に肩を揺すり、前後左右にステップを踏むだけの、まことに原始的なダンスだ。もちろん、ゴーゴーを踊るなど中村は初めてのことだ。手足をばたばたさせているだけの、なんとも無骨な踊り方だが、それでも一応格好がついている。中村は踊りながら、憑かれたように話し始めた。

他人からみれば、不思議な光景である。出会ったばかりの二人だ。中村は旧知の仲のように話しかけている。そして、その美しい女性も、中村の話にときおり質問を入れたりして相づちを入れるのだった。

「そうなの……」

彼女は聞き上手なのである。何を話題にしたかなど、さっぱり記憶にない。物理学のことや哲学のこと、大学の教育制度、怒りや将来への希望など、二年の間下宿に籠もり、たまりにたまった一切合財をはき出すように話し続けるのだった。

夜空に星が降っている。よく晴れ上がった夜空だった。どれほど踊り、どれほど話をしたか、時間の経過も、空間の移動も、街の風景も周囲の状況も、それらすべてが二人の意識の外にあった。二人は夜道を歩いていた。一晩中歩き続けた。歩きながら中村は話し続けた。飽くことなく話し続けた。彼女は異邦人のような中村に次第に惹かれる自分を感じながら一緒に歩いた。

気がついてみると、夜明けだった。二人は駅のベンチに並んで座っていた。一晩中話し続けたのに、それでも足りなかった。中村は、彼女が自分のことをどう思っているのかなどまったく無頓着にしゃべり続けた。

その夜は学園祭だった。

徳島大学の学園祭には貫歩《かんぽ》というイベントがあった。吉野川に沿って走る国鉄徳島線の穴吹のあたりまで行って、国道192号線を四十キロほど夜通し歩き、学校にたどり着くというイベントだ。

どちらが誘ったかは、二人とも記憶になかった。気がついたとき、二人は歩いていたのだった。星がいっぱいだった。物理の話をしたかもしれないし、星のことや宇宙について語ったかもしれない。覚えているのは夢中になり話をしたことだけだった。夜が明けてからも、二人は駅前の徳島公園のベンチに座り話し続け、徳島駅のベンチで続きの話をするのだった。二人が別れたのは、それから一時間してからだった。

しかし、中村は迂闊だった。肝心な相手の名前を聞いていなかったのだ。自分の迂闊さを笑った。笑いながらも、もう一度会いたいと思った。彼女は教育学部の女子学生で自分と同じ三年生であることがわかっていた。わかっていたのは、それだけだ。

「しらんかのう」

いてもたってもいられず、彼女の所在を友達に聞いた。中村が他人に関心を示すなどかつてないことだ。まして女だという。これは事件だ。狭い地方大学のことだ。誰でも知っていることで、彼女のことはすぐにわかった。彼女は陸上の選手で、陸上部ではマドンナと呼ばれていることも。

彼女の名は裕子といった。

大学祭の貫歩が終わって数日経って裕子が中村の下宿を訪れた。飛び上がるほど嬉しかった。しかし、中村は少し慌てた。女の子が訪ねてきて楽しいような部屋ではなかったからだ。テレビもない、音楽を楽しめるようなプレーヤーもレコードもない、ただ専門書が積み上げてあるだけの部屋だ。仙人と呼ばれるにふさわしい、モノがないぶんまことに質素な部屋である。大急ぎで布団をたたみ、座れるだけの空間を作った。

裕子は、少しも気にならなかった。そんな生活をしている中村が好ましくさえ思えるのだった。とはいえ彼女には、無骨で学友たちから仙人などと渾名されるような男の下宿を訪ねるのは勇気のいることだった。

しかし、最初の出会いから裕子は感じるところがあった。運命の糸とでもいうべき、二人を結びつける何かを感じたのだ。そう、彼女は学友たちから仙人呼ばわりされている男に恋をしたのだった。会いたいと思った。そして行動を起こしたのだ。

その日も、裕子との約束があった。貧しい学生には、助任川の辺《ほとり》を散歩するのがせいぜいなのだが、それでも楽しいデートのひとときには違いない。そうするのが、二人には日課のようになっている。

中村は大きな転換期にあることを自覚していた。あの反抗的な気分は何だったのか、今にして思えば不思議な気分だ。遅くやってきた青春のようでもあり、反抗であったようにも思う。しかし、無駄ではなかった。悩み抜き、悩み抜いた末に確実に、この手につかんだものがあるからだ。台風一過の秋晴れのような感じである。こういうのを擺脱《はいだつ》の気分というのかもしれぬ。すなわち、万象を擺落すれば烟霞《えんか》収まる――の観だ。

よく晴れた日で、汗ばむような陽気だ。堀端に腰を降ろし、学務課からもらってきた紙片に目を通す。そよ風が水面を揺らし、陽光をきらきらと反射させている。目を通しているのは福井助教授の講義スケジュールだ。福井助教授の授業に出たのは、ほとんど偶然といってよかった。刺激的な授業だった。自分がやるべきはこれではないか――と、思うようになったのだった。そんな風に思えたのは大学に入って初めてのことだった。

「待たせたかな」

背後で裕子はほほえんでいる。裕子は並んで座った。リンスの香りがした。

「なんなの……」

手にした紙片をのぞき込み聞いた。

「うん、福井先生のスケジュールさ」

「あなた、変わったって、みんなが言っていたわ……」

「そうかいな、そうだろうか」

中村は照れたように首をひねった。確かに変わった。人が変わったように勉強をしだした。好きなことには集中できるタイプに変わったというのだ。集中できる分だけ能率はあがる。すべてが吸い取るように頭に染みこんでいくのだ。

「すごい先生なんだよ」

福井助教授の個体物性の講義が、いかにすばらしかったかを、中村は目を輝かせながら話すのであった。その中村を裕子はにこにこして見つめた。

三年の後期試験から着実に成績は上がり始めた。どの大学も一緒だが、三年の後半になると、学生たちは卒論の準備に入る。中村は福井助教授に相談した。

「材料物性を——と考えているんですが」

「それなら多田先生はどうかね……」

福井助教授は勧めた。聞いてみると、助教授は多田修教授の門下生という。多田教授の専門は個体電子工学。多田教授は徳島大学では名物教授として知られる。

多田教授の研究室を訪ねたのは翌日のことだった。人間出会い絶景——という言葉がある。俳人の永田耕衣《ながたこうい》の言葉だが、人間の出会いは素晴らしいという意味だ。しかし、中村は絶景とは思わなかった。変人が変人をみて変人だと思っただけだ。

「福井助教授の紹介で参りました」

「うん、福井君から聞いておる。まあ、そこらで勉強していてや」

そう言ったきり、ラジオの分解に取りかかった。なるほど変わった教授だ。何をやっているのか、中村にはさっぱりだった。ともかく中村修二の運命を決める多田教授との出会いは、こうして始まるのだった。ただ理論物理を求める中村には、少しばかり期待はずれに思われるのだった。

第一級の研究業績を持ちながら、学内の政治力学にはまったく無頓着で、多田教授が強調するのは、すべて「実験！　実験！」だ。理論偏重の同僚教授をバカ呼ばわりし厳しく批判する。その意味でも多田教授は大いなる変人であったのだ。ところが変人が変人教授に惹かれ、中村は多田研究室で卒論の準備を始めることになった。

おもしろいのは人間の営為というのは、必ずしも整合的ではないことだ。多田教授は自称「実験屋」だ。しかも手作りの実験だ。国立大学というのは予算が限られていて、高価な実験機材を購入できるほどの財力は与えられていないこともある。経費節減のため、いきおい手作りにならざるを得ないのだが、それにしても、なるほど「実験屋」と自称するだけに、多田研究室は手作りの実験装置で部屋中がいっぱいになっている。

理論物理学を至上のものと考え、その機会を与えない大学に絶望していた中村ではあるが、理論よりも実践・物作りを志向する多田教授に、しかし、不思議に惹かれるものがあった。以後、多田研究室に入り浸りの日々となっていく。

「…………」

いつものように、研究室で原書を読んでいる中村の後ろを多田教授が鼻を鳴らしながら歩き回っている。この教授は他人が考えているよりも、ずうっとシャイなのである。

「先生、何か……」

気になったので、振り向いて聞いた。多田教授は読みさしの原書に目をやり、にっこり笑って言った。

「中村君、そんな本を読んでも何にもならへんよ。まあな、体を使って、モノを作らんことにはわからへんよな」

「はあ……」

多田教授が有名な実験屋というのは、知っているつもりだった。しかし、卒論の指導を受けるうちに、ただの実験屋でないことがわかってきた。腕前は職人肌だった。それも率先垂範の職人である。

「溶接というのはこうやるんだ」

遮光眼鏡をかけて、ガスバーナーを手にしながら、溶接に取りかかる。たちまちにして実験機材ができあがるのだった。研究室にあるのは溶接機器だけではない。簡単な工作機械や旋盤など、何でもそろっている。それらのほとんどは教授自らの手作りだ。他人からみれば、ただのガラクタなのだが。

たとえば、壊れたテレビやラジオの類も多田教授の手にかかれば、たちまち立派な部品として再生される。

「中村君、ほらこれ使えるじゃないか」

ガラクタの山をかき分け、必要な部品を探し出す。それを学生に示しながら、部品を再生し実験機材に仕上げてみせる。

率先垂範の教授のもとでは、学生も教授に見習わざるを得ない。理論物理をやりたかった中村ではあるが、もともと体を動かすのは大好きな男だ。中村は、こうして多田教授の弟子入りをするのだった。

多田研究室で学んだことは実に多い。無為に実験を繰り返しても意味がない。科学の基本は観察である。観察の目を養う重要性だ。少年のとき、雲の流れをじいっと見つめた、あの観察眼だ。

「僕は大学院に進みたい……。多田教授も奨めてくれているんじゃ」

中村が裕子に相談したのは、大学四年の秋口だった。早く大学を卒業し社会に出ることだけを考えていた中村にすれば、これは人生の大転換といえた。

二人はいつものように、助任川の辺を歩いていた。大学と下宿を往復する日課は相変わらずで、多田研究室を出ると、学食で裕子と待ち合わせをし、今は公園となっている徳島城址を一周したあと、助任川に出て下宿に帰るのがいつものコースだ。

学問を続けたいという抑えがたい気持ちが中村に芽生えている。

「私、卒業したら教師になるの……」

裕子はあまり豊かではない中村の家庭の事情をよく知っている。彼女もまた銀行員を父にもつサラリーマン家庭の娘だ。そうであればなおさらに、三人の男兄弟を大学にやることの大変さは、手に取るようにわかろうというもので、健気にも彼女は、大学に残るという恋人の生活を支えるつもりになっているのだった。その気持ちを知り、中村は嬉しかった。

二人は助任川の辺のベンチに腰を降ろして河面《かわも》を見つめる。川の向こう側に徳島城址が見える。

「ほら、みてごらん……」

中村の指差す方向に鴨の群があった。もう季節は晩秋となっていたのだった。

4

真夏日のようなきつい日差しがサンフランシスコのグラハム&ジェームズ法律事務所に照りつけている。しかし、午後の日差しは低くなり、事務所の奥まで差し込み、秋の気配を感じさせる。グラハムはブラインドを引き、書類に見入る。

「あの日本人、なかなかやるね」

グラハム&ジェームズ法律事務所の筆頭パートナーのグラハムが、オレンジ・カウンティ支店から届いた報告書を手に満足げにうなずくのであった。

駆け出しの日本人弁護士、升永英俊に六万ドルもの年俸をはずんだのは、大手の弁護士事務所といえども、大きな賭けだった。あの男は日本人には珍しいタイプで、自分を売り込むことに長けていた。

たいていの日本人は引っ込み思案で、能力の半分も売り込むことができない。できそうにないことを目標に掲げない、優秀な人間ほどそうだ。グラハムは日本人とのつきあいのなかから、教訓を得ている。日本の秀才たちは失敗してもいいや、というわけにはいかないのである。控えめであるのが彼らは美徳と考えているのだ。

しかし、アメリカ社会では、そんな美徳などクソの役にも立たぬ。評価されるのはビジネスに対する熱い情熱であり、目標をやり遂げる根性と成果だけだ。

（日本人にすれば異邦人か……）

グラハムはふっと口元に笑みを浮かべ、報告書をめくる。

そこには多くの日本企業の名前がある。この一年の間に升永は十指におよぶ日本企業を顧問企業として獲得していた。これにはグラハムも驚いた。

オレンジ・カウンティ支店はもともと閉鎖を考えていた支店だ。赤字続きで立て直すのは困難とみられたからだ。それがどうだ。赤字は黒字に転じて、六万ドルの報酬を支払っても、なお二十万ドル近い利益を出すまでに業績を回復させている。いずれも升永の営業力によるものだ。

その日の午後、事務所のパートナー会議が開かれることになっている。一般企業でいえば取締役会議だ。そこでオレンジ・カウンティ支店の処分問題が検討される。一年の猶予期間をもって閉鎖を決めたのは、一年前の会議だった。午後の会議では、その当否が検討される。今一度、グラハムはオレンジ・カウンティ支店のバランスシートを見てみた。

（いけそうだ）

筆頭パートナーの意志は決まっている。むしろオレンジ・カウンティ支店は、人員を増やすなど、来期にかけては投資の対象にすべきだと思うようになっている。

翌日、升永英俊は筆頭パートナーであるグラハムから電話を受けた。グラハムはパートナー会議で得た結論を伝えてきたのだ。

「これからも、よろしく頼むよ」

グラハムは上機嫌だった。

場合によっては一年で閉鎖の可能性もあると言われたオレンジ・カウンティ支店。それが人員を増強し、再投資を検討するという話だ。升永は嬉しかった。

弁護士事務所の、いわば営業マンとして働いた。営業マンは、まず体を動かすのが第一だ。行動力は持ち前だ。馬車馬のように働くというのは、升永のような働き方をいうのであろう。夜も昼もなく、かけずり回る一年だった。その働きぶりに、同僚の弁護士たちも舌を巻くほどだった。

しかし、いわゆる物売りのセールスマンとは違って、弁護士なのだから法律相談に応じて、顧客といっしょに問題解決に動くことで信頼を獲得しなければならない。ときには難題を突きつけられることもある。なんといってもアメリカでビジネスをするのは初めてのことだからだ。

　弁護士に要請される能力の一つは、調査能力だ。米国に進出する企業に対しては、米国法人としての登記からはじまり、会計基準や労働慣行を習知させ、契約書の作成から宣伝用のパンフレットまで作る場合でも、独禁法などの法令にふれるかどうかの判断も必要だ。つまり、それらの適法性に対する調査能力だ。調査能力はクライアントを獲得する上では重要だ。

　弁護士に要請される能力の第二は、事務処理能力だ。たとえば、現地法人を設立するにともなう、それらいっさいの法律の事務手続きを引き受け、時と場合によっては必要な法律上のアドバイスをすることもある。第三の能力は、やはり顧客を獲得する営業能力だ。

　日本では待ちの構えである。受身で動かない。日本社会では弁護士はエリートなのだ。エリートは和をもって尊し、なのであり、弁護士同士が競争関係を作ること自体が異端なのだ。広告規制があるのも、そのためで、自分が関わった裁判の業績すら一般に公表できないのが日本だ。

　しかし、このアメリカは違う。アメリカで重視されるのは、営業能力である。すべてが、顧客の存在があって仕事が始まるという考え方だ。弁護士側からの情報公開も進んでいる。どんな分野が得意なのか、どんな分野で実績を残しているのか、弁護士を選任するにあたっての情報公開だ。そのことを、升永はアメリカで学ぶことができた。

もちろん、弁護士の本来的な仕事は、紛争を法的に解決することにある。問題の性格によっては訴訟を起こすこともあれば、逆に訴えられ被告の立場で代理人を引き受ける。それらの仕事を、このアメリカでは法廷弁護士と呼び、尊敬される。

升永は、その日、カリフォルニアに進出してきたばかりの日本企業・坂井重機械のロスアンゼルス支店を訪ねて戻ったばかりだ。ロスアンゼルス支店には、高校時代の旧知の友人がいた。その友人がロスアンゼルスで升永が弁護士稼業をしていることを知り、連絡をくれたのだった。高校を卒業し、十五年近くになる。顔を思い出すのに時間がかかったが思い出してみると、懐かしさがこみ上げる。

「しばらくだった……」

友人と旧交を温めた。

大企業といえども、外国での仕事は未知の世界である。友人はいわば、米国進出の足場を築く先遣隊として派遣されてきたのだ。アメリカ進出を決めた理由は、現地生産と販売網の確立だ。先遣隊に負わされる仕事は、多岐にわたる。まず生産と販売活動に必要なアメリカ法人の資格を取ること、工場用地を確保すること、販売店や従業員の募集など、仕事は様々である。それらを一手に引き受け、現場を差配しているのが友人だった。

「そういう次第なんだ。少し手伝ってもらえるとありがたい」

久しぶりの再会を祝し、ダウンタウンのホテルのバーで酒を酌み交わしているとき、かの友人は言った。東京で弁護士稼業をしているとき、昔、都市銀行にいた縁で、坂井重機械の仕事をやったことがある。その意味で気心の知れたクライアントだ。升永は快く仕事を引き受けた。

坂井重機械は升永にとって、アメリカで初めてのクライアントである。顧問契約を結び、アメリカ進出にともなう法律手続きの一切合財を請け負う契約も結んだ。友人のもとを訪ねたのは、その打ち合わせのためだった。

坂井重機械に続いて、いくつかの日本企業の顧問を引き受けた。大学や銀行時代の縁が、このアメリカでも生きているのはありがたいことだ。おかげで不安定だった支店の地位が安定し、どうにか持ちこたえられた。

パートナーの電話は嬉しかった。升永は受話器を戻し、窓際に立ち、その風景に見入る。オレンジ・カウンティは樹木も豊かでまだ田園の景観を残している。

嬉しいことは重なるもので、それは東京にいる妻・明子からの電話だった。新婚生活は六カ月あまりだった。早々にニューヨークに飛び、コロンビア大学のロースクールに入った。法曹資格を取得したのちも引き続きアメリカで弁護士活動を続けている。

世間の人たちに言わせれば、何とも身勝手な亭主ということになろう。

「私、そちらに行こうかしら……」

「そうか、そりゃあいい」

デザイナーという職業を大事にしたいと思っている明子から、その言葉が出たことが升永は嬉しかった。

実は、升永は迷っていた。このままアメリカで働き続けるか、それとも日本に帰るべきか……。もちろん、アメリカで働いていく自信はあった。しかし、これでは家庭が持たない。どうするつもりなのか、と母の治子も聞いてくる。やはり、日本に帰るべきではないかと思うようになっていた。

その矢先の電話だった。しかし、明子がその気になってくれたのだから、やはりアメリカで仕事を続けよう、明子の電話を受けてから気持ちは固まりつつあった。

ようやく自分たちの生活というものが考えられるようになった。その見通しが出てきたのだった。不思議な夫婦で、結婚してもう四年近くになるのに、いっしょに暮らしたことはない。友人たちは、ニューヨークに向かう升永を出征兵士のようだと言った。徴兵を受けた父親の世代の男たちが慌ただしく結婚式を挙げ、新妻を残し、戦地に出向く、あの姿に似ているというのだ。友人たちの揶揄《やゆ》に笑ったものだった。

新婚生活が始まるのだ。恋女房がロスアンゼルスにやってくる。気持ちが弾み、升永の頭のなかでは、計算式が動き始めている。そして行動の手順も……。

二人で生活するには、いまのアパートメントでは手狭だ。というよりも、記念すべき新婚生活にふさわしい住まいが必要であると思ったのだ。まずロスアンゼルスにアパートメントを借りるか、それとも郊外に一戸建てを借りるか。

戸建てなら、海岸に近い明るく開けた郊外がいいだろう。そうだ、明子のためにクルマも用意しておかねば……。

升永は楽しい想像をしていた。

升永は常に仕事仕事の男だ。日曜も休日もなく仕事仕事の男なのである。どちらかといえば、住まいや服装などには、無頓着な男である。しかし、今日ばかりは少し違っている。家具やカーテンのあれこれを考えてみる。それは楽しい想像だった。

とりあえずは、適当な物件を探しておかなければなるまい。考えつくと、すぐに行動を起こすのが升永だ。上着を羽織り、クルマを運転してダウンタウンに向かった。もう住まいを借り換えるつもりになっているのだ。向かったのは顔見知りの不動産屋だ。

第三章　現代版糟糠の妻

1

升永英俊がロスアンゼルスで、妻の明子を迎える準備に追われているころ、日本の徳島では中村修二が大学院に進学するための準備に追われていた。

自分いじめにも似た苦悩の日々が終わってみると、嘘のように暗雲が晴れ上がっているのを感じて、人生というのは捨てたものじゃないと、澄み切った青空に感嘆の声を上げる中村だった。

恋人・裕子との出会い、そして徳島大学工学部の多田修教授との出会いが、中村の人生を大きく変えていた。もう世をすねた仙人ではなくて、多田研究室では将来を嘱望される研究者としての生活が始まっていた。もう迷いはなかった。下宿に閉じこもる生活にも終止符が打たれていた。

「大学院に進みたいんじゃがのう」

裕子に自らの将来を語るとともに、大洲に住む両親に自分の希望を伝えたのは、大学四年になってからだった。

「そうか……」

と、父友吉は、次男修二の希望をあっさりと認めた。長男が東京の大学を出て、就職をした安心感もある。まあ、しかし、息子たちの希望通りに――と。いうのが、友吉の考え方だ。大学院に進むための入学金は出そう、ただし、生活は奨学金でやりくりするというのが条件だった。

「よかったわね。本当に……」

一泊の予定で両親がいる大洲に帰り、両親との話し合いの結果を話すと、裕子は自分のことのように喜んでくれた。

もともと、中村修二は、学部を卒業したらすぐに就職する予定でいた。大学教育に批判的になっていた中村は、ともかく大学を卒業すること、それがとりあえずの目的であったからだ。しかし、多田教授に出会ってから考え方が変わった。大学に残り、研究を続けたいと思うようになったのだ。やりたいことが山ほどあったからだ。福井助教授の授業と卒論研究で多田教授の指導を受けるうちに材料物性の研究をさらに深めたいと思うようになった。

「家庭の事情もあろうけれど、大学に残らんか中村君、どうかね」

研究室で卒論のデータ整理をしているときのことだった。これまでも何度か、卒業後の進路について聞かれたことはある。しかしその日はいつになく真剣な面もちだった。ともかく、多田教授は研究室に残ることを熱心に奨めた。多田教授は周囲から変人扱いされた中村の研究者としての素質を認めてくれたのだ。なんといっても中村は工学部で首席をキープする優等生だ。大学院進学には何の問題もなかった。

ただ一つだけ迷いがあった。将来研究者として自立するとき、やはり博士課程を出ておかなければならないが、その博士課程が徳島大学にはなかったことだ。修士課程だけでは教授になるにも就職するにも、さして有利になるわけではない。修士から博士課程へと連続して研究に励むことに意味がある。

「時間の無駄じゃよ」

事情通の友人は言った。確かに、それは友人の言う通りだった。徳島大学工学部の大学院は就職が決まらなかった学生のたまり場になっていて、優秀な学生は関西の国立大学大学院に進学するのを常としていた。君の成績なら、電電公社へ推薦することもできるという教授もいた。電電公社は学生たちに人気の就職先だった。もちろん多田教授もわかっていた。

「なるほど、その問題は確かにあるな。まあ、しかし、そのときになってから、京大とか阪大とかを受けてみる、そういうことでいいんじゃないか」

中村は、それで納得した。ともかく多田研究室に残ることが先決だったからだ。それに今ひとつは、裕子との関係だ。大学を卒業し、別れ別れになるのも、つらいことのように思える。いずれ裕子とは結婚するつもりになっていた。一つの選択肢としては京都大学の大学院を受験する道もあった。先生、どうでしょうかと相談した。

「京大の院か……」

多田教授は首をひねった。しかし、受験自体は反対しなかった。裕子も、そのつもりになり、兵庫県の教員採用試験を受け、合格していた。しかし、京大大学院の試験はわずか一点差で落ちてしまった。他大学からの院進学は狭き門であった。

「やはり、研究室に残らせてください」

中村は改めて恩師に頭を下げた。

「そうしなさい」

多田教授は頰をゆるめた。

中村は自信過剰ぎみの学生だ。多田はそんな学生が好きだった。目標がはっきりしていて、頭の切り換えもすこぶる早く、カンもよくて、やることは一直線で、そういうタイプの学生が研究者として大成する可能性を秘めている——と、教育者としての経験から、そう判断したのだった。

困ったのは、兵庫県の教員採用試験に受かった裕子の方だった。彼女は中村といっしょに四国を出るつもりになっていた。徳島に残るにも、採用試験はすでに終わって

いたからだ。裕子は結果として恋人に振り回されてしまった。それでも健気に、

「私、付属幼稚園に勤めることにしたわ」

と言った。

その言葉が中村には嬉しかった。あの大学祭の貫歩の夜以来、彼女のまなざしは、常に中村に注がれていた。彼女はすでに決めていたのだ。この人なら何か大きなことをやり遂げるかもしれない――と。

銀行員を父に持つ裕子はお嬢さん育ちであるけれど、心優しい女で、傷ついた男をかばおうとしたり、男の大義を知ると、密かに力を貸そうとするような、いつも傍にいてさりげなく恋人の疲れをいやしたりするとても大人の女であった。そんな彼女と別れ別れの生活など、中村には考えられないことだ。彼女の気持ちも同じである。

すでに徳島県では、小学校教員採用試験は終わり、残るのは徳島大学付属幼稚園だけだ。本来の希望は小学校教諭だ。それでも裕子が付属幼稚園に就職を決めたのは、やはり大学に残る恋人のためだった。三万円程度の奨学金で生活するのは心許ない。彼女は自分の稼ぎで中村の生活を支えるつもりだ。徳島市内に残るのが何かと都合よかった。現代版糟糠《そうこう》の妻というわけだ。

こういう女性は少なくなった。彼女には古い世代の女たちが美徳とする価値観を持つ女性だ。そこには恋人の憂いや嘆きを共有し、研究にかける恋人を励まし、苦労を

ともにしようという姿勢がある。

　翌年、中村は希望通りに多田研究室の院生となった。大学院での研究生活は、これまでになく充実したものだった。好きな研究を思う存分にやれる爽快感があった。大学院で研究テーマに選んだのは材料物性だ。

　具体的にいえば、化合物半導体に近いチタン酸バリウムの研究だ。卒論研究で選んだのは「半導体チタン酸バリウムの電気伝導メカニズム」という材料物性の研究だった。大学院ではいわば、卒業研究の継続として位置付けられる研究だった。多田教授のもとで、研究生活が始まった。

　学部時代の講座中心の勉強と違って大学院では実験実験に明け暮れる毎日だ。中村は厳しく鍛えられた。

「座学より、具体的な物作り」

が指導教官多田教授のモットーだ。

　理論というのは前提条件が必要。その前提条件がそろわない限り、理論的な証明はできない。コンピュータで計算を繰り返し、つじつま合わせを目的とするような、理論のための理論など、この研究室では認められないというのが多田教授の口癖であった。

　だが、中村は、ある物理現象を説明するのに、いろんな文献を読み、理論的に明らかにしていくのが好きだった。鉛筆とノートだけの研究というわけだ。

しかし、多田研究室はあくまで物作りにこだわり、計測器や実験装置など、すべて手作りだ。学部時代と同様に、大学院の研究室も相変わらずの貧乏所帯ということもあるが、そうするのが多田教授のやり方であり指導方針であったのだ。

「先生、電気回路の購入をお願いできないでしょうか」

中村はあるとき言った。すると、

「中村君、ちょっと来なさい、君が欲しいという部品はここにあるよ」

とガラクタの山を指差す。中村にはガラクタにしか過ぎないが、多田教授は宝の山だというのだ。

「動きますか、本当に……」

中村は訝《いぶか》る。

「動くに決まっているじゃろうが」

そう言って、多田教授は壊れたラジオを分解して、必要な部品を取り出してみせるのだった。まあ、壊れたラジオやテレビから中古部品を取り出し、再利用するなど、この教室ではまだ序の口だった。

何よりも感動したのは溶接だった。学部時代も知っているつもりだったが、大学院の研究生への態度は違う。自慢するだけあって、そんじょそこらの溶接工に引けを取らない、大した腕前だった。

多田研究室では、旋盤を動かしたり、電気溶接をやらされて、たたいたり削ったり熱したり冷やしたり、指先を真っ黒にしての部品作りなど日常茶飯事だった。まるで職工養成所のような研究室。中村は自分がやりたいのは理論研究だ——という思いが募った。実験装置の手作り、そして実験の日々。何で職工みたいなまねをせねばいかんのか、中村はどこか引っかかるものがあった。

しかし、中村は大学院に入って一つ大事なことを学ぶことができた。実験とは物理現象を人為的に作り出し、その変化を観察し続けることだ。それはどこか文学者の営為に似ている。どんな素晴らしい風景でも、そのままでは意味を持たない。国木田独歩が武蔵野の雑木林を美しく描くことで、武蔵野の風景は人びとの目の前に感動を呼ぶ風景として立ち現れるのだ。つまり自然状態としての風景自体が、そこにあるだけでは美の対象にはなり得ないのだ。文学者は、その風景に言葉の意味を持たせることで、ほとんど誰も気づかなかった風景の発見者となる。

風景に美を感じるのは偶然といっていいのかもしれないけれど、しかし、ある偶然の積み重ねのうちに、一瞬現れる自然界の異質な現象に畏敬と感動と美とを感じ取るのはやはり才能だ。

科学者にもそうした才能が要求される。凡人なら見逃してしまうような、偶然のうちに現出する物理現象でも、それが偶然ではなくて一定の条件のもとで現れ、しかも再現可能な現象であることを観察し実証する、すなわち法則性を発見できるかどうかが科学者の能力にかかる。そこには、努力だけでは達成することのできない、何かがあるのは確かだ。

才能——。

言い換えれば、そういうことだ。物理現象をとらえる確かな目だ。それを発見できるかどうか、それが才能だ。

実験を繰り返し、観察し、ときには条件を変えながら、繰り返す実験。そうやって中村はチタン酸バリウムの隠された物性の本質に迫っていく。相手はなかなか頑固者で素直には自分の正体を明かすことはない。しかし、「彼ら」は同時に弱々しくて、はかない存在でもあることもわかってくる。

科学者は「彼ら」の正体を、まっすぐに感受しようとする。中村は「彼ら」との交感を通じて、悲壮感にとらわれたり、心をときめかせたりしながら、の神秘の覆いを取り除き、率直な自分の姿を見せるように説諭するのだった。「彼ら」はときとして異様な行動を起こす。それは、見逃してはならぬ特別な思いを込めた、中村への愛のメッセージなのだ。

中村は多田研究室にいて、物理現象をそのようにみるようになった。振り返ってみるならば、物理現象をこのように見ることができるようになったのは、確かに多田研究室に入ってからのことだった。

その日も夜遅くまで、「彼ら」との対話を続けた。今日は猛々しく荒れ狂い、すべてを忌避し、最後には気むずかしくなり、黙りこくってしまった。中村は途方にくれた。こういうときもあるものだ。

中村は夜道を歩いた。助任川に下弦の月が映し出されている。月は河面にゆらゆら揺れていて、形を失っている。もう深夜といっていい時刻だ。研究室と下宿との間の往復。実験データを取るため、深夜になることはたびたびのことで、ときには朝方になるのも珍しいことではなかった。

まだ午前二時近くなのだから、今夜は早いほうだ。夜風が気持ちよく頬をなでる。下宿の前に立ち、中村はおやっと思った。電気がついていたからだ。

「お帰りなさい……」

引き戸をあけると、そこに立っていたのは裕子だった。深夜の下宿で待っているなど珍しいことだった。裕子は夜食を作って待っていた。裕子の手料理は嬉しかった。彼女も徳島大学付属幼稚園に勤めはじめて、もう半年が経つ。彼女は子供好きだった。だから今の職場が楽しかった。しかし、今夜の裕子は少しばかり、疲れたような顔をしている。

小さな炊事場でお湯を沸かす裕子の背中に声をかけた。エプロンで手を拭きながら、裕子は中村の正面に座った。

「あなた……」

と言ったきり、裕子は黙りこくった。何かを言いたげなのだが、躊躇している。いつもだと、中村が研究室での出来事を、おもしろおかしく話し、その話に裕子が笑い転げて、そして裕子は天職と考える自分の職場の様子を話すのだった。しかし、今夜の裕子は迷っている。どう切り出せばよいか、迷っている、そんな顔をしていた。

「どうした?」

中村は先ほどと同じ言葉を恋人にかけた。

「赤ちゃんが……」

裕子の顔が赤らんでいる。

「赤ちゃんって?」

「できたみたいなの……」

「どうしてわかった?」

中村はバカなことを聞いた。

「生理がないの……」

「どうした?」

中村はようやく裕子が話そうとしている言葉の意味を理解し、とまどった。とまどったというよりも、自分の子供ができたということが、中村には実感できなかった。まだ大学の院生。考えられないことだ。ガンと頭を殴られたような感じだ。こういうときの男の対応には法則性がある。しかし、中村はすぐに結論を出した。

「結婚しよう、裕子。産んでくれるか、僕の子供を……」

信頼している人。その言葉に、裕子の顔に安堵の色が浮かんだ。子供のために、恋人が好きな研究ができなくなるのではないか、裕子はそのことを恐れていた。彼女はそんな風に考える女だ。恋人の言葉に安堵した。

「どれどれ……」

中村は裕子の腹部に手を当てた。

「バカっ、まだよ」

裕子はくすくす笑うのだった。

2

人生すべてうまくいくなどということはあり得ぬことだ。もしそうだとしたら彼は夢を見ているか、現実を見て見ぬふりをしているかのいずれかだ。アメリカの西海岸ロスアンゼルスで大手弁護士事務所の雇われ弁護士として「営業活動」を始めた升永英俊も、大きな曲がり角に突き当たり、人生の上で一つの選択を迫られていた。

仕事以外のことで悩みを抱えるなど、升永にはこれまでなかったことだ。常に人生の目標はクリアだし、その目標を難なく達成してきた。しかし、今度ばかりは迷わざるを得ない事態だ。アメリカで仕事を続けるのか、それとも日本に帰るか、迷うことなど滅多にない升永は迷っている。

もとより、仕事のことだけなら、升永は思い悩むことなどはなかった。升永が抱えているのは家庭内の悩みであった。楽しいはずの新婚生活に、さざ波がたちはじめたのだ。よくよく考えてみれば、明子が言うのも、わからぬことではなかった。

いま升永は、そのことを真剣に考え、どうすべきかを、迷っている。いや、明子のことが好きだし、愛しているからこそ、一層悩みは深くなるのだ。

ロスアンゼルスで明子といっしょに暮らしはじめて一年近くになった。

明子が東京からやってきたのは、グラハム&ジェームズ法律事務所のオレンジ・カウンティ支店で働くようになって二年目のことだった。いわば実質的な新婚生活なのだから楽しくなかろうはずはない。ロスアンゼルスは親婚の二人には格好の街である。

浜辺のレストラン、しゃれたカフェ、ちょっと大人の雰囲気が漂うバー、あるいはゴルフやテニス。楽しい生活ができる。

しかし、それは最初のうちだけで、やがて升永は仕事に戻っていく。楽しいはずの二人の生活にかげりが見え始めたのは、いっしょに暮らすようになって三カ月後のことだった。彼女にはなれない異文化での生活だ。言葉も不自由だ。夫は仕事の鬼だ。それはわかっていた。覚悟を決めて渡米したはずだし、異国での生活がどんなものであるか、わかっているつもりでも、彼女にはつらい日々となった。

大会社の駐在員ならば、同僚社員の家族もいて、コロニーもできて、駐在員家族同士のつきあいもあり、共通の友人もいて、彼も彼女も疎外感を味わうことはない。異国での無聊を慰められる。

しかし、夫の職業は弁護士。孤立して仕事をするのが弁護士とあってみれば、明子の期待にそえるような環境を作るのは、難しいことだ。それに夫は仕事人間だ。そういうことには無頓着なのである。

彼女は三十近くまで仕事をしていた。デザイナーという仕事がおもしろく、結婚を考えなかったのも、もっと仕事をしてみたいと思ったからだった。その仕事もなく、夫の帰りを待つだけの生活だ。周囲に友人でもいれば、気晴らしもできようというものだが、あいにく周囲には心を開いて話せるような知己はいなかった。

そうなると、彼女はいまの生活に耐えなければならない。本来、耐えるという行為は何か情熱的なもの、奔放なものがあって成立するものだ。しかし、彼女には、何にどう耐えればよいか、よくわからなかった。

「私、日本に帰ろうかしら……」

その日、升永は珍しく早く帰宅した。西日が中庭のプールを照らしている。きらきらとしていて、美しい光のアートを作っている。その幻影のなかに立ち、明子はそう言った。

なぜなのか——。妻が抱く不満、それを理解するのに、升永は少しばかり時間がかかった。ロスアンゼルスの夕焼けは美しい。もう夏の盛りは過ぎて、芳潤な秋の季節。この時期の夕焼けが一番美しい。難しい話をするには不似合いなほど美しい風景だ。プールサイドにテーブルが置かれ、冷やした白ワインがある。升永には飲酒癖はないけれど、明子と二人で、夕日を浴びながら、ワインを傾け、くつろぎのひとときを過ごすのが好きだった。

明子が口にしたのは、くつろぎのときにふさわしい話題ではない。しかし、明子は追いつめられていた。相談する相手はやはり夫以外にない。その夫も仕事に忙しく帰るのはいつも深夜だ。彼女は問題を一人で背負い込み、孤立し苛立っていた。

「わがままを言っているのは、わかっているわ……。ごめんなさい」

どちらかと言えば、明子は勝ち気な女である。しかし、今日は弱気だ。弱気になっているところに、疲れ切った彼女の心の内が見えてくる。

（わがまま……）

その言葉に、升永は気づかされた。仕事仕事――。それは妻のためであり、これから生まれてくる子供のためと考えていた。少しでも裕福な生活を――と。

しかし、それが崩れかけている。家族があっての仕事だ。仕事仕事――。よくよく考えてみれば、妻のためというよりも、自分のためであったことを、妻の話を聞くうちに改めて思い知らされた。

カリフォルニアワインの味が苦い。夕日が太平洋の波間に姿を消そうとしている。苦いワインをのどに流し込みながら、いま結論を出さなければ、大事なものを失う。升永はそう思うようになっていた。

日本に帰り、弁護士事務所を開くにしても、一から始めなければならぬことのリスク。升永はすでに四十一になっていた。やはりワインは苦かった。

明子は沈みいく太陽の地平をじっと見つめながら、夫と同じことを考えていた。太陽がゆっくりと地平に沈もうとしている。一日で一番美しい瞬間だ。太陽が沈んだあとも、ほんの少しの間、光が残った。信じられないような美しい光景を作っている。夕焼けはうすいブルーに変わっていた。

明子は、自分が言い出したこと、そのことを夫はどう受け止めているか、と不安になっていた。そして思い出した。

夫には仕事自体が人生なのだ。弁護士という仕事……。いや彼にとって、仕事とは夢なのだ。それは結婚する前から知っていた。知っていながら結婚した。彼女は禁句を口にしてしまった。

努力をすれば報われる、そう信じて努力を重ね、仕事を夢と考える夫。仕事仕事の夫から仕事を奪うことの意味。いま、日本の男のなかで夢を持って生きている男がいるだろうか、いたとしてもほんの一握りだ。そういう男に惚れて、私は結婚したのだ。

（日本に帰る……）

それで夫婦は破局——の二文字が脳裡に走る。離婚を考えているわけでもないのに取り返しのつかない言葉を口にしてしまった。彼女はそう自省的に思った。やはり譲るべきは自分の方ではないか——と。

「わかった。日本に帰ろう、明子」

升永はきっぱりと言った。

明子には信じられない言葉だった。意外な言葉だった。夫がアメリカで何をやろうとしているかは知っているつもりだ。着実に地歩を固め、アメリカ社会に根を下ろしつつある夫。自分の言い出したことが、夫には理不尽であるのはわかっているつもりだった。

信じられなかった。夫は日本に帰ろうと言っている。嬉しかった。自分のために、夫はせっかくアメリカで築き上げたすべてを捨てて、日本へ帰ろうと言っている。

「本当に……」

美しい風景は人の心を優しくさせる。いまの升永がそうだ、と彼女は思った。

3

どうにも居心地が悪い。相手は無言でにらんでいる。正座の姿勢にも疲れた。足がしびれている。中村は父親の立場を、十分にわかっているつもりだ。

銀行の幹部行員。堅い人生を歩んできた男に、結婚前の娘に子供ができて、その相手の男が娘を嫁にくれと言っている。彼には自慢の娘だった。だが、相手の男はまだ大学院の学生という。田舎の徳島では十分に醜聞といえた。

それよりも何よりも、子供ができてどうやって生活するつもりか、無責任にもほどがある、怒りが無言の顔に浮かんでいる。


中村修二はもう一度頭を下げた。

「裕子さんをお嫁にください」

しかし、相手は無言である。テーブルを挟んで無言の時間が過ぎていく。義父になるべき男はいいとも悪いとも、何も言わない。反対されるのは覚悟の上だったが、中村は弱り果てた。こういうとき、適当な言葉は見つからないものだ。二人だけの応接間は沈黙のうちにどんどん時間が流れていくだけだ。中村は意を決し、最後に言った。

「それではよろしくお願いします」

それでも裕子の父はいいとも悪いとも言わない。無言の意味を、中村は了解してくれたものと勝手に受け止めた。

中村は立ち上がった。もちろん、義父となるべき人の見送りはなかった。玄関を出る中村を送りながら、裕子は心配げに聞いた。

「どうでした?」

「了解してくれたと思う……」

そのとき中村は勝手な想像を言った。

その後、何とか許しを得ることができたのは、裕子の母親が説得役を引き受けてくれたからだった。まあ、子供ができてしまったことだし、父親としては、いまさら娘を未婚の母にするわけにもいかず、仕方なく認めたというのが真相だ。

その年の二月二十二日。二人は大学の近くの旅館で結婚式を挙げた。仲人は多田教授。会費制の簡素な結婚式だった。しかし、大学では重大ニュースとして伝えられた。なんといっても、学生結婚するのは、中村が最初であったからだ。貧乏学生のことだし、裕子のお腹も目立つようになっていた。だから新婚旅行はお預けとなり、新婚生活は裕子の実家近くのアパートで始まった。

　中村は何事につけても、物事を真剣に考える男だ。研究者としての道を捨て、修士を終えたら就職するつもりになったのは、裕子にばかり苦労を強いるわけにはいかないと考えるようになったからだ。翌年長女に続き、次女が誕生した。次女の誕生が就職を決定づけた。平凡なサラリーマンでいいじゃないかと思うようになったのだ。

　次女が生まれてからも、裕子は徳大付属の幼稚園に勤めていた。彼女が勤めている間、子供たちの面倒をみたのは義母だった。義父も孫たちには目がないようで、頬ゆるませ乳母車を押し歩く姿があった。裕子の両親といっしょに住むようになるのは、それからまもなくのことであった。

　工学部大学院二年の春。いよいよ就職の準備だ。なるべく自分の研究テーマを生かせるような職場を――と考えたのは当然だ。大学院では首席の成績である。職場を選ぶのは不自由ないように見えた。

「君なら、どこでも大丈夫だ」

　多田教授は太鼓判を押した。多田教授にすれば、可愛い弟子だ。できれば、京大か阪大の博士課程に進学し、大学に戻って、研究者としての道を歩むことを期待していた。しかし、中村は妻子持ちだ。そういう事情を抱えているのだから、無理強いはできない。就職するとの話を中村がしたとき、あっさりと賛成したのは、そのためだ。

中村は何社か受けた。そのうちの一つが家電大手の松下電器産業。大学院には推薦枠があって、希望すればほとんど入れる。ところがその年、あいにく試験があった。口頭試問で卒業研究について聞かれた。

そこで中村は電気伝導のメカニズムについて、論文を駆使しながら解答を書いた。試験結果については自信があった。

しかし、

「どうも、あなたのような理論的な人間は、うちでは必要としないものですから、あしからず……」

という結果に終わった。さっそく多田教授に報告した。多田は笑った。

「企業は物作りやからね、そりゃ、そんな理屈ばっかりの論文を出せば、落とされるのあたりまえや」

次に受けたのが京セラだ。京セラは電気碍子《がいし》からスタートしたセラミックスを得意とする企業で、電子部品や半導体などを作っている会社だ。大学院での研究テーマと近い。松下電器産業の受験で一つの学習をした中村は、京セラの受験にあたって、作戦を練った。

京セラは推薦ではなく一般受験だ。口頭試問で聞かれるとすれば、大学での研究テーマだろうと見当をつけた。

専門はセラミックス・コンデンサーや超音波などを発生させる電圧素子に使われるチタン酸バリウムの研究だ。しかし、答案に書いたのはチタン酸バリウムの理屈ではなく、その応用分野についてだった。理論好きの中村には、応用などというのはもっとも嫌いな分野だ。しかし、妻子のためだ。そこは割り切った。

応用とはすなわち、多田教授のいう物作りを意味するのだが、ともかく応用に力点を置いた論文が評価されたのか、作戦が図星をつき一次試験は見事合格した。

二次試験は稲盛和夫社長の面接だった。関西経済界を基盤にしながら、世界を股にかけ活躍する経済界の重鎮だ。中村は少しばかり緊張した。

「現在の日本の最大の問題は、何だと思いますか」

と聞かれた。堰を切って出た言葉は受験制度とか教育制度への怒りだった。次に稲盛は会社に入り何をやりたいかを聞いた。

「営業であろうと経理であろうと、何でもやるつもりです」

と、答えた。それが良かったのか、社長面接は無事通過した。京セラは三次試験があった。三次試験の通知は前日のことで、翌朝八時までに本社に来るようにとのことだ。幾度も経験していることだが、徳島から京都に出るのは大旅行だ。徳島から大阪まではフェリーだ。電車を乗り継ぎ京都までは、ほぼ半日がかかる。時計を見ると、ぎりぎりの時刻。あいにく京阪の交通事情に疎い。中村は何も考えずタクシーに乗った。

どうにか時間に間に合った。第三次試験はすき焼きパーティという。酒は稲盛社長の出身地の薩摩焼酎。ガンガン飲ませて、本音を引き出そうという魂胆だ。取締役や部長クラスの幹部社員が学生たちの間に座り、焼酎をガンガン飲ませる。酒は強い方の中村だったが、酒がダメな学生もいる。しかし、会社の偉い人に奨められれば、断るわけにもいかない。トイレに駆け込み、あげつづける学生もいれば、玄関先で寝込む学生。そんな学生たちの醜態をみながら、採否を決めようというのだから、野蛮といえば野蛮な会社だ。中村もさすがに参った。

採用内定の通知が来たのは、それから一週間後のことだった。のちに採用の理由を聞いてみると、

「変人だったからだ」

と採用担当者は宣《のたま》ったものだ。何が変人かというと、学生の身分で妻子を持っているからだという。通常、変わり者などと言われるのはホメ言葉ではないのだが、人間というのは不思議なもので、そのとき中村は何か自分がほめられたような気がした。

就職も決まった。ある日、中村は妻子を連れて生まれ故郷の大久を旅した。自分の生まれ故郷を、子供たちに見せておきたいと思っての旅だった。

大久を離れて十五年。懐かしかった。段々畑にはサツマイモ畑とミカン畑があって、

収穫の遅れたミカンがぽつぽつと残っている。宇和海に目を凝らせば、漁船の行き交いが見える。昔のままに自然は残っていた。

宇和海の上空に雲が流れている。少年のとき飽くことなく見つめつづけた、あの雲だ。雲は絶えず形を変える。ふわふわと変わっていく。雲の形を追っていくと妙な気持ちになる。雲はゆっくりと動き、自由に変化していく。見ているほうの心の動きを見透かすように、いかようにも姿を変えてみせる。見ているほうの心次第で形を変え何にでも見える。中村の話に、裕子はくすくすと笑った。

「あのあたりだったかな、兄貴と相撲を取ったのは……」

少年期に遊び場とした大久の砂浜を、中村は指差した。それがいかに素晴らしいところであるか、幼子たちが理解するのは、まだ先のことだとしても、この感動の風景を見せておきたいという気持ちは抑えがたいものがあった。けれど次女はまだ生まれたばかり、長女の方もまだ一歳と半年。しかし、子供たちは嬉しそうだった。

浜辺に立つ妻子を見ていて、中村はふいに一つの疑問がわき上がった。京セラに勤めれば都会暮らしとなる。中村は思い出した。都会の雑踏を。通勤電車に乗るにも決死の覚悟がいる。空気は汚れ、自然は壊され、人目につくのは、これでもかこれでもか、とけばけばしく飾り立てた街並みだ。

とても耐えられそうになかった。そんな環境のなかで生活する自分と家族の姿を想像してみるだけで吐き気がしそうになる。

（それに……）

裕子のことがある。せっかく勤めた徳大付属幼稚園を辞めなければならない。幼児教育に情熱を燃やす裕子から、その仕事を奪い取り都会に連れて行くことに心が痛んだ。中村には一つの予感があった。バブル景気にはまだ先行きのことだが、やがて豊かさを求める異様な時代へ突き進む予感だ。そんな荒波のなかに子供や裕子を放り込むようなことはしたくない、そんな思いが突き上げる。

その思いが四月の入社の日が近づくにつれて強まっていた。抑えがたい気持ちを裕子に打ち明けたのは、三月近くになってからだ。

「どうしようか」

中村は裕子に相談した。

「徳島に残れるなら、嬉しいわ。しかし、あなたのお仕事も大事でしょう」

裕子は夫の仕事を優先させるつもりだ。心は揺れた。しかし、徳島に残るにしても、問題は勤め先だ。中村はすでに平凡なサラリーマンとして生きていく決意をしている。徳島では大学で学んだことを生かせるような職場を探すのは困難だ。

「多田先生に相談してみる……」

相談を受けた多田教授は困ったという顔をした。実際、彼は困った。もう就職活動の季節はとっくに終わっている。それもせっかく決まった就職先を蹴っての、依頼である。

「どうしても徳島で、ということか」

「そうです」

大学院を首席で卒業見込みの弟子とはいっても、就職先を徳島に限定して探すとなるとおいそれと見つかるはずもない。多田教授は腕組みをして考えている。戦後の厳しい時期を生き抜いてきた多田教授は、苦労人でもある。

「君が言うように、徳島に残るのも一つの人生だ。裕子さんには、仕事があり、実家もすぐそばだ。勤めを持つ裕子さんには何かと好都合だよね。京セラに入れば研究者といっても一サラリーマン。転勤もあるし、好きな研究を続けられる保証もない、サラリーマンだからね。いずれをとるか……。しかし、徳島に残るならそれなりの覚悟がいる。もう研究は捨てたと思って、家族とだけ楽しく暮らす、その覚悟だ……」

有能な弟子に引導を渡すようなことを多田教授は言った。

この徳島には、確かに電子工学科で材料物性を学んできた中村が就職できるような会社は存在しない。大会社といえるのは大塚製薬だけで、専門のセラミックスや半導体の会社もなかった。修士課程を修了しただけでは大学の研究室に残ることもできない。公務員になるにはあまりにも常識に欠けていた。

「今一度考えてみたらどうか。気持ちが変わらなかったから、そのとき考えよう」

中村は悩んだ。

つきつめていけば、家族を取るか、研究の道を取るかの二者択一だ。悩み抜いた末に、結論を出した。

「先生、やはり徳島に残ります」

再び多田教授を研究室に訪ねて、自分の気持ちを伝えたのは二週間後のことだった。二人の子供を抱え、徳大付属の幼稚園でがんばっている裕子。子供たちの教育のこと、これから育っていく生活環境のことを考えれば、自分の研究を捨てても、価値ある選択だと結論したのだった。

「バイトでもなんでやります。何でもいいですから、就職を紹介してください」

家族とともに生きる。そのとき中村はそう考えて、家族といっしょなら何でもやるつもりになっていた。

「本当にいいんだね。家庭だけの生活で。後悔することになっても、それでも、本当にいいんだね」

「後悔しません」

多田教授は何度も繰り返した。

「よし、わかった。阿南市にある日亜化学の社長は同郷の人で、昵懇《じっこん》にしている。紹介できるのは、そこだけだ……。名もない中小企業だよ、それでもいいんだね」

「はい」

日亜化学なる会社は知らなかった。しかし迷いはなかった。

もう春分となっていた。その日は、よく晴れた日で、中村は多田教授が運転するクルマで日亜化学に向かった。国道を紀伊水道沿いに、まっすぐに南下し、那賀川《なかがわ》を渡ると、まもなく阿南市に入る。一帯はビニールハウスの農業地帯だ。徳島もど田舎だが、さらにど田舎の印象だ。多田教授は道々説明した。

「日亜は蛍光体の化学メーカー。しかし、計測部門も立派だし分析技術もたいへんなもんだ。これから電子デバイスの分野に進出するとも聞いている」

田園風景が続く。

「君は徳大工学部で成績一番だから、推薦する僕には自信がある。しかし、日亜化学が採用してくれるかどうかはわからない」

「………」

「まあ、行ってみなければはじまらん」

中村は不安になってきた。なおも田園風景が続き、工場などありそうになかった。その上に多田教授は採否はわからないという。やがて田圃のなかにぽつんとバラックの群れが見えてきた。敷地に入ると、建物の様子がはっきりしてきた。

小さな平屋の建物が何棟か軒を連ねている。猛烈な異臭がする。硫黄の臭いだ。蛍光体は硫化亜鉛を原料に作られる。硫黄の臭いがしたのは、硫化亜鉛のせいであるとわかるのは、のちのちのことだ。敷地はかなり広い。広い敷地にやはりトタンぶきの平屋があって、そこに受付の事務所があった。

応接室に通され、お茶を飲みながらしばらく待つと、小川信雄社長が現れた。中村は緊張でこちこちになっていた。多田教授は中村を簡単に紹介した。しかし、二人は猛然と昔話を始めた。中村はただ黙って聞く以外にない。多田教授は話し出すと途中で止まらなくなるタイプの男で、他方、小川社長は創業者によくあるタイプの自信満々の男だ。

日亜化学については何の知識もない。蛍光体といえば、蛍光灯やカラーTVのブラウン管に使う、そんな程度の知識だ。旧知の二人はおおいに話が弾み、小川社長は会社の説明をするわけでも中村に質問するわけでもなかった。徳大工学部の電子工学科から、日亜に入った実績もない。不安が募る。不安になっている中村をよそに、

「昼食でも、どうかな」

小川社長は二人を誘った。案内されたのは市内の料理屋だった。立派な料理屋で、馴染みにしているらしく、小川社長は二人を奥の座敷に案内する。会食の場でも、二人は昔話に打ち興じ、最後まで中村の就職のことは話題にされることなく、小川社長

とは料理屋の前で別れた。

研究室にもどり、多田教授はいま一度聞いた。どうするんや——と。

中村は贅沢を言っていられるような立場になかった。否応ない。心に決めていた。徳島に残るにしても、仕事をみつけなければ、家族を養うことができない。どんな職場でも働けるだけで、幸せというものだ。

「是非、お願いします」

「そうか……」

と多田教授は言ったきり黙りこくった。

4

それは後に聞いた話なのだが、小川社長も迷っていたという。

有為の青年を、結果としてつぶしてしまうのではないかと憂慮したのだ。

少し風変わりな印象だが、まっすぐで正直な青年であると思った。好感が持てた。採用すべきかどうか、それだけに一層迷いが大きくなるというものだ。

（やはり断ろう……）

小川社長は一つの結論を出し、多田教授が中村修二をつれてきた三日後、多田研究室に電話をし、中村を呼びだした。

「うちにくる話やけんど……」

その言葉を途中で遮り、中村は言った。

「是非とも入りたいです。よろしくお願いします」

必死の様子が伝わってくる。ずいぶんと急いているなと、小川は苦笑いした。

「しかし、そう言うけど、あんたみたいな優秀な人間、ワシのような会社にはもったいないのや」

「いえ、そんなことはありません」

「もっとええ会社があるやないの。京セラに受かっているようだしね、ワシんとこの会社はいつ潰れるかわからへんよ」

「そんなことありません」

必死で食い下がってくるのには往生させられた。

多田教授との関係もある。だから小川社長は婉曲に、穏便な形で断るつもりでいたのだった。つまり、電話は不採用を通知するためのものだった。

しかし、中村の声を聞くうちに心が揺らいだ。徳大の電子工学を出て、わざわざ分野の異なる蛍光体の化学会社に入りたいという青年に興味を覚えたのだ。蛍光体だけでは、会社がいつまで持ちこたえることができるか、先行きに対する不安もあった。

新しい事業の展開を、そろそろ考えなければならない時期にきている、そう考えるようになっていた。

ときおり多田教授に会って、電子関係の話を聞いているのも、そんな思いがあったからだ。小川は経営者として迷っていた。どのようにして、新しい事業を立ち上げるか。新しい事業を立ち上げるには、新しい人材が必要だ。その意味で、中村という青年は格好の人材である。

経営者は貪欲だ。経営の将来に不安があるのなら、その不安を払拭し、新しい事業の展開を考え、それを実現するのが経営者に与えられた責務だ。電子デバイス。日亜化学にとって一つの切り札だ。小川は今でいうベンチャー型の経営者だ。今でもそれは変わりなかった。新しい人材を得て、新しい事業を立ち上げてみようか、次第にそう思うようになってきた。

小川自身の青年時代の希望は陸軍士官学校だった。残念なことに視力が弱く、そのため陸士をはねられ、徳島高等工業学校の薬学部に入った。現在の徳大工学部の前身だ。薬学の専門家として兵役につき、終戦はガダルカナルで迎え、米軍管理下で抑留生活を余儀なくされた。このとき、小川は米軍兵舎に青白い不思議な光がともっているのをみた。それが蛍光灯だった。

復員後、小川は製薬会社を起こす。小川が二十代を過ごした昭和二十年代というのは敗戦の絶望と空襲から逃れられる安堵とが、そして熱気と狂気とがない交ぜになって渦巻いていた時代だった。見方を変えればそこには自由の天地が広がっている。小川は混乱と無秩序のなかで、戦前から温めていたビジネス構想の実現に動き出す。

絶対に爆発的に売れる、そう確信して開発したのは肺炎の特効薬とされた抗生物質のストレプトマイシンだ。しかし、現実のビジネスは厳しい。競争は厳しく、他社の製品に押され、業績はいま一つだった。その間にもいくつかの製品を開発し、市場に送りだしてはみたが、どれも成功に結びつけることはできなかった。そこそこに生き延びられたのは、生産の方向を医薬品原料の化学品に切り替えたからだ。経営不振が続くなかで、ふっと思い出したのが抑留収容所でみた蛍光灯のことだった。

（あの灯りを……）

蛍光体の製造を具体的に構想するようになるのは昭和四十六年のことだ。時代は大きく変わりつつあった。小川もまた経営の方向を大きく転換させようとしていた。前年に京大元教授の朝永振一郎がノーベル賞を受賞している。激しく時代が動いた年で、アメリカでは黒人暴動が、ベトナムでは共産勢力が大攻勢をかけていた。日本経済についていうなら、高度経済に向け驀進を続けていた。

小川は研究に着手した。蛍光体なら、それほど投資も必要とせず、小さな工場でも十分に生産可能だ。さらに調べてみると、日本の技術では心許ないのがわかってきた。

品質がいま一つであったからだ。

蛍光体の技術で一番の会社は、アメリカのゼネラル・エレクトリック社であることがわかった。小川は技術者らしく律儀な男だ。さっそくGEと連絡を取り、技術の貸与を求めたのだった。徳島の片田舎の小さな会社だ。GEのような大企業が相手にしてくれるかどうか不安があった。

特許侵害など当たり前の時代だ。それなのに日本の小さな会社は律儀にも、特許許諾を求めて手紙をくれた。もちろん、当時の日本では蛍光体の生産は始まっていた。しかし日本の大手の企業までが特許料を支払わず、生産しているのは、GEも知っていた。正式に特許使用を求めてきたのは、あとにも先にも日亜化学だけだった。GE側はそのことにいたく感激し、蛍光体製造にかかる特許の実施権を認めてくれた。

特許使用許諾の条件は破格といってよかった。それから五年が経った。日亜化学は蛍光灯やテレビのブラウン管に使われる蛍光体の生産ではシェア四十パーセントを握るトップメーカーになっていた。年間売り上げは四十億円、従業員百八十名。この阿南に限って言えば大企業と言えた。ベンチャー企業としてはまずまずの成功だった。

（しかし……）

蛍光体は儲けの薄い商売だ。大企業のほとんどが手がけなくなったから、かろうじて生き残っているのだ。この状態を続ければ先細りになるだけだ。小川社長には、その自覚があった。

小川は電話を終えてしばらく考えた。ここは会社の将来のため――という具合に考えるようになっていた。

コンピュータや電子関連がにぎわいをみせはじめている。家電業界も電子化を進めている。半導体をめぐる日米経済摩擦が白熱化しつつあった。いつまでも、蛍光体だけでは生きていけない時代になる。産業も構造変化をみせている。もはや蛍光体に頼るだけの時代でないのは明らかだった。

企業の生き残りは厳しいものがある。時代を読む確かな目がなければ生き残ることはできないのだ。従業員百八十人。彼らと彼らの家族の生活が、小川の肩にどっしりとかかっている。

いま方向転換が必要――。それが日亜が生き延びる道だ。そのためには、新しい血液を注入する必要がある。小川社長は長く思考を続けた末に、ようやく結論を下した。

5

中村修二のもとに日亜化学から採用通知が届いたのは、三月末のことだった。

やきもきしていた中村は安堵した。不採用なら、別に生きる道を考えなければならないからだ。ともかく日亜化学に就職できたおかげで、家族を養える。帰宅すると中村は採用通知を裕子に見せた。

「よかったわ」

裕子も喜んでくれた。いかなる場合も素直に喜んでくれるのが嬉しい。

その日は入社式だった。中村はクルマを運転し、阿南の日亜化学に向かった。同期入社は中村を含め七人だった。同期には京大工学部出の小川信雄社長の次男もいた。徳大から工学部化学科の修士を出た同期もいた。狭い大学のことだ。いずれも顔見知りだった。しかし、ほとんどが地元阿南市の出身者で、県外からの就職組は中村一人だけだった。電子工学を専攻したのは、中村だけだった。

もちろん、蛍光灯やテレビのブラウン管に使われているのは知っていたが、蛍光体が何に使われているか、その詳細になると、素人の中村にはさっぱりだった。エックス線の検出装置などの応用分野があるのを知るのは、後のことだ。しかし、蛍光体はもはや技術改良の余地は少なくて、新たな製品開発は絶望視されていた。要するに、すっかりできあがってしまった製品というわけなのだ。

わかったのはひとつ。大手が撤退したから生き残れたのだ。その分、日亜化学はのんびりした会社だ。社員のほとんどは地元の出身者で、農業を手伝いながら会社勤めをしている人ばかりだ。農繁期になると、長期休暇に入るのも珍しいことではなかった。五月の連休は一斉休業だ。夏休みは全国紙に取り上げられるほど長い。驚いたのはタイムカードがなかったことだ。

「いいんですか」

世事に疎い中村ではあるが、会社にタイムカードがあることぐらいは知っている。

「ええんじゃ、ええんじゃ」

古参社員はあっさりと答えたものだ。さらに驚いたのは、昼時になると、社員が姿を消してしまうことだ。どうやら自宅にもどり昼食をとっているらしいのだ。

「あんたは徳島から通っているんかいな」

同僚の一人が聞いた。

「はい」

と答えたのに、同僚はびっくりした。徳島からクルマを飛ばし、四十分も時間をかけて通っていること自体が、彼らには考えられないことのようであった。

日亜化学は地元の有力企業とあって社員の多くは、地縁者で占められ、幹部社員は小川一族か地元有力者の血縁者という具合で、典型的な同族会社だ。

「地元のため……」

というのが小川信雄社長の口癖で、消費地に近い関西や関東に工場を置くのではなく地元阿南に工場を作ったのは、地元の雇用を考えてのことだというのが彼の説明だ。

確かに日亜化学は地元の雇用に貢献している。人口が五万人たらずの阿南市で二百人の雇用は確かに大きな貢献といえた。小川社長はまぎれもなく地元の名士であった。

配属は開発課。

一般企業でいえば、基礎研究や新製品の研究開発にあたるのが開発課だ。しかし、開発課などといっても、課長一人に中村を含めて課員三名の所帯だ。バラックのような建物のなかは寒々としている。

こんなところで会社の将来を担う基礎研究や新製品の開発などできるだろうか、中村はいささか不安になった。ある日、中村は開発課の先輩に呼ばれた。

「中村君、この開発課はつぶされるかもしれへんで……」

サラリーマンを気楽な稼業と心得るならばタイムカードもなくいつでも自由に休みがとれる、のんびりした社風は、それなりにいいものだが、しかし、先輩の言葉にびっくりさせられた。日亜に入って半年も経っていないのに閉鎖されるとは……。

せっかくの開発部門だ。それがつぶされてはかなわない。しかし新入社員の身では、会社の方針に黙って従う以外にない。

先輩社員の助手のような形で最初に手がけたのは、ガリウムの精製だった。せっかくの新製品なのに、これがさっぱり売れない。いよいよ開発課は閉鎖かと覚悟を決めようと思っていたとき、新たに命じられたのは、ガリウム燐《りん》の開発だった。

（これで生き延びられる……）

ガリウム燐とはガリウムと燐とを反応させて作られる化合物半導体のことで、赤色発光ダイオードや黄緑発光ダイオードの原料として使われているものだ。

大手の家電メーカーを取引先にする日亜化学の営業マンが、これなら儲かる！　と得意先から聞き込んできた情報で、製品化が企画されたという話を聞くのは、のちのちのことである。とはいえ、営業部門の連中は蛍光体の知識はあるが、半導体の分野になるとほとんどが無知に近い。そんな連中が持ち込んできた話だからあてにできない。実際、ガリウム化合物半導体は、すでに大手が開発を終了し、人件費の安い東南アジアあたりでする仕事だ。日亜化学に話を持ち込んだのも安く下請けさせるためだった。

もとより、中村にはそんな事情があるとは知るよしもなかった。しかし、日亜化学はおりから、業績不振が続き、レイオフを検討しなければならないような状態にあった。新しい製品、ガリウム燐の製品化に成功すれば起死回生の新製品を市場に送り出すことができる。会社幹部は、そう考えていた。これは大きな魅力で、この話に飛びつくのも、無理からぬことだった。その安易さは、新入社員の中村にもわかる。

（会社って、こんなものかな……）

中村は疑問も持たずガリウム燐の製品化研究に取り組む。大学院で化合物半導体に近いチタン酸バリウムの研究をしていたこともあり、距離感はあった。しかし、製品開発となると事情が違う。その意味でガリウム燐はまったくの未知の世界だ。

まずガリウム自体の勉強が必要だ。しかしガリウムを担当していた先輩は、発光体部門に転出した。残った先輩とは、どうも馬が合わなかった。アドバイスしてくれたのは転出した先輩だった。最初の半年は、ガリウム燐など化合物半導体やＬＥＤ（Light emitting diode・発光ダイオード）についての論文を読み漁ることに費やした。

化合物半導体——。二つ以上の元素からなる半導体のことだ。半導体とは、導体と絶縁体との中間の電気伝導率をもつ物質だ。低温ではほとんど電流を通さないが、高温になるに従い電気伝導率が増すという特性をもっている。ゲルマニウムやシリコンがその代表例だ。

ガリウム燐などの化合物半導体も、その一種で、化合物半導体は元素の組み合わせが多様であり、組み合わせによって半導体の禁制帯幅が異なるため、利用できる光の波長が異なる光電特性が得られる。この特性を利用したものが発光ダイオード、半導体レーザ、受光ダイオードである。

さて、いよいよ実験だ。しかし、まったく予算はなかった。業績不振で予算を割り当てることができないのだ。実験装置は手作りにならざるを得ない。論文を頼りの、実験装置の試作だ。誰の援助も受けられない。大学院を出ているからといっても、まだ実社会ではヒヨコだ。実社会で求められるのは、製品化という結果だけだ。上司の課長も、ガリウム燐はまったくの素人で、相談もできない。そんなものだから、時間がかかるのは当然だ。進捗状況を確認する会議が開かれる。

「おい、中村君、まだできないか、早く製品化して売り上げに貢献してよ」

営業は迫ってくる。

文献によって実証的に製品を作ろうというのが、中村の基本姿勢だ。しかし、営業の連中は頓着がない。いつできるのか、会議のたびに迫ってくる。そこには、よそ者に対する底意地の悪さが潜んでいる。なるほど、会社というのはこういうものかと思いつつも、それは大きなプレッシャーだ。

大きなプレッシャーを抱えてのガリウム燐の開発だ。ここで役立ったのは、多田研究室での経験だ。多田研究室で学んだのは、手作り精神と廃物の再利用である。開発課の裏には、壊れた電気炉やら耐火煉瓦、電気線、真空ポンプの類が野積みになっている。拾い集めて検討してみる。修理すれば使えそうだ。

再利用というわけで、まずは実験に使う石英管の溶接から始めた。石英は透明で結晶形の明瞭なものは水晶と呼ばれる。実験用の素材として使う石英は筒状のものを、溶接でつなげたりして再利用する。石英管を使うのは耐熱性が高いからだ。ガラス管は三百度程度であるの対し、石英管は千数百度までの熱に持ちこたえる。さっそく溶接に取りかかった。

「ほうー、うまいもんだ」

上司は感心して中村の作業を見ている。彼はいつも他人事《ひとごと》のようだ。

まあ、やっていることは研究というよりも職人仕事である。徳大大学院では板金の腕前を多田教授にほめられたが、いま開発課長は石英管の溶接をほめている。

石英管の溶解温度は千五百度前後とすこぶる高い。一般に使われているようなプロパンバーナーでは歯が立たない。耐熱性の高い石英を溶かすのは酸水素バーナーが必要だ。発する熱と光で目がくらむ。

ちょっとしたクラックやひび割れがあっても、高温下での実験であるため、重大事故を引き起こしかねない。作業は慎重に慎重を重ねて進められる。もとより、石英の溶接など誰も教えてくれたわけではない。参考書を手に、見よう見まねで、覚えたやり方だ。

ガリウム燐はガリウムと燐を、均一に混ぜ合わせなれば製品にはならない。それが理論的にわかっていても、均一化させるのは職人的な技だ。石英管は筒状になっていて、その一方を溶接で閉じ、奥の方に燐を、手前にガリウムを入れる。真空ポンプで空気を抜き再び片方を溶接し、燐とガリウムの入った石英管を真空状態にする。今度は石英管を、電気炉のなかに入れ、燐側を六百度に、ガリウム側を千度に熱する。

長さ一・五メートル、直径一五センチ。これを電気炉のなかに入れ、燐とガリウムを反応させるわけだ。難しいのは温度調整。同一器物に入っている、それぞれの物質の融解絶対温度が異なるからだ。子供をあやすような気配りが必要である。

最初に気化するのは燐だ。ガリウムが千度に上昇すると、気化した燐と反応し、結晶化する。これがガリウム燐だ。結晶ができあがると、石英管を徐々に冷まし、ダイヤモンドカッターで切り出し、ガリウム燐を取り出すという作業だ。結晶とは原子が規則正しく周期的に配列してつくられる固体のことだ。実験がうまくいけば、ガリウム燐はピンポン玉をすきまなく敷き詰めたように整然とならんだ三次元結晶格子の状態になる。論文にはそんなことが書いてある。

しかし、理屈通りに事が運ばないのが現場だ。実験を繰り返すのは、そのためである。

自らを理論屋と呼ぶ中村だが、体を動かすのも嫌いではなかった。実験とは、条件を変えながら同じことを幾度も繰り返し、失敗すれば、失敗の原因を探り、所定の製品を完成させることだ。目的はただ一つ。石英管内部にガリウム燐を作り出す。つまり微細な三次元結晶格子を得ることだ。

ただ、この実験には危険がともなう。石英管の耐圧限度は約千度。この場合だと内部の圧力は十気圧に上昇する。ときには圧力が急上昇して、破裂するのだ。

「ドカーン」

破裂というよりも、爆発だ。工場の敷地内に響き渡るような大音響。実験棟からは白い煙が噴き出し、燐は燃えやすいものだから部屋中に火の粉が降る。

「おおい、中村、生きておるか……」

心配して同僚が駆けつける。

部屋の中はもうもうたる煙と炎だ。中村は必死だ。部屋中に飛び散った火の粉を消し回る。そんな光景が幾度も繰り広げられた。溶接密閉した石英管を電気炉に入れて熱し始めるのはだいたい昼頃。所定の温度に上昇するのは夕刻だ。大音響を上げ、石英管が爆発するのは、この時刻だ。

最初はびっくり仰天の同僚たちも、幾度も爆発するうちに慣れっこになって、またやりおった！　程度の感覚になってしまう。

「あなた、どうしたの」

家に帰り、茶の間に座る中村の顔をみて裕子がびっくりした。燐の炎をかぶり、髪の毛が焼けこげているのだった。

家に帰っても、ガリウム燐だ。子供を風呂に入れながらも、ガリウム燐が頭から離れない。裕子に声をかけられても上の空だ。そんな中村をみて裕子は笑っているだけだ。しかし、本人は家族の支えがあり、家族といっしょだから、この仕事を続けることができると思っていた。

翌日も家を早く出た。クルマを運転しながら道々考える。昨日、爆発した原因のことだ。中村はふいに大学院で実験に明け暮れた日々のことを思い出した。そして考えをめぐらせた。

ガリウムも燐も、なかなか溶け合おうとしない。条件を変えても同じだ。まことに気むずかしい相手だ。ガリウムと燐は、長さ一・五メートルの石英管の筒に、適当な距離をおき設置される。今さらながら、この二つを結びつけるのは至難と思われるのだった。

問題はその距離か、それとも加熱速度か……。ガリウムのほうは一千度まで、燐は六百度。しかも、一・五メートルの石英管を電気炉のなかで熱するのは難しい作業だ。

実験データのあれこれを考えていると、クルマは日亜化学についていた。

研究室に入り、作業着に着替えて、昨日の作業の続きをはじめた。昨日も、大爆発を起こした。大失敗だ。今日は壊れた石英管を修理するところから始めなければならない。なんといっても石英管は一本五万円もする高価な実験器材であるから、粗末にはできない。両端をダイヤモンドカッターで切り落とし、再生する。少し長さは短くなるが、まあ、なんとか利用には耐えられる。

「おい、中村、今日も石英の溶接か」

出勤してきた開発課長が、実験室に顔をみせて、声をかけた。ときおり、小川信雄社長も実験室に姿を見せる。

「えらい騒動や、中村君……」

小川社長は、そんな励まし方をする。もう研究開発をはじめて三年近くになる。

「何をやっているんや」

社内から聞こえてくる批判の声だ。新製品の開発などやったことのない日亜化学にすれば、途方もないほど時間をかけているようにしか思われていないのだ。そんな中村を、それとなくかばってくれるのが小川社長だ。創業者である小川は製品開発がいかに大変な仕事であるかをよくわかっていた。

「ようくやっているんや、と小川君が言っておったよ、中村君……」

多田教授から、そんな話を聞いたこともあった。中村には大きな励ましだった。

「さあて……」

今日も一日中、石英管の溶接になりそうであった。酸水素ボンベのバルブを開き、バーナーに点火する。青白い炎が噴き始め、次第に白色に変わっていく。溶接は技巧を要する作業だ。汗が流れ出て、遮光グラスがかすんでくる。理論的にはほとんど解明ずみのことだが、実際のガリウム燐を作るのは、忍耐と辛抱なのである。まして中村は学校を出たての研究者のヒヨコである。指導者もいないままの製品化研究は、腕力でねじ伏せ、忍耐と根気だけが頼りだ。

「できた！」

中村は思わず万歳をしたくなった。

ダイヤモンドカッターで石英管を切り開いてみると、そこに宝石のようにきらきら光るインゴット状のガリウム燐があった。黄緑の多結晶体は、中村には紛れもなく宝石そのものであった。

苦労の末にガリウム燐はできた。測定してみると、見事な三次元結晶格子ができているのが確認できた。立派な半導体だ。研究開発をはじめて三年目のことだ。世の中に出て、初めて製品化に成功したのだった。

「ほうー」

小川社長は光り輝く結晶体を手に、喜んでくれた。まさか阿南の片田舎の化学会社が半導体を自力で開発製品化できるなど、考えられなかったことだ。

「値段はグラム五百円。キロあたりで五十万円か……」

営業担当重役は気のない返事だ。営業担当重役が渋い顔をしたように、しかし、思うようには売れなかった。売れないのも当然、だいたいがマーケティングが間違っていたのだから。それでも責められるのは開発を担当した中村である。

まあ、自分が作った製品が売れたと報告を聞いたときは、それがわずかな金額であっても、オレも会社に貢献できたのだと心底嬉しかった。指導者もなく開発を支援する組織もなく、ただ文献や論文を道しるべにしながらの、手作りの実験装置で失敗を繰り返しながらの製品化だった。

けれども、成功に酔いしれる時間はなかった。というのも、次にガリウム砒素《ひそ》のバルク結晶の開発を命じられたからだ。今度のテーマも、やはり営業が持ち込んできたものだった。否応ない。蛍光体という製品を作っている日亜化学を主導するのは、営業部門であるからだ。その営業部門のトップに立つのが小川社長の女婿・小川英治専務だ。英治専務は日亜化学の実務を統括する、社内では小川社長に次ぐ実力者だ。

「英治専務の意向でもあるんや」

と解説的に言ったのは、上司の課長だった。信雄社長は女婿に社長の座を譲り引退するとの噂もある。

しかし、社内の噂などどうでもいい、会社の下命なら、それを無条件でやり遂げるのがサラリーマンであると思っていた、中村にはガリウム砒素を製品化することが先決だった。

ガリウム砒素――。

これもガリウム燐と同様に、社内には技術的蓄積がないため、論文・文献を読み漁るところから始めた。

物質としてのガリウム砒素が学術論文に登場するのは一九二六年のことだ。ゲルマニウムに代わるトランジスタ材料として、旧西ドイツのシーメンス社が半導体化合物の研究に着手したのを契機に、大形単結晶の開発競争が始まるのは一九五〇年代に入って以降のことだ。

ガリウム砒素の電気特性を応用した、トンネルダイオードが作られ、その後、電子の高速性を利用しマイクロ波用に、ミクサーダイオード、電界効果トランジスタ、インパットダイオードが作られ、電子管にとって代った。

また、シリコンにかわるコンピュータ用超高速素子として砒化ガリウムの集積回路が開発されるようになった。

これらの製品開発が可能になったのは、ガリウム砒素の組成と蒸気圧、温度の関係が明らかにされたからだった。

さらに研究開発は進み、一九六〇年代に入ると、ガリウム砒素pn結合部分で正孔と電子が再結合する際に発光することが確認され、これが発光ダイオードと半導体に利用されるようになる。

前者は赤外発光ダイオードおよび可視光発光ダイオードとして製品化され、後者はガリウム砒素とアルミニウムを加え、砒化ガリウム共結晶間のヘテロ（異種）接合を二個利用して、室温で連続発振するものが七〇年に開発され、これが現在の光通信や光ディスク用の半導体レーザ材料としての用途を広げていく。

さらに七〇年代後半からホール素子、圧電素子、人工衛星用の太陽電池材料などが次々開発された。

砒化ガリウム単結晶は暗灰色だ。結晶化の方法は水平ブリッジマン（ＨＢ）法と液相チョコラルスキー（ＬＥＣ）法があり、後者の方法では三インチ径以上の結晶体が得られる。

前者は石英ボードに砒素とガリウムを入れて石英管内を密閉のうえ、これを加熱して砒素を気化し、溶融したガリウム内に拡散させ、種結晶による種付けを行ったのち冷却して結晶化させる。この製造法が九十％を占める。

後者ＬＥＣ法は、より高純度で大形化を図る目的で開発された製造方法で、不活性ガス内に封止したるつぼ内の砒素とガリウムの溶体から種結晶を用いて引き上げるという方法を採っている。

さて、問題は砒化ガリウムにｐｎ接合を作る方法だ。文献にはイオン打ち込みの方法が詳しく書かれていた。発光素子に必要なエピタキシャル層を成長させる方法として、分子線エピタキシー（ＭＢＥ）や有機金属熱分解法（ＭＯＣＶＤ）などが用いられているという。砒化ガリウムはほかの元素と組み合わせた混晶が作りやすく、これらを積層（ヘテロ接合）した微細構造の作成も容易であるというのが、その理由だ。

このため、超格子、量子細線、量子箱の基本材料となり、可視光発光素子、電子波デバイス、単電子トランジスタなどの新デバイスの実現を可能にしている。

（なるほど……）

文献を読み進めるうちに、開発構想が次第にまとまっていく。知識の詰め込みなどクソの役にもたたないと毒舌をはく中村だが、好きなことは例外であるらしく、ガリウム砒素に関する最新の技術情報を求めて、母校の徳大の図書館に通うなど、文献渉猟が続き、それも半年が過ぎた。

いよいよ実験を開始する段階に入った。ガリウム燐と同様に、ガリウム砒素のバルク結晶の開発も、実験装置は手作りだ。ガリウム燐の開発のときに比べ、社内が少し協力的になっているのは、ガリウム砒素バルク結晶は光ＩＣや半導体レーザなどに使え、用途がさらに広がり、販路の広い製品と認識されていたからだった。

製法もほぼ同じだ。石英管にガリウム砒素を入れて、密封封入して電気炉で高温加熱することで反応させ、バルク結晶を得る。問題はやはり石英管がよく爆発することだ。

「ドカーン」

実験をするたびの猛爆だ。直撃弾を受けたような大音響だ。実験をする砒素は燐と異なり燃えはしないが、それでも爆発に往生させられた。電気炉が吹っ飛んだこともたびたびで、実験はそれこそ命がけだった。実験のたびに電気炉を修理し、石英管を溶接補修するのは、難儀な仕事だ。

爆発する原因は突き止めている。気化した砒素が高圧になると、石英管内で気圧が急速に高まるためで、爆発の理由はガリウム燐のときと同じである。

爆発の原因はわかったが、しかし、なぜ高圧化するのかがよくわからない。問題は高圧化する原因を取り除く方法である。中村は物事に熱中するタイプの男であり、その原因を取り除く方法を、勤務中だけでなく、クルマを運転し会社に向かう途中でも、家で子供を風呂に入れてるときも、四六時中考えた。早く製品化できないか、と今回も、いや前回以上に営業の連中はせっついてくる。焦りのなかで、ある日突然ひらめいたのが、ガリウムと砒素との混合比率を変えることだ。

砒素は高温で液体となり、温度が下がると気体になり、さらに固体に戻るという性質を持っている不思議な物質だ。理屈の上ではガリウムと砒素を一対一の比率で化合したとき、ガリウム砒素が誕生する。しかし、その割合が一対一・二とか一・三とか、砒素の割合が多いとき、反応しきれなかった分の砒素が気化して、石英管内部に数十気圧という大きな圧力が発生し、それが誘因となり爆発するというわけだ。

ガリウム燐の場合は温度を上げすぎ、そこで気化する燐が膨張し、爆発した。ガリウム砒素の場合も同様で、混合比率が原因で石英管によけいな気圧が生じ、爆発した。

温度管理はきわめて重要なポイントなのだが、このあたりは各企業のノウハウだ。

当然ながら、学術論文を読んでも、ノウハウは開示されていない。実験を繰り返し、手探りで解明していく以外にないのだ。微細な量にも反応する相手だ。中村は慎重に混合比率を変えながら、測定してみた。少なくても駄目、多くても駄目。混合比率を変える実験を繰り返し、石英管のなかから結晶体を取り出すことに成功した。

ガリウム砒素の開発も、たった一人で取り組んだ。大企業ならば十数人でプロジェクトを組み、四、五年の歳月をかけ、開発にあたるのが普通だ。しかし、予算なし人材なし、開発成果を性急に求められるなかでの開発。しかし、中村には達成感の方が大きかった。

「中村君」

開発に目処をつけ、安定した製造が始まったとき、英治専務に呼ばれた。ときおり信雄社長が開発課に姿をみせる以外、会社上層部と直接話をすることなど滅多にない中村だったが、何事か専務室に出向くと、営業担当の重役が英治専務と用談中だった。

「やあ……」

英治専務はいつになく上機嫌だ。

「実は……」

と切り出したのは営業担当役員だった。そこで中村は、発光ダイオードの原料としての材料だけでなく赤外や赤色発光ダイオードのエピタキシャルウェーハーを、つまり発光体そのものを作れという社命を受けたのだった。

「急いでいるんやがね……」

営業部門の誰かが大手電気メーカーから聞き込んできた情報を、営業担当重役が鵜呑みにして、社内最大の実力者英治専務と協議し企図された開発案件のようだ。急いでいるというのは、松下電器か三洋電機か、そこらあたりのメーカーが、自分のところで生産するには、コスト割れになるものだから、下請けの日亜化学にやらせようという魂胆であるのは、さすがの中村にもわかった。日亜化学というのは、そんな落穂拾いのような仕事ばかりをやっているのだった。

「わかりました……」

社命は発光ダイオードに使われるエピタキシャルウェーハーを作るだけだ。しかし、どうせ発光ダイオードエピタキシャルウェーハーを作るなら、発光ダイオードというデバイスを作るのが本筋というものだ。それは口にしなかった。

日亜化学に入ってからの中村は、大学にいたときのような反逆反抗精神は影を潜めて会社のいうことには従順だった。会社のいうままにガリウム燐とガリウム砒素を、今度はガリウム砒素を原料とする発光ダイオードを開発することになった。

どのみち、エピタキシャルウェーハーを作るならデバイス自体を製品化すべきではないか——という思いを胸の内にしまいこみ専務室を出た。その思いは日亜化学に入り六年目にして感じた会社経営に対する反抗心だった。

開発課に戻ると、中村はさっそく開発構想を練り始めた。今度の場合も、たった一人だ。会社の組織的な支援が得られないのも、これまでと同様で、予算も限られたものだ。それでも中村はやる気になっている。より自分が専門としてきた分野に近いと思えたからだ。

「さあて……」

さっそく文献の蒐集に取りかかる。発光ダイオードエピタキシャルウェーハー。電気抵抗などの性質が異なる複数の半導体物質の薄膜を、積層状に重ねたものだ。積層薄膜は数ミクロン程度で、これは本格的な半導体だ。

技術開発の最大の難関は、この薄膜を生成することだ。薄膜の生成成長には、エピタキシャル成長法という技術が用いられることはわかっている。エピとは「上に」の意味で、タキシャルとは「配置する」——という意味だ。

文字通り、基盤物質の上に規則正しく結晶化させた別な物質を配置し、薄膜を生成する方法を確立するのがこの研究だ。

わかりやすくいえば、性格の異なる物質の結晶同士を均一に重ね、配置することだ。エピタキシャル成長層を生成するには、基盤物質となる結晶の上に、基盤物質が溶けない程度の温度にした状態で、基盤物質よりも融点の低い物質を溶かして載せ、結晶化させることだ。学会で「ガリウムアルミ砒素の液相エピタキシャル成長法」と呼ばれる技術である。

具体的にいえば、ガリウム基盤の上にガリウム、アルミニウム、砒素の化合物質を載せて、ガリウムアルミ砒素という化合物半導体の結晶膜を作るのだ。

ガリウム砒素やガリウム燐で、十分の経験を積んでいる。中村は自信があった。ノートを広げ、実験の手順を考えてみた。

これまでと同様に、石英管を電気炉で加熱するのも同じだ。しかし、石英管を真空にする作業がないこと、つまり石英管を切断したり、溶接したりする作業がない分だけ、作業は楽だ。ただし石英管の内部に不純物が混入するのを防ぐため、水素の噴気ガスを流すので引火すれば大爆発を起こす危険が伴う。当然ながら装置が複雑にならざるを得ない。相変わらず予算はわずかだ。外注すればカネがかかるので、ほとんどは自作だ。

専務室で下命を受けて一カ月後。営業部門との合同会議が開かれた。会議には英治専務も出席した。スケジュールの確認が会議の趣旨だった。販売戦略を考えなければならないからと、営業部門は急いている。やいのやいのとせっつくばかりだ。

「いつできるんや……」

営業担当重役は決まり文句を口にした。

「できるだけ努力します」

と答える以外にない。担当者を擁護すべき開発課長は黙りを決めている。サラリーマンとはこういうもの――と、それでも中村は我慢をした。

実験態勢が整ったのは半年後だ。異例の速さといってよかった。まあ、しかし、阿南の片田舎の日亜化学が発光ダイオードエピタキシャルウェーハーの開発を始めたというニュースが業界に流れれば事情を知る関係者ならバカか！　と思ったに違いない。大企業にも、それほど難しい技術開発だったのだ。それにしても、これほどの大プロジェクトを、一介の開発課員にすべてを任せるとは、大胆というよりも、日亜は大した会社だというべきだった。

「測定装置はどうします？」

助手的な仕事を引き受けている、入りたての新入社員は聞いた。とはいっても彼にはなにもわからない。

「自作することだな」

中村が簡単に答えたことに、後輩はびっくりしている。測定装置というのは、できあがった結晶皮膜の品質を評価するための機器のことだ。ホール測定器と呼ばれるものだが、幸い徳大大学院でチタン酸バリウムを測定するため、多田教授の指導を受けながら、同じ原理の測定装置を自作したことがあった。その経験を生かせばいいだけだ。

態勢は整った。

いよいよ試作に入る。発光ダイオードエピタキシャルウェーハーを作る理屈は簡単だ。材料を電気炉のなかで八百度まで加熱し、温度を下げると結晶化して、数ミクロンの薄膜ができる。その薄膜が生成されたときを見計らい再び加熱。今度は別な材料を溶かし薄膜に載せていく。こうした作業を繰り返すと、何層かに積み重なったサンドイッチ状の物質ができる。これが発光ダイオードエピタキシャルウェーハーというわけだ。

作業はきわめて単純だ。しかし、この単純な作業で難儀をさせられた。温度管理、材料の状態や順列組み合わせなど、各種の条件によって生成物は異なる表情をみせる。どうにか試作品を出せるようになったのは、試行錯誤を続けたあとの一年半後だ。期待の試作品をもって、メーカーに走った。

「なんじゃこれは……。よく光らないし、すぐ減光するやないか」

得意先の担当者はにべもない。だいたい阿南の片田舎の日亜化学に発光ダイオードエピタキシャルウェーハーなど作れっこないと、はなっから信用していないのだ。しかし、弱光であることも減光速度が速いのも事実だ。原因を探るためには評価試験が必要なのだが、その評価試験機器が日亜化学にはなかった。だから得意先の評価機器でデータを出してもらい、そのデータを解析しながら、改良を続ける。製品の評価検査には数カ月を要する。こんな状態じゃ開発が遅れるのも当然だ。それでいながら営業部門はいつ製品化できるか、とせっついてくるという具合だ。

「課長、購入をお願いできないでしょうか」

「君、そうはいってもね……」

開発課長は予算がないの一点張りで、てんで話にならないのだ。彼には英治専務を説き伏せる自信がなかったのだ。

「これじゃダメだ」

中村は切れそうになっていた。これまでなら黙って引き下がった中村だが、今度は違った行動を起こした。

社長室のドアを叩いたのだ。小川信雄社長は執務中だった。突然、血相を変えて飛び込んできた中村の顔を見て、目を丸くした。

「どうした?」

従順素直な中村が怒っている。信雄社長はソファを指差し、中村を座らせた。中村が何をやっているかは熟知している。それが会社の将来を決める大事な研究開発であることも知っている。

「話を聞こうやないの、中村……」

中村は評価試験機器の必要性を一気に話した。信雄社長はいちいちうなずき、メモを取りながら話を聞いた。話し終えて、中村はふっとため息をもらした。

「ええやないの、わかった、あとで専務に言っておくわ」

「社長がじかに指示してください。それにこの際ですから、デバイスの製品化も許可していただきたい」

そう言ったのは英治専務を通じての指示だと、時間がかかり、こうやってせっかくの直訴が意味がなくなると思ったからだ。創業者社長はにやりと笑った。

「わかった、ＯＫや……」

創業者社長は決断が早い。評価試験機器の購入もデバイス製品化も、拍子抜けするほど簡単に認めた。すっかり信頼しているという態度で、それが中村には嬉しかった。

「それでは……」

「どうや、少し話していかんか」

立ち上がりかけた中村を引き留めた。ちょっとした世間話をしたあとで聞いた。

「どうや、自信あるのかいな」

質問の意味はデバイス製品化だ。信雄社長がよく勉強していることが、質問のはしばしからも窺える。電子の分野はまったく素人である。しかし、専門分野の話になると、信雄社長は目を輝かす。やはり彼も技術屋なのである。信雄社長は最後にいま一度聞いた。

「中村、ほんまに自信あるんか」

「あります」

中村はきっぱりと答えた。その言葉に信雄社長は大きくうなずいてみせるのだった。積層化の段階をクリアしたのだから、デバイス製品化はもう目の前である。

「そうかいな、がんばってや、中村」

小川信雄社長はそう言って励ますのだった。創業社長の威光は大変なものだ。その日のうちに指示が開発課長のもとに届き、発光ダイオードを製造する装置とチップの耐久性や光度を評価する測定機器が発注された。

開発をはじめ四年。

中村は自分でも信じられなかった。試作品を分析機器にかける。最終テストだ。データを比較検討してみた。

製品は予想のデータを示している。開発はついに成功したのだ。日亜化学では発光体以外では、はじめての自社製品だ。ついに赤外発光ダイオードとデバイスが製品化されるのだった。赤みを帯び、デバイスは間違いなく美しく輝いていた。

第四章　切れた男の研究テーマ

1

　あれから十年が経っていた。東京に戻り弁護士事務所を開いても、顧客を得られるか、不安がなかったかといえば、それは嘘になる。しかし、不安は払拭され、多くの弁護士を抱えるほど事務所の経営は順調だった。

　ときおり思い出されるのは、ロスアンゼルスで見たあの夕焼けだ。ハリウッドの映画人たちがブルー・マジックと呼ぶ、あの夕日が沈む光景だ。太陽が地平に沈んだあとに残る、反射光が作り出す、一瞬の光のドラマ。なるほどブルー・マジックと呼ぶにふさわしい光景だ、いまでもあの美しい光景が脳裡に色濃く焼きついている。人の記憶は、なんの因果もなく、つまり必然性など無関係に、いきなり現実性を帯びてよみがえるものだ。ロスアンゼルスの風景。いま升永の記憶のなかにブルー・マジックがよみがえっている。

　東京に戻り、十年……。時間の経過自体は何の意味も持たない。だが、それが不思議な風景のように思える。日本に帰り、二人の子供を得た。家庭生活も、いまのところ平穏無事で、明子も子育てに忙しい。少し問題があるとすれば、アメリカのときと同じように、多忙を極めていることだ。

仲間の弁護士と共同事務所を立ち上げたのは帰国早々だった。しかし、事務所経営について意見の一致が見られず、独立するのは平成三年のことだった。

事務所を神谷町に移し、升永はアメリカでの経験を生かし、コンピュータのソフトウェアや著作権、技術ライセンス、広告、独禁法、労働法、不動産法などに取り組んだ。目論見があたり、仕事が手にあまるほど入ってくるようになるのは、事務所を開設して二年目あたりからだった。おりから経済はバブル化し、対米投資が爆発的に伸びたこともある。

まあ、それは慶賀すべきことだが、まず仕事は順調である。都心部の一等地に事務所を構え、仕事も順調に入り、渉外弁護士としては成功といえた。

仕事の大半は、アメリカでいうところの渉外関係だった。

それにしてもよく働いた。昼も夜もない働きぶりだ。昼は昼でクライアントとの打ち合わせ、夜は夜で書類の作成などに追われ、深夜に及ぶことなどはざらだ。升永の猛烈な働きぶりに、若手の弁護士ですら音を上げるほどだ。

努力に勝る天才なし——を、地でいく働きぶりだ。確かに升永の働きぶりは、尋常なものではない。

升永英俊は執務机から離れ窓際に立ち、ビジネス街をみた。もう春だ。季節の移り変わりすら忘れていた。通りの街路樹はわずかに芽を吹かせている。深夜に降り出した雨は上がり、空はくっきりと晴れ上がっていた。

（どうすべきか）

を、升永は考えていた。

難題が持ち込まれた。刑事事件だ。法学部出身とはいえ、大学時代にも司法試験でも、刑事訴訟法を学んだわけではなかった。

これまで手がけたのは、もっぱら民事だった。要するに、刑事訴訟にはまったくの素人なのである。弁護士の良心からしても、自信がない以上は、わかりましたとは承けるわけにはいかないのである。

あのとき、升永は返事を保留した。恩義ある元指導教官の依頼に即答できなかったのは微妙な心の揺れを感じたからだ。

本音をいえば、刑事訴訟など手間暇ばっかりかかるだけで、苦労の割には報われない仕事なのだ。いまさら刑事事件の弁護を引き受けるなど、弁護士事務所の経営を考える上でも意味のないことだ。そんな理由をばかっ正直に言えるはずもないが、しかし、それが本音というもので、あのとき返事を保留したのは、それが理由だ。

しかし、その一方で微妙な揺れを感じている。その理由は升永の心のうちで、はっきりとした形となってきた。果たして、この日本に法による支配が確立しているかどうかの疑問である。それを法律家の立場で、質してみたいという熱い思いだ。

明治以来の官僚による支配。そこで取り交わされるのは談合だ。法律解釈を小出しにする官僚。そこに群れる利権集団。官僚の示唆にもとづき利権の分配に当たる政治家。醜悪な談合社会が形成されている。

談合の実体がばれて、ことが事件化するたびに改革の必要が叫ばれてきた。しかし、改革はかけ声だけに終わり、改革など成し遂げられたためしがない。そのことに升永は怒りさえ感じている。

升永は怒りの人だ。升永は日本型の支配システムを憎んでいた。日本に帰ってきて痛感させられるのは、そのことだ。こんなことでは日本がダメになるとも思う。いや、すでに日本はダメになっている。その予兆はバブル崩壊という形で現出しつつある。事態を放置すれば、日本は間違いなく沈む。官僚たちも政治家も、事態の深刻さは知っているはずなのに、何の手も打たずにいる。利権を維持する談合機能が、まだ有効性を持っていると信じているからだ。

政治のふがいなさ。日本は官僚が支配する談合国家だ。談合国家とは、結局のところ行政の恣意的支配を許す国家だ。日本は沈没しそうになっているのに、政治はまことにふがいない。それなら法の支配のもとでの競争社会を、すなわち、司法国家に変える必要がある。最後のよりどころが司法である。升永はそう思うようになっている。他人は正気かと冷笑するのだが、升永は本気だ。

正義の執行を求め、法廷に立つ――。それが法曹の一角に座る弁護士の本来の姿ではないのか、思い出すのはアメリカの法廷で見たあの光景だ。

「わが法廷は以下の規範を示す」

判決にあたり判事が口にした言葉だ。あれは忘れられない光景だった。法に対する揺るぎない信念の発露だ。その光景に感動を覚えたものだった。

行政も政治も経済界もダメだ。それなら官僚国家を崩し、司法国家に変える以外にないではないか――と、升永は近ごろ熱く思うようになっている。刑事事件――持ち込まれた話に動かされるのは、そんな思いがあったからだ。しかし、引き受けるべきかどうか、升永はまだ結論を出せずにいた。

（まあ、事件の中身を聞いてから……）

升永は中間的な結論を出した。

「執行猶予がせいぜい」

弁護士仲間の結論だった。

升永は起訴状を読んでみる。

巨額横領事件だ。

成功したベンチャービジネスをめぐる仲間内の係争だった。その成功したベンチャー企業内部で発生した横領事件だ。

升永はさっそく資料を取り寄せ、事件の分析にあたった。事件の背景を把握しておかないことには、弁護方針が立てられないからである。升永の調査は詳細を極める。三日間、資料調べに没頭した。それが升永の仕事のやり方で、渉外の代理人を務めるときでもやり方は同じだ。

話は昭和四十一年にさかのぼる。学生三人で会社を立ち上げ、コンピュータのソフトウェア開発を始めたのがこの企業だ。ベンチャービジネスの走りで、時代の波に乗り、事業は成功した。銀行や金融機関のオンラインを手がけたのが事業を成功に導いたようだ。ついに店頭公開にこぎつけ、いま二部上場をめざし準備中だった。

事件は、そんな最中に起こった。

成功企業によくみられる仲間割れが原因だ。要するに、もうけの山分けをめぐる争いといえないこともない。上場すれば大金が転がりこんでくる。札束を目の前にすれば人格が変わろうというものだ。

理由はともあれ、しかし、創業者の一人が会社のカネを横領したとなれば、彼が創業者の一人であろうとなかろうと、これは立派な犯罪である。しかも、事件を摘発したのは泣く子も黙る東京地検特捜部だ。

　事件が表面化した直接のきっかけが、内部告発によるのか、特捜部の内偵調査によるものか、そこのところは判然とはしない。

　横領したとされる金額は二億七千万円。大金だ。もちろん、金額の多寡も量刑に加算されることになる。まあ、一億を超えたら実刑というのが、法曹界の常識だ。たしかに事件は情状酌量で、執行猶予を勝ち取り被告人を刑務所に送ることだけは避ける――という弁護方針は、それなりに納得のできるものだ。刑事訴訟法は素人だが、升永にもその程度のことはわかる。

　資料を読み進める。事件を経済係争事案としてみたら、どういう図柄になるか、升永はそのことを検討してみた。つまり代表取締役に許される執行権の範囲だ。

　気がついてみると、すでに午前三時になっていた。少し寝ておこうと、ロッカーのなかにしまってある寝袋を持ち出し、執務室に広げて潜り込んだ。固い床の上で寝るのは、もう慣れっこになっている。

「うーん」

　寝付きが悪い。頭がさえてくる。深夜の事務所は静まりかえり、遠くの方からかすかなモーター音が聞こえる。空調のため、深夜も動いているのだ。暗闇の天井を見つめる。闇の世界にきらりと動くものがあった。

はっとわれに返り寝袋から抜け出し、執務机の灯りをつけた。資料を広げた。

「あった」

升永は叫んだ。具体的なものを見つけたわけではない。闇の世界にきらりと光ったものの正体が見えてきたのだった。升永は検察が描く図柄が違って見えてきたように思えた。あのロスアンゼルスのブルー・マジックのように、一瞬のうちに見え隠れする、隙間のようなものを見つけたのだ。

横領罪とは他人の占有に属さない他人の財物を、領得または取得する罪をいう。ついでながら、領得には「合点」する「納得」する、などの意味があるが、法律上の用語法としては、他人の財貨を、自己または第三者のものにする目的で、取得することをいうのだ。

升永はさらに判例を調べてみた。判例とは類似の事件や同じ法律上の事案につき、同趣旨の判決が繰り返された場合を、法律家たちは、そう呼んでいる。判例をできるだけ読んでおくことが大切だ。判事は判例を参照しながら判決文を書くからだ。

いま一度、升永は、検察の主張を再検討してみた。いたるところに論理上の矛盾が散見される。何ということか。検察官は、役員報酬を横領とみなしているのだ。事実誤認もはなはだしい。いってみれば、内紛当事者の片方の主張を鵜呑みにしての訴状だ。

被告人は、業務上横領の事実を明瞭に否認している。反省する態度もみせず、頭を下げることも拒否している。他の創業者二人に、被告人ははめられたと思っているのだ。

被告人の主張では、何回かに分け二億七千万円相当の金額を受け取った事実を認めている。しかし、それは役員報償としての分配であり、その分配をめぐっては、役員会の承認を得た上での処分行為であり、犯罪にはあたらないとするものだ。升永は記録を調べてみた。証拠書類はあった。

これならば、検察側が列記した五つの訴因すべてを、ことごとくつぶせる。検察側は五つの訴因を挙げたことが逆に、自己撞着を来す結果となっている。ちなみに、訴因とは公訴事実を犯罪の構成要件にあてはめて起訴状に記載された検察側の主張のことで刑事訴訟法では審判の対象となるのがこの訴因だ。訴因を一つ一つつぶしていけば裁判では無罪を勝ち取ることができるのだ。

一つの訴因が崩れはじめると、連鎖反応を起こす。裁判とは、どこか難解な数学の問題を解くのと、よく似ていて、解を得たときの爽快感はたとえようのないものだ。

（この事件、無罪を勝ち取ることができるかもしれない……）

どこからみても、企業の内紛である。この程度の事件をなぜ検察はあえて、政治家や高級官僚の汚職事件を追う特捜事案としたか、升永には、疑問に思えるのだった。

東の空が明らみ始めていた。升永は朝焼けを見つめながら、これなら勝てる！　そう確信するのだった。

2

阿南の山々に淡い緑がよみがえった。まぶしい春の日が、田園を照らしている。今朝は気持ちよく晴れ上がっている。いつものように徳島市内の自宅を出て、自家用車を運転しての出勤の途中だった。

中村は憮然としてハンドルを握っていた。穏やかな春の日とは対照的に、中村の心のうちは穏やかではなかった。いつもは穏やかな中村である。誘われれば、社内野球チームのメンバーになったし、気安く飲み会にもつきあった。彼の周囲には笑いが絶えないのに、今朝は違っている。裏切られたと激怒した、徳島大学に入学した直後の、あの顔に戻っている。中村は切れかかっているのだ。

時間の流れは速いものだ。数えてみれば入社してから、十年目の春だ。中村修二にとっても、あっという間だった。まことに従順というべきで、何の疑問も抱かず会社の命じるままに仕事をしてきた。

それが、どうだ。赤色発光ダイオードの開発を終えたいま、中村が命じられた仕事の一つは、売れない売れないと不評の製品を営業といっしょになって売り込むことだ。酒は嫌いではないが、カラオケには閉口させられる。

中村はもともと家庭的な人間だ。子供たちや妻との団欒《だんらん》が一番だと思っている。三女が生まれたのは一昨年のことで、可愛いさかりでもある。慰められ、励まされるのは、家族の存在だった。

忌々しいと思うのは、自分で希望して、開発した製品でもないのに、責めを負うばかばかしさだ。営業の必要というのもわからないわけでもないが、しかし、営業を手助けする理由が、中村には納得のできないことだった。

中村は日亜化学での、この十年を思い起こしてみた。ガリウム燐からはじまり、次のガリウム砒素、さらに赤外発光ダイオードや赤色発光ダイオード、デバイスなどを次々と開発した。自分でもよくやれたものだとつくづく思う。

しかし、発光ダイオードの開発では、信雄社長に直訴までして開発許可を得た。それが直属の上司を怒らせ、英治専務の不興をかい、社内にしこりを残したこともわかっていた。あのときは、信雄社長に直訴しなければ、とてもデバイスの開発などできはしなかった。

それにしても、この雑音はなんなのか。まるで厄介者のようだ。称賛に値するような仕事をやってきたのだが、社内から聞こえてくるのは不穏当な噂ばかりだ。

「ほうー。日亜さんが半導体を、ね」

同業はほめてくれた。

しかし、社内での評価は異なる。

「中村、売れないんや」

聞こえてくるのは、そんな言葉ばっかりだった。

家庭生活を犠牲にしてまで、研究開発にあたってきたつもりだ。会社に入ってからの人生を振り返ってみるならば、すべてを会社に捧げた人生だ。夫婦共働きの家庭は忙しい。早朝に起き、朝食もそこそこに家を出るのは六時前だ。義母の手助けがなければ、子供たちを幼稚園に、送り届けることもできない。

それでも早朝の出勤を心がけた。のんびりした会社だから、そんな時間に出社する社員などまれだ。会社につくと、すぐに実験にあたる。

ときには、営業の補佐役として客先に出向き、製品の説明にあたったり、接待につきあわされることもあった。それが十年も続いた。好きな研究テーマなら、それはそれで満足できる。

売り上げには貢献できず、商売にもならない、と会社はいう。大企業が投げ出した製品の研究開発を、命じたのは会社だ。学問的にも無意味な研究を強いられるつらさは身にしみる。奴隷のようなサラリーマン生活に、最近では怒りを感じている。会社は従業員に対し身勝手だ。そうなら従業員も会社に対し身勝手に振る舞う。問われるのは結果だというのなら研究テーマも自分で決める――中村は、そう決断を下していたのだ。

いつもは穏やかな中村だが、今朝だけは違っている。中村は切れていた。日本の企業社会に未練はなかった。今朝、起きがけに書いたのは辞表だ。懐に手を当てた。封書の感触が手に伝わってくる。

中村は決断を下したのだ。会社を辞める覚悟を決めたのだ。辞めるつもりになれば怖いものはない。度胸も据わった。

会社での評判など何も気にする必要もないし、上司に対する気遣いもいらなくなる。会社では好きなことだけをやる、そう決めたのだった。やるべきことは、はっきりとしていた。その決意のほどを、書面に認《したた》め昨日信雄社長にたたきつけてある。

返事が吉と出るか凶と出るか、いずれの結論が出ようとも、腹は決まっている。

「どうしたんや、中村……」

出勤してきた上司の課長が声をかけた。そうは声をかけてみたものの、あまりにも堅い表情をしている中村を見て、課長はあたふたと自席にもどり、書類をめくりはじめた。この人は部下の感情に無神経である。しかし、彼にも上司としてのいい分がある。

（困ったものだ……）

と、課長は書類をめくりながら、つぶやくのだった。

人は企業社会に入って、生活をしているうちに、さまざまな厄介ごとに巻き込まれ、希望は実現不能な夢だと思うようになり、それがあきらめに変わったとき、心地よく企業社会にいつくようになるものだ。

それは中村にもわかっていた。

もとより企業社会でその拒絶に遭えば、それは社会人としての死を意味する。上司や同僚——彼らに受け入れられるには、正直さと勤勉さと従順さ——を、つまりいいやつだという信用を得る以外にないことを、自らの経験のなかで知っている。

日亜化学は片田舎の中小企業だ。日亜化学も中小企業の例に漏れず、社長独裁のワンマン型経営であるため、官僚組織は育ちにくく、その分、多少の自由があった。要するに、上司に隠れて、やりたいことをやれる自由のことだ。中小企業の経営者というのは大雑把なものだから、下っ端の社員でも、機転をきかせてそっと耳打ちするだけでことは動く。つまり直訴という手が通じるのだ。

日亜化学の場合も同じことで、中村は発光ダイオードの開発につき社長と直談判の上で了解をとった。そうしたのは、上司に研究企画書を提出し、社内会議を経て、正式なルートに乗せるには、あまりにも時間がかかる。社長と直談判で決めた方が、より早く研究に着手できる。それよりも何よりも、会社のやり方に従えば、製品開発の目処が立たない、そう思っての直訴だった。

「中村君……」

課長は一呼吸おいて、中村を自席に呼びつけて言った。

課長の目から見れば、中村は変わり者だ。扱いにくい部下だ。この数日、中村の態度がおかしい、そういう目で見ていた。ここは説諭しておく必要がある、そう思って呼んだのだ。

「困るんだよな、営業からも文句が出ているんじゃあよ、客にはニーズというものがあるんだ。そのニーズに応えるのが、われわれの仕事なんだよ、わかるかな……」

彼はあくまで善人で、よかれと思って後輩に忠告をするのだった。分野の異なる電子工学を専攻した後輩ではあるが、同じ徳島大学の後輩には違いない。けれども忠告の中身は、いつも決まっている。勤勉さと従順さ――というサラリーマンの徳目についてであった。

しかし、上司の言葉が中村の耳には少しも入らなかった。彼は別なことを考えていた。三十分ほどサラリーマンの徳目についての説教をたれたあと、ようやく解放され、席に戻ってみると、信雄社長から電話が入った。

「すぐに参ります」

修二は社長室に向かった。

中村は一つの決断をしていた。もし認められないのなら、辞表を提出する――と。サラリーマンが辞表を懐にするというのは尋常ならざる決断だ。しかし、意外にも早い反応にスキップを踏みたくなるような気分で、社長室のドアを叩いた。どういう結論が出ようとも、踏ん切りがつくというものだ。

信雄社長は書類に目を通しているところだった。ドアごしに修二の姿を認めると、

「おおっー中村か」

読みかけの書類に目を通したままの姿勢で大きな声を出した。いつも元気のいいオヤジだ。机の上に広げている書類は、修二が社長宛に出した研究企画書だった。

「なんぼかかるんや」

小川社長がすぐに本題に入った。中小企業のオヤジらしく、決断を急いでいる。こういうときは呼吸だ。呼吸で一気呵成に……。

「三億ほど……」

中村は具体的な数字を言った。しかし、三億は控えめな数字だ。大会社が、この研究をやるには、十数人でプロジェクト・チームを組み、少なくとも百億を超える資金が投資される。それでも三億は、どう考えても日亜化学の経営実情からすれば、大金には違いなかった。中村には少し心配だった。それが意外にも、

「そうか、わかった」

信雄社長はあっさり認めた。しかし、中村が直談判しようと思っているのは、それだけでなかった。

「もう一つあります。社長」

小川信雄社長は、びっくりした顔をしている。三億円の投資を認めただけでも、破格の約束なのに、また別な要求を突きつけようとしている。三億円といえば、阿南の中小企業にとっては大投資といえた。

「ほうー。もう一つある、と……」

創業者社長は泰然と聞き返した。

「なんだね」

小川社長は言葉を促した。

「アメリカに留学させてください」

中村は頭を下げた。

「ほうー。アメリカか、いいな、アメリカかね……。儲かるかいな、中村」

「はい」

二人のやり取りには滑稽味がある。しかし二人とも、意識はしていない。創業社長の頭に浮かんでいるのは、発光体特許を求めてGEにレターを書いたときのことだ。

そして思い浮かべたのは、新しい何かが誕生することの期待だった。

「中村、ええよ、アメリカに行くのは……」

3

初めての刑事法廷——。升永は武者ぶるいを覚えた。自信はあった。

升永は五つの訴因すべてにつき、事実関係を示しながら反論した。三年におよぶ裁判は結審を迎えようとしていた。升永は弁論にたった。

「事実はただ一つです。起訴状記載の創業者三人で役員報償として四・四・六の割合で山分けしたカネ以外には、別なカネは存在しなかったということであります」

事件そのものが存在しなかったことが完璧に証明された。それは裁判官にも検察官にもわかっているはずだった。

「無罪……」

浮かび上がるのは、その二文字だ。

緻密な論理の構成力。それに加えての抜群の調査力の勝利だ。検察側は狼狽した。

狼狽したのは、裁判所も同じだった。これでは地検特捜のメンツはまる潰れだ。

「訴因の変更を……」

と裁判長は検察側を促した。

法廷にざわめきが起こった。前代未聞の裁判長発言であったからだ。被告人をどうしても、無罪にはさせない——そんな意志が感じられる発言だった。事態は暗転した。升永も正直狼狽した。まさか、裁判所が検察側に訴因の変更を求めるとは思ってもみなかったからだ。升永は裁判官を凝視した。

「無法——」

升永の脳裡に浮かんだ二文字だ。法曹人としては許されざる事態だ。バカなと思わず怒声を上げたくなった。弁護団は急遽対応策を協議することになった。

「升永君、本当によくやってくれた、ありがとう、ありがとう。ともかく検察が挙げた訴因五つが、すべて無罪だからな」

裁判所が訴因変更を示唆したのを、同僚弁護士は、これは推定無罪、大勝利という受け止め方をしている。しかし、升永は別な判断をした。

明らかなルール違反。裁判長は訴因変更を許す裁量権は認められているが、そこにはルールがある。公訴事実の同一性を超えてまでは、訴因を変更するのは違法である。

「許せば、法は死にます」

升永は断固とした口調で言った。升永が言うのは正論である。

予想されたように、裁判所の示唆に応じて検察側は訴因を変更し、結審にのぞむ方針を伝えてきた。結審は一ヵ月後だ。

時間がない。

升永は大車輪で動き始めた。

事件をより最初の段階から調べなおしてみた。そもそも事件は、創業経営者三人の謀議によって始まった。驚くべきことだが、問題となる謀議の証拠は、特捜検事の尋問調書のなかにあった。

「四・四・六の割合です」

数字が示すのは、三人で協議して決めた会社資金の分配比率だ。被告人は同僚代表権者と同様に、この申し合わせを受け、子会社の経営基盤強化という名目で、会社の金員を受けとったのである。その行為が、仮に犯罪だというのなら、他の二人の代表権者も業務上横領罪で起訴すべきが、法理にかなう正義というものだ。しかも右証言は検察官自身が当事者から引き出した証言だ。

しかし、この重大な事実を、検察は意図的にか、あるいは関係者への尋問で得た事実を見落とし、これを予備的訴因とし別なカネの存在を訴因に上げて、地検特捜は被告人のみを起訴した。これはいちじるしく不平等な取扱いだ。

協議が行われた場所も日時も、はっきりと特定できている。もちろん、出席者も。社長が六割、副社長と専務が四割ずつという配分を決めたのだ。

事件の経緯を追ってみる。事件が発覚したのは国税調査からだった。創業者三人で取り決め、分配した資金を国税は脱税と見なし修正申告を迫る一方で、検察庁に告発したのだった。地検特捜部は当初、主犯を社長を務める創業者と見ていた節がある。というのも、創業社長に対する取り調べが執拗を極めていたからだ。しかし、途中で事態は急変する。

綿密な打ち合わせののち、主犯と特定すべき創業社長は、急遽創業者三人の会議を開いて被告人にこう持ちかけている。

「身分も役員報酬も保証する。ここはひとつ会社のためだ……。検察の主張を認めてほしいのだ……」

同席した創業社長と親しい関係にある弁護士は、こう被告人にアドバイスしている。あとは言わずもがなだ。

「なあに、大した事件じゃない。脱税とはいっても、すでに修正申告ずみ……。いわば形式犯だからね」

それがだめ押しだった。

「形式犯……」

単に一定の行為をすることだけで、犯罪の構成要件に該当するとされ、とくに保護法益に対する侵害のあることを必要としない犯罪のことだ。たとえば選挙運動に関する各種制限行為に対する違反や、住民登録の遅延など行政犯に多く見られ、実質犯に対する反対概念と理解されている。

文字通り形式上のことであり、その分だけ問われる罪科も軽く、せいぜいのところ科料程度に終わるものと理解して、被告人は検察上がりで、会社の顧問弁護士の立場にある男の言葉を信じたのである。

翌日、被告人は任意で検察庁に呼ばれ、そのまま逮捕状が執行された。そこまでは筋書き通りの展開だった。少なくとも、被告人はそう受け止めた。

しかし、逮捕留置された一週間後。拘置所に収監されている被告人のもとに、一通の書状が届く。開いてみると、代表取締役副社長の職を解任するとの、通告書だった。

「はめられた」

被告人は思ったが、遅すぎた。

創業社長と親しい関係にある弁護士のアドバイスに基づき、検察官の取り調べに素直に応じて、供述を始めていたからだ。そして突きつけられた罪名が業務上横領――だったのである。被告人が仰天したのはいうまでもないことだ。

「本件は弁護士登録まもない検事上がりの弁護士が同期（司法研修所）の捜査検事を都合よく誘導してなされた不当かつ不実な起訴であり、起訴裁量権の著しい逸脱をした公訴である……」

と、弁論の冒頭で断じた。

しかし、升永が本当に力を入れたのは、裁判所が示唆した訴因変更の法的妥当性だった。裁判所が訴因変更を、検察側に求めた理由は、はっきりしている。裁判所も、検察が書いた起訴状では、有罪に持ち込むのは難しい、そう判断したのだ。つまり起訴状に示された事実関係、訴因の矛盾に裁判官は気がついたのだ。訴因変更を示唆したのは、そのためだった。

時間はなかった。結審まで一ヵ月を切っていた。膨大な量の判例集を机の上に広げての格闘の日々だ。刑事事件などというのは、手間暇かかるばかりで、苦労の割には報われない仕事だと升永は思っていた。

しかし、やってみると、これがおもしろいのだ。法が正しく解釈され、適用されるということは近代市民社会の最低の条件だ。しかし、法が不当に解釈され、間違って適用されている事態を見て、法曹人としての良心に反するものを感じた。

裁判所にもわかってほしい――升永は、だから懸命だった。法廷とは真実の発見の場であることを。何が真実であるかの、これは闘いであった。

「検察側の主張は別罪である。これと包括一罪と主張することは、善意に解釈しても検察は自らの主張を自ら否認するも等しく、これは許されないのである」

升永は膨大な弁論を展開した。

おそらく四百字詰めの原稿用紙に換算すれば、優に千枚を超える膨大な弁論だった。正規の課程で刑事訴訟法の訓練を受けずとも、事実と法の論理に忠実でありさえすれば専門家をもしのぐというレイマン・コントロールの理想型を升永は見事に示してみせた。

「判決……」

二人の陪席判事を帯同し、法廷に立った裁判長は判決文を読み上げた。公判廷に裁判長の声が響き渡る。廷内にざわめきが起こる。

（玉虫色……）

升永は判決文を聞きながら思った。

判事は苦悩に満ちた判決文を示した。判決は起訴状記載事実のひとつひとつにつき反論を加えて無罪とすべきだと、法廷で弁論にあたった升永の提起した事実と法理を認め、これを無罪としながらも、裁判の最後の最後に追加された予備的訴因のみで、被告人を有罪にしたのだった。

つまり、訴因変更の上での有罪であったのだ。もちろん、升永は公訴事実の同一性を超えた訴因変更は違法であると強く主張したが、判決ではこの訴因変更につき、一言もふれなかった。

しかし、二億七千万円もの業務上横領を問う裁判でありながら執行猶予を付したのであった。被告人の行為を有罪と断ずるのは、異例である。実刑が相当だ。しかし、刑期も短く、その上に執行猶予がついている。

前代未聞だ。

被告人は裁判の過程で、自ら犯したとされる犯罪につき、深く反省したわけでも、罪を悔いて業務上横領したとされる金員二億七千万円を弁済したわけでもない。罪を悔いるどころか、被告人は傲然と胸を張り、正当性を主張したのであった。業務上横領の罪は重いのである。通常、被告人は深く反省し、二度とこのような罪を犯さぬことを誓い、横領金員の弁済を申し出て、その上で情状酌量を哀願するものなのだ。

そうでなければ、情状を酌量し、執行猶予を付する判決など出しやしないのである。しかし、被告人は、それらのいっさいをしなかった。それにもかかわらず裁判所は執行猶予をつけた。二元論的な苦しい判決だった。その理由を判決文は、被告人はこれまで犯罪を犯したことはない——ということを、唯一書いただけだ。これは実質勝訴だ。

法曹人の誰もが升永が法廷で開陳した弁論を称賛した。誰が考えても、大勝訴だった。しかし、升永には不満が残った。

「高裁へ……」

升永は被告人に勧めた。

高裁へ持ち込めば、完全勝訴は間違いないと判断したのだ。升永にとって大事なのは正義に基づいた判例規範を作ることだ。それが法治国家の法治たる所以《ゆえん》ではないか――。裁判費用のことなら心配いらない、無償で引き受けてもかまわない、そこまで言った。

そうするのが被告人の利益であり、社会正義にかなう――そう説得した。しかし、被告人は曖昧な態度をとり、結局は、上訴しない選択をしたのだった。

4

中村修二はぼんやりと虚空をにらみ続けていた。他人から見れば、腑抜けのように見えるかもしれない。実際、彼の事務を助ける女性社員は、いつものことなので倦厭《けんえん》を決め込んでいる。しかし、彼女を嫌っているわけでも、不機嫌になっているわけでもない。中村の密かな趣味は黙ってものを考えることだ。

「趣味は考えること」

そう言ってはばからない中村の頭の中はあるアイデアが膨らみ、沸騰しているのだ。ただし熱は急上昇して沸点を超えていた。たぶん、彼の脳の内部を常人がのぞきみれば仰天するかもしれない、途方もないことを考えているのである。

「きっと何とかなるさ……」

彼は確信していた。いま彼の頭にあるのは理屈はわかっていたが、その実用化が困難なため誰もがあきらめていた高輝度青色発光ダイオードのことだ。二十世紀中には開発が困難とみられていた人工の灯りである。上司がきけば仰天するに違いない。即刻中止命令が出るはずだ。だいたい、世界の大企業が束になってかかっても、これまで開発に成功した事例が一件もなかったからだ。

研究者たちが、夢の青色発光ダイオードと呼ぶそれを剛胆にも自力で開発してみようと思いたったのだ。いま中村が思考を集中させているのは、青色発光ダイオードの開発の手順だった。

普段はぼんやりしているように見えるのだが、子供のころから、いざとなると、負けず嫌いで、頭をもたげるのは「コンチキショウー」の精神だ。コンチキショウーが内部に蓄積されていき、それが沸点に達すると、中村の研究への集中力が異様に高まってくるのだった。

こうなると、周囲のことなどまったく見えなくなり、自らの世界に入り、誰とも口をきかないようになる。異状というべきほどの集中力。返事をしないのは彼が不機嫌だからではない。ただ考えに集中しているだけなのだ。

「中村さん」

事務の女性が呼んだ。社長から電話が入っているらしい。しかし、こうなると、誰の声も耳に入らないのだ。中村は決めたのだ。もう周囲に対する気配りを、やめることにしたのだった。

所詮はサラリーマンなのだから我が儘《まま》といえば、これほどの我が儘もないのだが、研究に没頭するあまり社内では誰とも口をきかず、会議に出席することもやめ、もちろん電話に出ることもなく、ひたすら青色発光ダイオードの研究に集中した。お茶を運んでくる女子社員も、恐るおそるだった。

「やつは変わりもんやけんな……」

直属の課長も、お手上げという体だった。しかし、信雄社長の直裁を得ての研究とあれば、直属の上司といえども、口出しはできぬ。それに上司は中村が何をやろうとしているのか、皆目見当もつけられずにいた。その分だけ直属の上司はいらだちを覚える。それは専務の小川英治も同じことで、中村を苦々しく思っている。

中村も我が儘を通すつもりでいる。たとえ実力をもった専務が声をかけてきても、女子社員に対するのと同じ態度をとるだけだ。

すでに中村は切れているのだ。一にも二にも会社のための人生だった。会社の命ずるままに黙々と仕事をしてきた。上司の命令を疑わず、自分で判断したり、考えたりすることもなかった。

営業が持ち込んできたテーマを黙々と製品化した。

「中村、あかんわ……」

結果責任だけを負わされた。

けれど一方、

「中村、よくやっていると、小川さんがほめておった。うちの会社で、製品を開発した人間は中村だけや——と」

多田教授に会ったとき、そんなことを言われた。

会社の中での唯一の理解者は小川信雄社長だけだ。しかし、その信雄社長も娘婿に社長の座を明け渡し引退するとの噂だ。そうなると、社内の動きも微妙になる。新しい権力者にすり寄る輩が社内で跋扈《ばっこ》するようになるのも人間社会の常だ。

同期の連中も中村を励ました。しかし、それもいまとなっては重荷に感じられる。いくら画期的な製品を開発しようとも、それが売れなければ、評価されない。企業社会というのは、そういうものだ。信雄社長がかばってくれようとも、売り上げの数字だけをみれば、中村の業績はゼロ以下だ。必死になって開発してきた製品も売れなければ意味がない。赤字だけという惨澹《さんたん》たる結果だ。

日亜化学に入るとき、家族のためにと徳島に残ることを優先させ、どんな仕事でもやるつもりだったのだが、仕事を続けていれば欲も出る、他の会社との比較をするようにもなるというものだ。思い返してみれば、自分がやりたい研究は何一つできなかった。売れない製品ばかり開発してきた。これまで製品化したのはすでにライバル社が作っている製品ばかりだったのだから、後発で実績を持たぬ日亜化学に勝ち目がないのも当然だ。

「ならば……」

と考えた。中村が選んだ研究テーマ。青い色を放つ発光体。それは切れた男が選んだ研究テーマだ。今考えているのは、研究の手順と開発のその方法だ。

幸いだったのは、日亜に入って研究してきたのが発光ダイオードだったことだ。これまでの苦労は生きてくる。発光ダイオードの技術に関しては自信もあった。

目標は高い輝度の青色発光ダイオードだ。目標ははっきりと定まった。半導体の研究者なら誰でも一度は挑戦を試みる高輝度発光ダイオード。すでに赤外、黄色、黄緑はできている。これに高輝度青色発光ダイオードが完成すれば、光の世界に三原色が実現する。

しかし、一流と呼ばれた研究者が束になってかかっても、高輝度青色発光ダイオードは実現できていない。青色発光ダイオード研究に先鞭をつけた名古屋大学の赤崎勇教授グループも、実用化に苦労しているらしい。それほどに難しい技術開発であり、二十世紀中に実用化するのは難しいと言われる所以でもあった。

光の世界の三原色。青色が実現できなかったのは、赤外線と同様に波長が短いからだった。光の特性で波長が短くなると、光度も発色も保てず、実用に耐えられないからだ。もちろん、実験レベルだが、一部に成功の事例はあった。それは炭化珪素と呼ばれる化合物半導体を利用した青色発光ダイオードだった。しかし、輝度が低くて、とても実用に耐えないものだ。

「高輝度でなければならぬ」

中村は目標を定めた。

発光ダイオードで青色が難しいのは、世界の常識であった。だが、もう会社を辞める決断を下している男には恐ろしいものはない。目標は高いほどよい。世界で誰も実現したことのない高輝度青色発光ダイオードの実用化。信雄社長に直訴におよんだのは、開発には相当な金額がかかるからだ。

幸い信雄社長は同意してくれた。予算も取ってくれた。アメリカへの留学も、許可してくれた。幸運なスタートといえた。

「さあて……」

以後、文献渉猟の日々が続いた。寝ても覚めても、高輝度青色発光ダイオードだ。文献渉猟でわかったのは、過去の研究の歴史はすべて失敗に終わっていることだ。たとえ成功といっても、それは実用に耐えない製品ばかりだった。中村には相談すべき相手もいないなかでの、研究の方向を決める作業は難行苦行だった。研究の方向を誤れば、二度と挑戦することはできなくなる。中村は自分を追いつめて、険しい道に自ら分け入った。

青色を発光する文献渉猟の中で一つわかった。

素材として可能性のある物質は三つしかないことを。炭化珪素、セレン化亜鉛、窒化ガリウムがそれだ。これらの物質はそれぞれ二つの元素からなる化合物半導体だ。

炭化珪素系の青色発光ダイオードはできている。しかし、輝度に問題があり、とても実用に耐えない。世界の趨勢は、炭化珪素の輝度を上げる研究にあるが、中村は、これを選択肢に入れなかった。

「残るはセレン化亜鉛か、窒化ガリウムの二つ……」

中村は文献データを見くらべながら、独りつぶやく。難しい選択だ。失敗すればやり直しは不可能であり、失敗は会社を退職することを意味する。過去の研究はほとんど参考にはならない。

中村は遠回りすることを決めた。素材の検討も大事だが、高輝度の青色発光ダイオードを作るには、その方法が重要であると判断したからだった。文献渉猟はまだ続きそうだ。

赤色発光ダイオードチップの経験はあまり役に立ちそうになかった。あのときは液相エピタキシャル法という方法を用いた。しかしこの方法では、青色発光ダイオードの原料であるセレン化亜鉛や窒化ガリウムを作ることはできない。高温で溶かされ、そのまま熱平衡状態が作り出され、安定固定してしまうからだ。熱平衡状態とは熱で溶解された物質が冷えて固まり、固形状になったものをいうのだ。中村はメモに書いた。

「セレン化亜鉛を選ぶか窒化ガリウムを選ぶか、液相エピタキシャル法に代わる方法を探すこと……」

研究室に籠《こも》る日々が続く。液相エピタキシャル法に代わる方法として考えられるのは二つある。

「MBEとMOCVD……。この二つしかあるまい……」

開発設計構想は次第に固まっていく。

MBEとは「モレキュラー・ビーム・エピタキシャル」の略だ。要約すれば物質に分子線を照射し、エピタキシャルさせる方法のことだ。わかりやすくいえば異なる二つの物質を均一に結晶化させ重ね合わせる方法だ。大学の研究室で少量の物資で成功した事例が報告されている。しかし、実験室と工業生産は違う。企業の大量生産に向くかどうかは疑問だ。

もう一つはMOCVDだ。メタル・オーガニック・ケミカル・ヴェイパー・デポジションの略だ。日本語に訳すれば、有機金属化学気相成長法だ。気相とは、ある物資を熱でガス状に気化させることだ。

つまり高温加熱した基盤物質にガス状に気化させた別の物質を吹き付けながら結晶を成長させる方法だ。調べてみると、MOCVD法は、高品位な結晶膜の成長が可能であり、工業生産に向いていることがわかってきた。

さて、これで方法は確定した。MOCVD法を採用することにしたのだ。そのためにはMOCVD法なるものを、自分のものにする必要がある。日本では、この技術を取得する場所はなかった。本場はアメリカだ。それで信雄社長に直訴したとき、アメリカ留学を頼んだのである。予備的な期間は、すでに終わっている。まずMOCVD法をしっかりと身につけることだ。

窒化ガリウムにするか、それともセレン化亜鉛にするか、迷うところだ。まあ、結晶素材の選択はそのあとでも遅くはあるまい、そう判断して中村はいよいよアメリカ留学の準備に取りかかるのであった。

5

中村が留学のための具体的な準備を始めるのは、それから一ヵ月後のことだった。

業務上横領の罪科に問われた被告人の弁護人を引き受け、事実上の無罪判決を勝ち取った升永英俊のもとに、もう一つ大きな事件が飛び込んできたのは、一九九二年の二月末のことだった。

事件というのはサブリース契約をめぐる紛争だった。相談を持ちかけてきたのは、出版社の創業一族で、自ら代表者を務めるビル会社の会長だった。相手は江戸初期からの伝統と歴史を持つ大手の不動産会社という。その不動産会社を相手にしての裁判だ。

升永はオーナーの事務所を訪ね、ビル会社の会長から直に事情を聞いた。

「こういうことです」

オーナーは事務的に話し始めた。

計画が持ち上がったのは、バブルの輝きが最後の光彩を帯び、やがてつるべ落としの如く地価が急落する、いわゆるバブル崩壊の直前のことであった。

「ぜひ、私どもにやらせてください。私どもはサブリース事業の経験を積んでいますのでご安心ください。あそこは一等地。きっちりテナントを集めてみせます」

計画にもうひとつ自信を持てずにいた出版社オーナーを訪ねてきた、名門不動産会社の営業マンは、そのとき、自信たっぷりに言ったものだ。

「カネのことなら、心配いりません。私どもができあがったビルを一棟丸ごと借り受けて、ビル管理から店子の斡旋までを引き受けさせていただきます。もちろん、家賃保証もします。私どもが家賃保証するのですから銀行も安心して融資に応じてくれますよ。長期にわたり家賃収入が保証されるわけですから銀行も安心というわけです」

営業マンは会社が用意したパンフレットを出版社オーナーの前に示した。

「なるほど……」

パンフレットを見てオーナーはうなずいた。オーナーが用意するのは遊休の土地だけであり、名門の不動産会社が十五年の長期にわたり、一定上昇を見込む家賃保証をし、不動産ビジネスを代行してくれる。ビル建設に必要な資金は、長期保証の家賃を担保とすれば銀行からみても安全な融資というわけで融資に応じてくれるのは確実というのである。

他方、不動産会社にすれば、天井知らずの土地を買い取るよりも、安全確実に必要とする不動産を借り受けられるというメリットがあり、ビジネスビル需要に対応できる。つまり不動産会社はリスクを冒すような土地投資をすることなく賃貸用のビジネスビルを確保できるというわけである。悪くいえば他人の褌で相撲がとれるメリットだ。

「オーナーさんにメリットがあるだけでなく不動産会社である私どもにも、メリットがあるという次第です」

営業マンは駄目押し的に説明した。

そこで不動産会社が期待するのは、テナントから受け取る賃料と、オーナーに支払う金額の差額であり、不動産会社にすれば、投機的な金銭利益を享受できることだ。それを営業マンは婉曲な形で説明したのだった。

「なるほど……」

こうした契約形態をサブリース契約という。日本語でいう事業委託方式だ。土地はあるが、現金を持たない地主に、不動産会社は長期に家賃保証をするという。その保証は十分担保価値を持つ、銀行にも取りっぱぐれのない融資案件だ。なるほど、そうした契約なら借入金で十分まかなえる。営業マンは魔法のような仕組みを熱心に説明するのだった。

それでも出版社オーナーは心配だった。出版社オーナーは慎重な経営者だ。いまはバブル花盛りである。しかし、すでに地価下落の兆しがみえる。賃料相場が下落したとき、どうなるのか……。

そんな心配をする出版社オーナーのもとに、先の営業マンが営業トップの常務を連れてやってきたのは、それから一ヵ月後のことだった。どこからみても、立派な紳士で、語り口も穏やかだ。さすが一部上場会社の執行権を持つ常務だ。

「どんな理由があっても、家賃は保証されるんですね」

出版社オーナーは念を押した。

常務は自信たっぷりに答えた。

「十五年という長期の賃貸借期間中に、どんな理由があっても、家賃を保証し、事業の全リスクを、わが社が負い、中途解約は絶対しないので、安心して、サブリース事業を是非ともやらせてほしい……」

一部上場の大重役が頭を下げて、そう言うのだ。オーナーはその気になった。江戸初期からの暖簾を守る巨大企業集団グループの一員の不動産会社のことだ。よもや間違いはあるまい、と判断したのだった。

心配は杞憂だった。さすがに名門の不動産会社だ。名門不動産会社が賃料保証をしているという話を聞き、取り引き銀行はすぐにオフィスビル建設に必要な資金を融資承諾した。大手不動産会社が持つ信用力を、出版社オーナーは改めて思い知らされたのだった。こうして契約がなったのは昭和六十三年のことだった。

「これが契約書です」

オーナーは書類カバンから契約書を取り出し升永の前に示した。升永は契約書を手にとってみた。なるほど、そこには十五年の長期にわたり賃料を保証することが約《やく》定《じょう》されていた。具体的には、三年ごとに賃料を十パーセントずつ値上げすること、転自己の責任と負担において他に転貸し、賃貸用オフィスビルとして運用すること、転貸し条件が大手不動産会社がオーナー側より一括賃借する条件を増減しても、それを理由として家賃の変更を申し出ることはしない――などの条文を盛り込み、双方が署名捺印の上契約を交わしている。

こうしてサブリース事業は順調に動き始めていた。

それから三年後。地価が急落し、オフィスビルの賃料が下落していることを理由に、この不動産会社は賃料の引き下げを求めてきたというのだ。

「なんていうことか！　話にならん」

オーナーは反発した。ビル会社の代表者名で出版社オーナーは、減額請求に拒否の回答を文書で送った。大手不動産会社の減額請求を受け入れれば自らを破綻に追い込むことになると判断したからだった。

大手不動産会社が賃料を十五年にわたり保証するという前提で銀行からの借入金百八十一億円の返済計画を立てているという事情がある。減額請求は三割におよぶ高率引き下げだ。営業担当の常務までが訪ねてきて約束してくれたのだから、よもや減額されるとは想定していなかった。

翌月から大手不動産会社が振り込んできたのは、減額された賃料だけだった。そこでオーナー側は減額相当分を、敷金のうちから相殺するという対抗措置を取った。それがこれまでの経過だった。

升永は話を聞き、少し考え込んだ。サブリース事業をめぐり、各地で紛争が頻発していることは知っていたが、難しい事件であると思った。

オフィスビルの賃料下落で、家賃保証ができなくなり、賃料の下落分をオーナー側に転嫁させることを目論み、不動産会社が賃料減額を求め、各地で紛争が起こっているのを知っていた。

大手の不動産会社だけで、百数十件の紛争を抱えているというから、日本全体で考えれば、大変な金額になる。不動産関係の専門家の推計によれば十兆円をはるかに超えるとも言われる。不動産会社などディベロッパーからすれば、大変な事態だ。というのも、不動産会社が展開する各種事業のうち、業績を大きく伸ばしてきたのがサブリース事業だったからだ。

大手不動産会社・ディベロッパー側が賃料を減額要求する根拠としたのは、経済環境の激変により、地価が下落したことを挙げている。逆に地価が急騰を続けているなら、オーナー側が増額請求できるのか、大手不動産会社の論理に従えば、それは可能だ。しかし、双方はいかなる事態が起ころうとも事態の変化とは関わりなく契約は継続される。このケースでは、十五年にわたり家賃保証される。

それが契約当事者の一方から守るべき約定を破棄し、賃料引き下げをもとめてきたのだから反発するのも当然だ。

商道徳にもとる行為なのだが、しかし、不動産会社やディベロッパーは、背に腹はかえられぬということか、自らリスクを負うつもりはまったくなく、地価下落で生じた差額をオーナー側に押しつけ、賃料の引き下げを要求した。借入金でオフィスビルやマンションを建設したオーナー側は慌てた。要するにこれはオーナーに対する背信だと、多くのオーナーは受け止めた。

こうして各地で紛争が起こるのだが、東京地裁関係だけでも、百件を超える事件が法廷に持ち込まれた。しかし、判決まで争うケースが意外に少なかった。

それは判決の多くがディベロッパー勝訴に終わっていたからだ。つまりオーナー側は最後まで争うのをやめ、大部分が裁判所の和解勧告に応じ、地権者が泣き寝入りさせられていたのだった。

ディベロッパー側が賃料を減額請求する法的根拠が借地借家法であることは容易に推定できる。つまり同法三十二条に、経済事情などが激変したとき、家主側は店子に対し、賃料の引き上げ引き下げができる――と明示しているのを、根拠としているわけだ。

裁判所も借地借家法三十二条を援用し、ディベロッパー側に有利な判決を下している。借地借家法がオーナー側には高い壁となっている。

よく考えてみれば、これは借地借家法を盾にして契約を反故《ほご》にする身勝手な法の解釈だ。升永にはそう思えた。そもそも借地借家法は立場の弱い借地借家人の居住の権利を守る趣旨で大正期に作られた法律だ。つまり、急激な物価の上昇などを理由に、家主が勝手に家賃を引き上げたりすることを制限するために立法されたものだ。想定されたのは職工や職人など都市労働者の救済だった。

ところが大手不動産会社は巨大企業だ。決して弱者ではない。その巨大企業が、弱者救済を目的とする借地借家法三十二条の適用を求めるとは、法の正義にかなうのか……。

立法精神からいってこんな解釈は許されないはずだ。これは争える、升永はそう思った。

名門の不動産会社ともあろうものが借地借家法を盾に、賃料引き下げを迫るとは、正義にもとる。その行為を糺《ただ》し、法の正しい解釈を法廷の場で認めさせるのが弁護士の仕事なのである。つまり正義の実現だ。升永はそう思うのだった。

（しかし……）

と升永は考えた。目の前に立ちはだかる借地借家法の壁をうち破るにはどうすべきか、そのことを子細に検討する必要がある。

「しばらく時間をいただけませんか」

「わかりました」

オーナーは答えた。

6

中村修二は、飛行機というものが苦手だった。東京に出張するときは、フェリーや新幹線を利用するのが常だった。だから生まれてこのかた、中村は飛行機というものに乗ったことがなかった。

しかし、今度は違う。否応ない。太平洋を渡るのだから選択の余地はない。不安が脳裡をよぎる。飛行機に乗ることの不安、英語がうまく通じるかという不安もある。

「それじゃあ、いってくる」

中村はぶっきらぼうに言った。

「あなた、お元気で」

「お父さん、おみやげ忘れないで」

長女が言った。中村は笑って応えた。徳島空港で子供たちと裕子に別れ、中村は初めてのアメリカに旅立った。

胸の内ポケットに手をあて、パスポートとエアチケットを確かめてみる。出国するまでが大旅行で、徳島から羽田に飛び、羽田からは成田国際空港までがバスだ。成田までは一日がかりの旅となった。

目的地は米国南東部のゲインズビルだ。地図で調べてみると、フロリダ半島のほぼ中央部だ。デルタ航空でアトランタまでは直行する。それから幾度か乗り換えて最終目的地のゲインズビルに向かうわけだ。フロリダ州立大学工学部に短期留学するのが目的だ。

成田空港は大混雑だった。出国ゲートは長蛇の列が続いていた。パスポートを手に出国ゲートへと向かった。はじめて手にしたパスポートを示し、出国手続きを済ませて、イミグレーションを抜けてロビーに出た。待合室は華やいでいた。

待つこと三十分余。搭乗案内が聞こえてくる。中村は気を引き締め、意を決して立ち上がった。不安が希望に変わってくる。中村は元来楽天的な男だ。

渡米の目的はただ一つ。MOCVDの技術を取得することだ。アメリカに留学することにしたのは、つまり日本では、有機金属化学気相成長法のノウハウを持つ研究機関や企業はあったが、しかし最先端技術であるため技術情報の開示には、どこも慎重で学術論文ですらも満足に手に入らない状態にあったからだ。アメリカはすべてが公開を原則とする国である。

なかでも、フロリダ州立大学工学部は、かなりの技術水準を持ち、優れた研究者が集まっていた。その意味で唯一公開的にMOCVDの研究ができるのは、フロリダ州立大学工学部だけだった。それがゲインズビルに向かう理由だった。

四百人近い旅客を乗せたエアバスは、加速度をつけ宙に浮いた。目を凝らし、機窓をのぞき見る。房総半島を旋回しながら、エアバスは太平洋に出た。あとはアメリカ大陸に向かって一直線に進むだけだ。

中村は大きく深呼吸する。ボーイング７４７は快適だった。米国人乗務員と交わした会話で、少しだけ英語に自信がもてた。

それにしても、自分がこうしてアメリカに留学の旅に出るなど、これまでの日亜化学なら考えられないことだ。信雄社長に直訴したのがよかったのだ。おかげで社内から反対の声も上がらず、留学のための手続きはスムーズに進めることができた。良くも悪くも、日亜化学は片田舎のワンマン経営者が支配する中小企業だ。そうでなければ、留学など絶対にあり得ないことだ。そんなことを考えているうちに中村は眠りに落ちていた。

ゲインズビルは片田舎だった。湿地帯が続き、湿地帯にはワニや蛇がうようよいて、ねっとりとした湿気に包まれた街だ。南部の伝統的な風習をかたくなに守り、アメリカのなかでも人種差別の雰囲気が根強く残っている街だった。街はフロリダ州立大学を中心に形成されている。ゲインズビルに着くとすぐに、中村は留学の手続きをすませ、学生用のアパートを探した。月額三百ドル。大学には車でないといけない距離だが、値段は手頃だった。

　フロリダ大学にはアジアからの留学生が大勢いた。韓国、台湾、中国などからやってきた留学生だ。一昔前は日本から大勢の留学生が押し掛けていたそうだが、いまは少数派であった。言葉もなんとか通じる。何とかなりそうだと確信した。

　教授はインド人。本国のアメリカ人はほんのわずかで、ここが果たしてアメリカの大学かと疑いたくなるような環境だ。

　時間がない、一般理論はたくさんだ。目的はＭＯＣＶＤ法の技術を習得することだけだ。事前に調べたところでは、大学には三台のＭＯＣＶＤ装置があることがわかっていた。確かにあることはあったのだが、二台はほかの教授がつかっているとのことである。

「もう一台は？」

　中村は不安になってきた。

「さあ……」

　と首をひねるばかりだ。

　ようやく見つけだしたＭＯＣＶＤ装置はバラバラに分解されていて、とても実験の用には役立たぬ代物だった。壊れたＭＯＣＶＤ装置をみて中村はがっくりした。がっかりしたのは、それだけではなかった。

最初、彼らは親切だった。それが掌を返したように態度を変えたのだった。態度が変わったというよりも、中村には一種の差別のように思えた。理由もわからず差別を受けるのは人を不安にさせるものだ。

あれほど親切だった彼らが、なぜ態度を変えたのか、その理由がわかるのはのちのことで、理由も単純なことであった。

留学に際して中村は事前に自分の研究業績を書き、大学に送っておいた。誰からみても、立派な研究業績だった。

「ほー」

と同僚の研究者たちは感心した。それもそうだろう。最先端の発光ダイオードの開発を手がけた男なのだから……。

「いろいろ教えてほしいと思う」

彼らは概して謙虚だった。

それが掌を返した。ろくに口も利かないのである。それにはびっくりした。しかし、その理由はばかばかしいほど単純だった。学位は工学修士どまりで、大学院の卒論以外に社会に出てからは、学術論文を何も書いていなかったからだ。

中村には論文を書こうと思えば山ほど材料はあった。それをしなかったのは、外部に技術ノウハウが流出するのを恐れ、特許申請すら躊躇するような日亜化学では、社員が学術論文を外部に発表するなどは論外で、研究成果の発表をいっさい認められていなかったからだ。本当は隠さなければならないような技術などなにもないのだが、日亜化学は非常に閉鎖的な企業だったのである。

まあ、しかし、中村は会社とはそういうものか――と、とくに疑問を抱くようなこともなく、それで不都合が起こるわけでもないのだから、これまでの研究成果を論文にまとめることはしていなかった。しかし、それがここでは決定的なハンディだ。

アメリカの社会は、ばかばかしいほどの学歴信仰の資格社会だ。ここでは、研究者にとっての最大の武器は学位と研究成果を示す学術論文なのだ。留学生のほとんどはドクターの学位を持ち、驚くほどたくさんの学術論文を発表している。

それがクソの役にも立たぬくだらない論文でも、アメリカでは持っていないよりも、持っているほうが評価されるというわけだ。中村は、あいにくその類の論文は持ってなかった。彼らにすれば、ドクター資格も、論文もないのは人間扱いしないのだ。それが差別の理由だった。

だが、中村は笑ってしまった。連中のレベルの低さに呆れ、驚いた。連中の技術レベルときたら最低で、知的レベルは水準以下。基礎的な訓練を受けないままアメリカに来ているドクター殿がほとんだ。

まあ、そんなことはどうでもいい。中村はバラバラに分解されたＭＯＣＶＤ装置の前に立ち、これをいかに組立直すか、そのことを考えるのだった。

多田研究室で鍛えられ、日亜化学の開発課に入ってから腕をふるった、あの職人技だ。しかし、中村は急がなければならなかった。客員研究員としてフロリダ大学にいられるのは一年限りだったからだ。

さっそく組立直しに取りかかった。部品も不足している。壊れている部品もある。部品は手作りで、壊れた部品は修理をして再利用することにした。アメリカの大学に留学してまでの職人仕事。本来ならば、最先端の理論を学びたいと思ったが、いまはＭＯＣＶＤ装置を修理し、使えるようにするのが先決だった。韓国や中国から来ている留学生も、ＭＯＣＶＤ装置には関心を持っている。

「ならば手伝わんか」

と持ちかけた。

しかし、連中はあくまで尊大だ。職人のような仕事はできないというわけである。わずか三人の協力者を得て、ＭＯＣＶＤ装置を完成させたのは、フロリダ大学に留学して九ヵ月目のことだった。

何でここまで来て——と、腹も立った。しかし、そうする以外にＭＯＣＶＤ法の技術を習得できないのだから、そうせざるを得なかったのだ。しかし、ＭＯＣＶＤ装置ができあがったときは嬉しかった。

「優先して使わせてもらうよ……」

中村は仲間に言った。

分解され、放置されてあったＭＯＣＶＤ装置を修理し、組立直し、実験できるようにした最大の功労者であり、その功労者が優先的に使うのは当然の権利だと思ったからだ。しかし仲間が下したのは「ノー」だった。それどころか、彼らが優先的に使うと言い出す始末なのである。

実験のチャンスはわずかしかない。中村は焦りながら、実験を繰り返した。ＭＯＣＶＤ装置で実験したのは、ガリウム燐とガリウム砒素だった。二つとも経験があるため、これはうまくいった。シリコン基盤上に結晶薄膜が成長を遂げたのである。まあ、経験がものをいった。それに自分で組み立てた実験装置である。我が子のようなものだ。装置のすみずみまで熟知している。その知識が役立ったのである。

まもなく留学の期限は過ぎる。焦りながらも実験を繰り返した。発光ダイオードのすべての工程を、この実験装置で行った。いずれも実験は成功に終わった。

「ほうー」

と周囲の留学生は眺めているだけだ。たぶん、彼らには実験の意味を正しく理解できていなかったに違いない。中村はもう少しフロリダ大学に残り、ＭＯＣＶＤ装置による実験を繰り返したかった。しかし、時間がないため、途中で中断せざるを得なかった。

不満の残る留学だった。

フロリダ大学で学ぶようなことは、何もなかった。しかし、成果もあった。ＭＯＣＶＤ装置を自由に操ることができるようになったことである。もう一つは阿南の本社では禁止されていた学会に出席できたことだ。学会は刺激的だった。いま一つは、論文を書く気になったことだ。

研究者が残せるものは、やはり学術論文である。留学で学位と論文の重要性が身にしみたのだ。製品はできあがってしまえば、自分のものではなくなってしまうからだ。そのことをイヤというほど留学で思い知らされた。

「よーし」

と心に決めて論文執筆の準備を始めたのは留学して半年後のことだ。論文のテーマも決まった。シリコン基盤上に成長したガリウム砒素である。学会にも積極的に出ることにした。研究者同士の交流が刺激になるからだ。

会社が決めた規則など、クソッ食らえと思うようになったのだ。自分かやるべき仕事はただ一つしかない、世界の研究者が束になってかかっても、実現できなかった高輝度の青色発光ダイオードを開発することだ。それ以外のことはなにもやらない、逆にいえば、開発に有益なことはすべてチャレンジするということだ。

あっという間のゲインズビルでの生活だった。論文や学位がないため、差別を受けた留学生活で、コンチキショウと何度思ったことであったか——。それもいまでは懐かしい思い出だ。中村は帰国のボーイング７４７の中で考えた。

ＭＯＣＶＤ法の経験は積んだ。青色発光ダイオードを作る方法論は決まった。ＭＯＣＶＤを学んだことは正解だった。

（問題は素材……）

中村はまだ決めかねていた。候補はいくつも上がっていた。しかし、難しい選択であった。つまり青色発光ダイオードを光らせる材料だ。選択を間違えば、開発は失敗する。研究に要する時間を三年と計算してみると、それから引き返すのは難しいからだ。

最後の決断が迫られていた。アメリカの学会に出た印象では、圧倒的にセレン化亜鉛が優位だった。学術論文も支持している。そのぶんだけ窒化ガリウムの評価は低かった。日本の研究者の評価も同様だ。その評価は学会の常識でもあった。

（しかし……）

中村はなおも迷っていた。常識に従えばセレン化亜鉛だ。これほど窒化ガリウムの人気がないのは、基盤となる物資が見つからなかったからだ。中村は結晶皮膜が生成される過程をイメージしてみた。同質の物質を基盤の上に重ね流し込めば、美しい結晶皮膜が生成できるのはわかっている。

　つまりなめらかで均一な結晶を成長させるには、基盤とその物質の原子間隔の、結晶格子の形状が近ければ近いほど理想的な結晶被膜が得られる。理想的な原子間隔は、〇・〇一％とされる。理屈の上では原子間隔が同じ物質を基盤にすれば、もっとも美しい結晶格子ができるわけだ。

　窒化ガリウムの致命的な欠陥は高温で分解してしまうことや、ＭＯＣＶＤ装置で生成する場合も腐食性の強いアンモニアガスに弱いなど素材の組み合わせが難しいことであった。

　これに対し、セレン化亜鉛はガリウム砒素と同質の物質である。ガリウム砒素を基盤に使えば、先の理屈では、セレン化亜鉛のきれいな結晶薄膜を生成させることができる。製品化するには問題はあるが、ともかくきれいな結晶の格子ができることだけは確かだ。世界の研究者たちがセレン化亜鉛にしぼり、青色発光ダイオードの研究開発を進めているのは、そのためだった。

（それにしても問題が多い）

　中村は機窓に広がる積乱雲を見つめながら思った。厄介な相手なのだ。もしかして窒化ガリウムではないか――直感的には、そう思えるのだった。そう思うのは、窒化ガリウムは誰もやらないからで、いわば逆転の発想である。誰もが難しいという窒化ガリウムのことを考えるのだった。

窒化ガリウムを素材にした青色発光ダイオードの可能性は、どう考えてもゼロだ。それは中村にもわかっていた。考えれば考えるほど多くの問題が見えてくる。

理想の原子間隔の違いは〇・〇一%。なるべく原子間隔が近く、耐久性の優れた物質がよい。たとえば、シリコン・カーバイトなども試されている。しかし、原子間隔の違いは五%もある。サファイアも試された。この場合は一五%だ。これほど数値に違いがあっては使い物にならないのは自明だ。たとえ薄膜を成長させることができても、結晶が穴ぼこだらけでは、上手く合体ができずぼろぼろになってしまうからである。欠陥の多い薄膜ではまったく光らない。

「シリコン・カーバイトね……」

フロリダ大学の教授たちは、すべて否定的だった。中村は時計を見た。あと三時間余で日本だ。朝の陽光がアトランタからの乗客を乗せたボーイング７４７を追いかけている。

「これだよ……」

そう言って、インド人教授が示したデータを思い出した。

十の三乗個――。

結晶欠陥が一平方センチあたり十の三乗個以下でなければ光らない。それ以上の欠陥があると、電子の移動エネルギーが光ではなく熱に変換するため、薄膜を破壊してしまうからだ。欠損が多ければ、長時間光り続けることができず、発光ダイオードはすぐに劣化してしまう。寿命の短い発光ダイオードじゃ話にならないのである。

問題は窒化ガリウムを素材にした場合である。インド人教授が示したデータでは結晶欠陥の数は十の十乗個に達する。一平方センチあたり、百億個という数字だ。

「百億だよ……」

そう言ってインド人教授は頭を振った。

その欠陥をいかに少なくするか、それが研究者の課題でもあった。ちなみに、これまでは欠陥の数を一桁減らすのに、実に数年の歳月を要していた。実用に耐える十の三乗個にするには、気の遠くなるような歳月を要することになろう。技術進歩の速い半導体の分野では窒化ガリウムが見向きもされないのは当然というものだった。

そこで注目されたのがセレン化亜鉛だったのである。

誰も見向きもしない窒化ガリウムを、何とか高輝度の青色発光ダイオードの素材に利用できないか——。中村はそればかりを考え続けるのであった。

太平洋の向こうにはっきりと日本列島が見えてきた。中村はようやくこれで留学生活が終わったことを実感するのであった。

第五章　反乱者への報復

1

帰国して四国・阿南市の日亜化学本社に出社してみると、社内の空気はがらりと変わっていた。中村修二の庇護者でもあった小川信雄社長は会長に退き、娘婿の小川英治専務が社長についていたからだ。中村修二にも予想されたことであった。アメリカに旅立つ前から、そんな噂があったからだ。

「まあ、そういうわけなんだよ」

同僚の一人は説明した。

まあ、信雄社長はまもなく八十歳だ。彼は老いていた。後身に道を譲ってもおかしくない年齢だった。その意味で信雄社長が会長に退いたのは驚くべきことではなかったが、帰朝歓迎の今夜の宴は、盛り上がりに欠けている。

「幅を利かせるのは親衛隊の連中」

同期の一人は声を潜めて言った。中村の帰朝報告をかねた飲み会は、沈んだ空気に包まれていた。親衛隊とは英治新社長の取り巻きのことだ。

「ジュニアならば、な……」

と開発課の同僚が刺身に箸を伸ばしながら愚痴を口にした。

本来なら中村と同期入社の信雄社長の次男が社長職を継ぐべきなのだが、継げない事情があった。というのも、彼の本来の希望は教育者の道であり、それが理由で途中で退社したからだ。会社に戻ってきたのは六年後のことであり、もはや経営者としての道は閉ざされていた。彼は好人物であり、中村とは心をわけて話し合える男でもあった。しかし、彼は経営には興味を示さず、俗事には淡々としていて、社内の権力抗争にはまったく関心を持っていなかった。

「ジュニアが、その気になれば……」

社内の心ある人たちは、そう思った。そう言われるほど、彼は好人物だった。

信雄社長時代の日亜化学は、それなりに明るい職場だった。信雄社長は気さくな男だった。重役であろうが、高卒の平社員であろうが、誰彼なく気軽に話しかけて、冗談を言ったりして、周囲を明るくさせたものだ。それに彼自身が科学者であり、技術開発の重要性をよく理解していた。

ともかく明るい男だ。豪快で隠しごとはしない。思ったことをぽんぽん口に出す。怒鳴りもしたが、根が明るいだけに、誰も深刻には受け止めなかった。まあ、良くも悪くも創業型経営者の典型でもあった。

しかし……。

新社長は正反対の性格の男だった。訥弁《とつべん》であり、社員の前で話すことなど滅多にならなかった。シャイといえばとてもシャイなのだ。大変なインテリで、理念を高く持ち、それにコンプライアンスをやかましくいう人物だった。

それだけならまだいい。中村にはやり方が陰湿に映る。

「中村君……」

上司の課長に呼ばれて、いってみると、彼は一枚の紙を示すのだった。何だろうと、読んでみると、開発課長にあてた英治専務からの中村を叱責するメモだった。

「中村の机の上は、ありゃあ何だ。整理整頓を……」

そんな意味のメモだ。

机の上が雑然としていて汚い、もっと綺麗にしておけという指示だ。そういえば、と中村は思い出した。先ほど、英治専務がぶらりと開発課にやってきて、黙って部屋を出ていったことを……。

英治専務の指示というのは、いつもそんな具合なのである。他人の口を通じ、意志を伝えるやり方、直接言えばいいものを、専務室からわざわざ指示書などを送り、部下を叱咤する。英治専務は社員とのコミュニケーションがうまくとれないのだ。中村にはそう思えた。

　その英治専務が社長に就任した。もう信雄社長は過去の人になりつつある。トップが代われば社内の雰囲気が変わるのは仕方のないことだ。

「困ったことだ」

　と同期は顔をしかめた。

　しかし、中村はこういう噂話には慣れっこになっていた。むしろ評価すべきところがあるのでは、と思っている。バブル花盛りの時期、英治専務はバブル経営に走らず、製造の現場を大事にしてきたことも、そのひとつだ。それは経営者としての見識といえた。バブルが弾け本業がいまひとつなのに、何とかもち堪《こた》えているのは英治専務の見識によるものだ。

　英治専務に同情する余地はいまひとつあった。兼業社員の多い片田舎の会社だ。社員が農作業のため、遅刻や欠勤をしても誰も文句をいわない会社だ。課長や部長など管理職にはまったく権限がないから、怠け者は怠け放題で、それでも誰も叱らない、合理的なチェック機能が働いていないものだから、部下の怠慢を迂闊にトップに報告すれば、自分の責任を問われかねないのである。だから誰も口をふさぐのだ。日亜化学にはルールというものがなかったのだ。

「ヤツはどうしたんや」

「ああ、休みらしいな……」

そんな具合だ。

そうした社風に、英治専務が苛立っていたのは確かである。こうした状態を、何とか改めねば――と思うのは、経営者なら誰でも考えることだ。それがコンプライアンスをやかましくいう理由でもあった。

まあ、新体制になれば、いろいろな噂話が出てくるのは、サラリーマン社会につきものだ。先代と比較され、あれこれいわれるのは二代目の宿命だ。噂話の餌食にされる英治新社長が可哀想だと思う。けれども中村は社内の噂話などまったく関心がなかった。

帰国してみると、中村自身にも小さな環境の変化があった。元いた開発課の仕事と併せて赤外エピタキシャルウェーハーの部署に配属されたことだ。そして同期に遅れること五年余で身分は係長に。渡米する前は主任の肩書きだから大出世といえた。しかし、そんな俗事など中村はどうでもよかった。

それよりも何よりも、中村にはやるべきことが山ほどあった。新社長の英治のいう俗事などや、あれこれおもしろ可笑しく語られる社内の噂話などに耳を傾けるゆとりなどなかった。その意味で、中村は超然と構え、自分のやるべきことはひとつと決めた。

　中村の頭の中は、青色発光ダイオードの素材の選定でいっぱいだった。社内には相談できるような上司や同僚はいない。すべてを自分で決めなければならない。素材は窒化ガリウムにすべきでないかと思うようになっていた。根拠を問われれば、答えに窮する。なぜ、窒化ガリウムなのか、あえて答えを言えば、

「誰もやっていないから……」

　と答えざるを得ない。

　確かに前人未踏の分野だ。可能性はゼロに等しい。こんな選択をすれば、大学ならば研究室への出入りが禁止されるに違いない。企業の研究所でも同じことで、他の部署に飛ばされるのが落ちだった。企画会議に上げればつぶされるのは目に見える。

　幸いというべきか、日亜化学には目利きがいなかった。窒化ガリウムを選択したとしても、あえて異論を挟める人間はいない。窒化ガリウムを選んだのは、一人っきりで研究をやってきたからで、それでこんな非常識な選択が許されたのだった。

　中村は青色発光ダイオードという開発目標を定める一方で、いまひとつの目標を持つことにした。アメリカでの屈辱。その屈辱をはらすには論文を持つことが必要だ。その論文を書くことに決めた。

　論文ならいくらでも書ける。なにせ、前人未踏の分野であるのだから……。中村には宝の山に思えた。青色発光ダイオードは開発成功事例がないのだから、論文は、ど

んどん書ける。もともと理屈好きな男だ。論文を書くこと自体苦ではない。

日亜化学は社員が外部に論文を発表することを禁止している。外部に技術情報が漏れるのを恐れてのことだ。帰国してからも、その事情に変わりない。しかも論文のテーマが青色発光ダイオードとあれば、とがめ立てされる理由は十分にあった。

その分だけリスクもある。それも辞表を懐にしての青色発光ダイオードではないか、失敗に終わってももともとだ、そう考えれば気分も楽になるというものだ。もはや思い悩む段階は、とうに過ぎているのだ。考えるべきことは考え抜いた。あとはやってみるだけのことだ。中村は元来楽観的な男だ。事態を楽観的に考えている。思い悩むのを止めたのだ。中村は腕を組み黙想する。

「窒化ガリウムだな……」

とつぶやく……。

中村修二は帰国して二日目から、研究室に籠り、考え抜いた。そして結論を出したのが窒化ガリウムだった。

実験室に入り、中村はいくつかの決めごとをした。もちろん、自分に対する決めごとであり、他人に強要するつもりはない。

クビと言われたら従う。

社命による研究は拒絶する。

会社の会議には出席しない。

人の言うことも、常識も信じない。

自分の考えたことだけを信じる。

したいと思ったことだけをやる。

詩人のような簡潔さで、決めごとをしたのである。傲慢ともいえる。サラリーマンとしては敗北宣言だ。しかし同時に、これは会社に対する反乱の宣言でもあった。反乱などというと穏やかではないが、それほどの決意がなければ、青色発光ダイオードなど開発などできやしない、中村はそう思ったのだ。そんな風に自分をとことん追いつめてみたくなるのは、サラリーマンなら一度や二度は考えるだろう。中村は自分をいじめぬき、そして結論を出したのだ。中村の凄さは、出した結論を躊躇なく実行に移すところだ。端からみれば変わり者の中村だが、ひたすら青い光を求める心根は悪童のようだ。

もともと中村は、人付き合いのいい男だった。野球のメンバーがそろわないから、といわれれば、進んで参加したし、飲み会に誘われれば、快くつきあい、みんなと大騒ぎをしたものだ。それも帰国してからは止めることにした。もっぱら青色発光ダイオードに集中することに決めたのだった。

こうなると、中村は社内にあっては異邦人だ。ひとつの会社に何十年と勤め、相互に影響しあいながら見分けがたいほどに互いに似てしまって、日常的にも、互いに監視しあい、相互に仲間内にだけ通じる記号のような言葉をしゃべり、最後には個というものが、まったく見あたらないほどに集団として特殊化してしまった組織においては、やはり異邦人という存在は住みにくいものだ。

いや、住みにくいと感じるのは中村だけで企業の集団のなかに入ってしまえば、外部世界から遮断され、余計な思索は頭に浮かばなくなる分だけ、それはそれで結構心地よいものなのである。しかし、俗事などどうでもいいことだ――。そういう心境になっていた。

目指すは発光ダイオードの最高峰だ。青く輝く光を手に入れることだ。それ以外のことは何も考えないことに決めた。

青い光――。

夢にまで出てくる。

夢を見るたびに心が燃え上がる。

起きて口走るのが青い光だ。

中村は空想を好む。

それを口にしたとき、他人ははったりと受け取る。空想とはったりの違いはある。はったりは、はったりはその場限りで終わるが、空想はひとつのドラマをなすことだ。

中村がいまでも本当に好きなのは理論物理の抽象世界だ。理論物理は空想が描く所産でもある。

空想はいつも思いがけないところに、ぽろっと新たな発見を促す。ほとんど無意味と感じられ、気づかれずに存在したものが。科学技術の発見というのは、観察者との意志とは関わりなく突然に姿を現すものだ。相手は無頓着に反応するものだ。中村はその無頓着さに感動する。

空想は美しくバランスの取れた数式を作り出していく。見た目にも美しく安定し、均整が取れていて、近づくものを魅了する。思考を集中すればするほど、空想の世界は広がる。理論物理が好きだというのはそういう意味だ。青い光も、その延長のなかで美しく輝くのだった。

ある日のこと。巨大な装置が開発課の研究棟に運び込まれてきた。

「なんじゃ、これは？」

開発課長が聞いた。

高さ二メートル、幅四メートル、奥行き一メートルの巨大な装置だ。市販の赤外発光ダイオード用の化合物半導体を作る装置で、ワンフローＭＯＣＶＤと呼ばれる。

「赤外用のガリウム砒素を成長させる装置です……」

と答えた。答えは嘘である。嘘を答えたのは青色発光ダイオードなどといえば、一悶着が起こるからだ。予算は信雄会長が社長の時代に了解を得ている。社長命令なのだから誰からも文句は出ない。あの英治新社長でも、信雄会長には逆らえないのだから。

もっとも新任の開発課長には、それがどういう装置であるか、皆目見当がつかないようで、ただ頭をふってみせただけだった。

翌日から中村はMOCVD装置の点検を始めた。内部はさまざまな太さのパイプが複雑に配管されてあって、中央部には反応装置がでんと設置されてある。肝心なのは、この反応装置だ。基盤となる物質を置く台。ここに素材となる基盤物質を設置するわけだ。斜めから一本の石英パイプが飛び出している。ここから燃料ガスを噴出する。ワンフローというのは、ガスの噴出口がひとつしかないという意味だ。噴出するガスはアンモニアだ。

MOCVD装置の操作基本は、フロリダ大学でしっかりと学んできた。中村は仕様書とつきあわせながら、装置のひとつひとつを点検していく。楽しい仕事だ。

アンモニアは窒素と水素の化合物。アンモニアに有機金属のトリメチルガリウムを水素ガスに混ぜて、約千度に熱せられた基盤上のガリウムに吹き付けると、アンモニア中の窒素とがうまく反応し、窒化ガリウムの結晶薄膜が成長するはずなのだ。フロリダ大学での実験の結果から、中村はそう見当をつけていた。

いろいろ試してみよう……。

基盤にサファイアをつかってみた。窒化ガリウムと似たような原子間隔であったからだ。実験レベルだが、名城大学（元名古屋大学教授）の赤崎勇《あかさきいさむ》教授はサファイアを基盤にした窒化ガリウムの結晶薄膜の成長に成功していた。

実験は始まった。実験が始まると、社内の俗事のいっさいを拒絶し、電話を受け取るのも、会議に出るのも、仲間内と飲み歩くのもいっさい止めた。

実験は繰り返される。いろいろ素材を変えてみた。しかし、失敗の連続だった。そのうち装置自体に問題があるのではないかと思うようになった。まあ、考えてみれば、市販の装置で難関の窒化ガリウムの結晶薄膜ができれば、苦労はいらないというものだ。神は簡単には、成果を人間に与えないのだ。中村は失敗するたびに、失敗の原因をひとつひとつ再検討する。

基盤をヒーターで加熱すると、吹きつけられたアンモニアガスで、よくヒーターが壊れるのだ。吹きつけ方を変えればどうか。その実験も繰り返した。そこで中村はひとつのことに気がつく……。

もともとこの装置は、窒化ガリウム用に設計されたものではないこと。そこで中村は決断を下す。装置の大改修だ。改修をやるには、装置のすべてを分解してみる必要がある。

「また、職人にもどるか……」

中身を引っぱり出し、装置を一から組み直してみる。その過程で、装置の部品も改良する必要があることがわかった。

中村は早朝出勤を心がけた。他の社員が出社しているころには、分解作業はあらかた終えている。その日も、徳島の自宅から自家用車を運転し、会社に向かった。運転しながら考えるのは、装置改修のことだ。

実験室に入ると、反応装置を開いた。なかから透明石英と高純度のカーボンなどを取り出す。前の晩から考えていたアイデアを試してみようと思ったのだ。多田研究室で鍛えられ、日亜化学に入ってから腕を磨き、米国のゲインズヒルで確かめた職人技を発揮する瞬間だ。

ステンレスのパイプを曲げ、石英管を溶接し直し、高純度のカーボンを切り、配線をし直す作業だ。よく壊れるヒーターは自分で設計して、作り直すことにした。ガスを吹き出すノズルや配管の具合、吹きつけ角度、高さの調整などだ。予算が十分にあれば、こうした作業は外注するのが普通の会社だ。しかし、予算が限られているから、全部自作だ。

あとになって考えてみれば、これがよかったと思う。まあ、外注に出せば、短くて三ヵ月、長ければ半年は要する。それが中村の手にかかると二日か三日だ。中村はせっかちである。予算がないこともあるが、手作りにこだわったのは、半年もの間待つ我慢ができなかったのだ。なんといっても、アイデアが浮かべばすぐに実験に取りかかろうとするような男なのだから。

その日も午前中から装置の改修に取りかかり、午後にはアイデアを試す実験を始めたのだった。早朝出勤にはわけがあった。夜遅くまで会社に居残っていると、雑事に振り回される。じっくりと考える時間がなくなる。それよりも、夜は家族との時間を大事にしたいと思っている。家族との団欒のなかで構想を練るのだ。

早朝出勤。夜八時以降は仕事をせずまっすぐ家に帰る日課だ。中村はペースを守った。こつこつとペースを守るのが大事なのだ。会社に出て装置を直し、実験に失敗し、家に帰り、失敗の原因を探り、思いついたアイデアを翌日会社に出て、それを試すという日課だ。

これほどの研究開発なのに、そのペースは最後まで崩さなかった。ときには実験に成功し、窒化ガリウムの結晶薄膜が、反応装置のなかで成長したこともあった。しかし、それは気まぐれな偶然で実用に耐えるものではなかった。

アメリカから帰国して早三ヵ月が経っていた。カレンダーは七月になっていた。もう子供たちも夏休みだ。

解決しなければならない問題は、山ほどあった。しかし、文献を読むのはやめた。

論文を読んだり、資料にあたったりする時間がなかったからだ。四六時中、体を動かし、実験と失敗を繰り返す、そんな生活を繰り返していたある日のことだった。中村はようやく問題解決の糸口を見つける。

2

夜も昼もないというのは、升永英俊の働きぶりだ。寝袋を買い込んできて、事務所の執務室に寝泊まりするようになったのは、サブリース事件の準備書面を書き始めてからだった。家族は妻の明子と二人の子供。明子は夫の仕事ぶりにすっかり呆れて、いまは何も言わなくなっている。

その日も深夜まで続くハードな作業だ。寝袋での生活は、いまや日常化している。食事を終えると、すぐに仕事に取りかかる。まもなく五十を超える。それにしては升永は元気だ。東大時代に登山とスキーで鍛えた。体力には自信はある。

取り組んでいるのは、いうまでもなくサブリース事件だ。東京地方裁判所民事十六部に訴状を提出したのは、平成六年五月三十一日のことだ。

これに対し、被告大手不動産会社から答弁書が届いたのは同年七月四日のことだ。大手不動産会社は原告ビル会社の請求を全面的に否認し、争う姿勢を示していた。

升永は異様な燃え方をしていた。それを自分で「超人的状態」というのだ。升永が怒りを感じたのは巨大企業の横暴であり、サブリース事業の紛争を借地借家法を適用することで糊塗してきた裁判所の態度であった。

升永は、その分厚い壁をうち破ろうとしているのだ。つまり、現在の社会の仕組みまたは現在の判例が妥当かどうかを改めて問い直し、おかしいと思えば日本の中でたった一人であっても、その変革のために闘わねばならぬ、という思いが升永を駆り立てるのであった。

升永はいつもおしゃれだ。高級服地で仕立てた三つ揃いをきっちりと着こなし、いつも真新しいワイシャツを身につけてる。ネクタイのセンスも、そこそこだ。そこに彼の母親治子の躾《しつけ》が見えてくる。が、彼がいう「超人的状態」に入ると、俄然、形相は夜叉の如くとなり、ズボンを裏返しにはいていることさえ気づかぬほど、ものすごい集中力を示すのだった。彼の秘書は恐るおそる言う。

「先生、ズボンが裏返しに……」

「そうか……」

と言ったきり、仕事を続ける升永だ。

床屋にいく時間がもったいない、と頭髪を輪ゴムで縛り、勉強に集中した、あのスタイルである。

裁判での闘いは準備書面によってなされる。準備書面では、事実関係や判例、学説も検討された。

「学説も疑ってかかれ！」

というのが、升永の立場だった。

そもそも社会立法として制定された借地借家法を盾に、自己責任のもと、投機的契約を交わした強者である巨大企業を、国家が庇護することに正義があるのか、と迫ったのである。

公開の法廷で裁判官、書記官の列席のもと原告被告双方を直接対席させ、口頭で互いの言い分を主張させる手続きを、口頭弁論と呼ばれる。民事裁判は口頭弁論が原則だ。しかし、法廷でのやり取りは無機的だ。ほとんどは準備書面による応酬ですまされる。

「書面の通り陳述します」

といえば、法廷では書面の内容を陳述したことになる。だから民事裁判における手続きの中心は書面におかれている。準備書面のいかんが裁判の帰趨を決める。原告被告の代理人が準備書面に心血を注ぐのはそのためだ。

正義は勝つ――などといえるほど、裁判の現実はロマンチックではないが、少なくとも升永は素直な気持ちで、そう思い、法廷闘争に取り組んでいる。

口頭弁論が進展するに従って、いよいよ議論は白熱化していく。

「そこまでやらなくても……」

他人は言う。

深夜の作業が続く。一日二十四時間のうち、食事とトイレをのぞけばすべてが仕事である。常人の目からみれば狂気の沙汰だ。辛く、眠かろう。ケータリングの弁当じゃ、飽きもこようというものだ。たまには女のいる店で酒を飲み、カラオケのひとつも歌いたかろうに……。

たまの休日にはゴルフもよかろう。冬なら得意のスキーはどうか、たまには家族旅行などもよかろうに……。常人なら、そう考える。

しかし、升永はそれらのいっさいをやらずに裁判に取り組んだ。常人には理解し難いのだが、超人的状態の彼は遊戯の感覚でやっているのだ。ゴルフもスキーもマージャンもテニスも、家族の団欒も、それらのいずれも裁判に勝るものではなかった。裁判そのものが趣味であり、遊戯なのである。

相手代理人もなかなかの巧者だ。経済事情が変わり、それは一般に予見の範囲を超えていたのだから、減額するのは当然。それが借地借家法ではないか――と、迫ってくるのであった。

升永は、学説や判例を引用しながら、強烈に反論する。自らに有利な判例だけを持ってきて、優位に立とうとしているわけじゃない。間違っていると思えば、遠慮なく判例批判を展開する過激さだ。このために用意した証拠書類は戦前にさかのぼる大陪審判決などを含め、百五十五点に上った。第四準備書面の最後に添付された証拠書類には「甲第一五五号証」と名付けられることになった。

その夜、升永が執務室の床に広げた寝袋に潜り込んだのは、東の空がほんの少しだけ明らみ始めた午前四時過ぎだった。

3

「電話にも出ないのですよ、まったく」

上司は小言を言った。

中村が電話に出ないのにはわけがあった。その事情を上司に話すには、あまりにも忙しすぎたのである。

中村の所属する開発課には頻繁に電話が入る。いろいろな業者とのつきあいがあったからだ。社内の事務連絡もある。しかし、ＭＯＣＶＤで実験中は、それが手動であるため、反応装置を監視していないと、実験が継続できないからだ。反応装置のなかで成長する素材の加減を見ながらバルブのスイッチをオンにしたり、オフにするなど一時も目を離せないのだ。

電話にも出ない、会議にも出ない、というのはそのためだ。ひたすら装置の改良と実験を繰り返しているうちに、いつしか周囲との関係が途絶したのだ。

だが、英治社長には、そんな事情など知るよしもない。英治社長は怒っていた。彼は会社を近代化せねばならぬと考えている。片田舎の会社とはいえ、従業員は二百名を超え、売り上げでも百五十億円に迫っているほどの会社なのに、ルールを無視する社員もいる。なんだ、このざまは……。

「これを……」

英治社長は一枚の紙片を、担当課長に示した。文書による注意だ。

翌朝……。

中村修二はいつものように、早朝からＭＯＣＶＤ装置と格闘していた。超人的状態という意味では、中村も升永英俊と同じ状態にあった。升永と異なるのは、家族を大事にしていること、無理をせずにこつこつと仕事をこなしていることだ。

もちろん、英治社長が何を考えているかなど、知るよしもなかったし、たとえ、そこで自分に関係することが話されていたとしても、おそらくは何の関心も示さなかったはずだ。

青い光――。

すべての関心は、そこにあった。

実験を繰り返すうちに、彼はひとつの発見をした。発見というのは、窒化ガリウムを結晶薄膜として成長させる方法のことだ。

「熱対流の処理」

中村に微笑みかけるものがあった。モナリザの微笑など問題にならないほどまことに魅惑的な微笑みだった。それは、中村にとってまさしく聖女の微笑みだった。その聖女が熱は対流するものだとささやいたのだ。

基盤上で窒化ガリウムが結晶薄膜を成長できない理由。基盤が高温になっている。そこから発する熱で対流が起こり、噴射されたガスが上に飛ばされてしまい、蒸着しないのではないかという示唆だった。つまり上昇する熱をうまく処理できれば、窒化ガリウムが結晶薄膜として、成長するのではないか、サイエンスの女神はそうつぶやいたのだった。

人は言語を通じ物事を理解する。専門領域の世界では、専門領域ごとにそれぞれの言語が存在するものだ。つまり、物理の世界には物理の言語があり、医療の世界には医者たちにだけ通じる言語がある。

専門家たちは自分たちの世界だけに通じる言語でモノを考え、論文を書きコミュニケーションし、研究する。中村は欲張りな男で、専門領域だけの言語では、満足できないのだ。言語は道具のひとつ。道具の選び方で、考え方が変わってくる。

ひとは往々にして、教えられた言語だけでモノを考えようとするものだ。それでは思考が停止する。思考の広がりも有限となってしまう。それしかないと考えるからだ。物理学は物理を理解する言語のひとつに過ぎないのである。それでは、新しいものなど、創造することなどできやしない。

「何事にもとらわれない」

それは中村の自分に対する決めごとのひとつでもある。中村は青い光を得るためにいくつも道具を、つまり言語を用意することにしたのだった。この道具がダメなら次の道具をという具合にである。

だから中村は聖女の声を聞くことにしたのだ。耳を澄ませば、聞こえ、見えてくる。

「熱対流……」

この考え方からすれば、上昇する対流を上から押さえてみればどうなるか、聖女のささやきから中村は、ひとつのヒントを得るのであった。そこまでわかれば、次に考えるべきは、その方法だ。中村は考えた。考えに考え抜いた。ものすごい集中力を発揮して考え抜いた。なんといっても、趣味は？　と聞かれれば、考えることだと答えるような男であるのだから、考え考え続けるのは、彼には恍惚の世界に入ることを意味するのだ。その恍惚の世界を、ぶちこわした男がいた。

「中村君……」

直属上司の課長が一枚の紙片を手にして恐ろしい形相をして立っていた。彼は威儀を正して言った。

「これを……」

中村はちらりとみただけで、すぐに思考の世界に戻った。机の上に残された紙片は、英治社長から中村にあてたメモで、そこには、会社の規定を無視する中村を叱責する内容が書かれていた。

しかし、中村は無視した。

再び甘美な思考の世界に戻る。

問題はガスを熱対流で舞い上がらせないようにする方法だ。問題が把握できた。次はその方法を考えることだ。

あらゆる方法を試す——。

その日から、その方法を探し出すことに没頭した。とはいっても、やみくもにやっていくのでは、効率的ではない。経験をもとにある一定の方向を探り出していく。考えては実験を試みる。実験結果を検討してみては、いま一度考えてみる。

また聖女の声が聞こえてきた。

「噴射口を二ヵ所に……」

つまりツーフローである。基盤の上に窒素と水素ガスを強く吹き付ける。他方、横方向から材料の有機金属ガリウムとアンモニアガスを流し込む。二つの吹き出し口から、吹き込むやり方だ。のちに「ツーフローＭＯＣＶＤ法」と呼ばれる画期的な方式だ。

方法論を確立して、中村は実験を繰り返した。肉眼でも確認できる結晶ができた。透明な結晶薄膜だ。なんと美しいことか。聖女がささやいた通りの輝きだ。基盤として使ったサファイアも透明だ。人工的に作られた新しい物質は目の前で輝いている。

涙がこぼれた。

それほど美しい物体だ。

これで窒化ガリウムを結晶薄膜として成長させる方法は確立した。けれどまだ多くの問題が残されている。残された最大の問題は結晶欠陥を克服する方法だ。結晶欠陥が多ければ高輝度の青い光を手にすることができないからだった。新しい問題を克服するため、思考を重ねる日々が続く。

そんなある日のことだった。信雄会長がぶらりと、実験室にやってきた。

「どんな具合や……」

中村は信雄会長にだけは素直だ。すぐに実験の準備を始め、できたばかりの窒化ガリウムの結晶薄膜に電極をつなぎ、初めての青い光を、光らせてみることにした。

「光った」

確かに青い光はあった。

「うーん」

信雄会長はうなり声を上げ、しばらくほの暗い青い光を見つめていた。

「中村っ、こりゃあ商品にならへんな」

信雄会長は実験室を出ていった。

中村にはわかっていた。信雄会長の言う通りなのだ。まだまだ光度が不足している。一定以上の光度を確保できなければ、商品として市場に送り出せないのだ。

(しかし……)

中村は他方で思うのだった。それでも中村が開発した窒化ガリウムによる青色発光ダイオードは世界で初めての製品なのだ。化学者である信雄会長には、それがわかっていないのであった。そのことを残念に思う。

「商品にならへんな」

信雄会長の声が脳裡に残響する。事業家の信雄会長からみれば、商品として市場に送れない製品など無価値なのだ。

中村には問題の所在はわかっていた。その解決の方法も……。つまり、もう結晶薄膜の成長方法は成功しているのだから、あとは成長プログラムを考えるだけなのだ。

結晶欠陥。

使っているのはサファイアの基盤である。基盤の上にきれいな結晶ができるかどうかは、結晶の表面を走る電子の速度で決まる。結晶が完全であれば、電子の速度は速くなり、光度を増す。欠陥があると、電子はエネルギーに変わってしまい、結晶が破壊される。結晶の表面を走る電子の速度は「ホール移動」で表すが、世界の最高記録は百だ。

実験を繰り返しデータをとる。測定してみると、サファイアの基盤にできたホール移動度は九十を前後してうろうろしている。まだ世界の水準におよばなかった。無念だった。思わず唇を噛んだ。

目の前に立ちはだかる壁だ。現在のレベルでは百億個の欠陥がある。それを千個程度に減らすことだ。欠陥が多ければ、光度を得られないだけでなく、ダイオードの寿命も短くなる。結晶欠陥と呼ばれる欠陥を、百億個から千個に減らす気の遠くなるような実験。これまでの経験だけを頼りにすれば、一桁欠損を少なくするだけで数年を要する。それではいつ完成するか、見当もつかない。結晶欠陥の数値を劇的に減少させる方法はないものか……。信雄会長が実験室を出ていったあと、中村は考えた。

「おい、中村っ」

工務部の課長が実験室にやってきて中村を呼んだ。せっつくような口調で言った。

「ちょっと、相談にのってや……」

「なんでしょう」

工務部の課長が持ち込んできたのは蛍光体焼成用の電気炉を改修する話だった。修理改修の腕前のほどは全社に響き渡っている。その中村の腕前を見込んでの相談だった。

「どんなもんやね」

工務部の課長は、手にした図面を中村の机の上に広げながら聞いた。熱伝導が悪くよく焼成しない、その原因を聞いたのだ。中村は手短に、電気炉の問題を話した。

「やってくれるかいな」

工務部の課長は現場に来て、修理をやってくれないかというのだった。

「わかった」

と立ち上がった。反乱を決めていたとはいえ、中村はサラリーマンだ。同僚が困っているのをみれば、無視するわけにはいかない。青い光に専念するとはいっても、やはり社内の雑事は持ち込まれる。持ち込まれれば、引き受けざるを得ないわけだ。

中村は電気炉の修理に取りかかった。工務部の連中は感心して見ているだけだ。修理には二時間ほどを要した。使い方など、細かい指示をして実験室に戻ったとき、すでに夕刻になっていた。

「まったく連中ときたら……」

　中村は毒づいた。しかし、本気で怒っているわけではない。中村は本来人づきあいのいい男で、他人が困っているのをみて、黙って見過ごすことができないタイプなのだ。とはいえ青い光の開発を始めて早くも一年を越えている。焦りがないといえば嘘になる。頭の中は結晶欠陥でいっぱいなのだ。だから電気炉の修理を手伝うどころの騒ぎではないのだ。ふっとため息がもれる。

　窒化ガリウムを素材にする青い光の研究は会社には内緒だ。中村にはもう一つ内緒にしていることがある。論文の執筆だ。時間は有限だ。本当に時間がなかった。

「おい、中村っ」

　今度は別な部署の課長から電話がきた。

「おまえんとこの部署は暇やろ、一週間ほど手伝ってもらいたいことがあるんや」

「開発課はたった三人や。一人が係長で、もう一人は女の子です。僕がいけば、開発課は開店休業や。勘弁してくださいよ。頼みますから……」

「そんなこと知っているわいな。どうせ青色発光ダイオードなどできへん。ごちゃごちゃ言わんと手伝ってや」

　強引である。相手の課長は中村が何をやっているかを知っている。結局、手伝いのため、一週間ほど青い光の研究はお預けとなった。

聖女との対話は、その分だけ遠のく。一週間ぶりに開発課の実験室に戻った中村は、再び自ら改造した「ツーフローＭＯＣＶＤ」と向き合っていた。そこに英治社長がお客を連れて姿を見せた。英治社長が実験室に姿を見せるなど珍しいことだ。その相手の顔をみて、中村は血の気が引くのを覚えた。

客は某大手家電メーカーの研究所長で、半導体の分野ではちょっとは名の知れた人物だった。日亜化学の客先ということもあり、名前と顔は覚えていた。とはいえ、名刺交換をした程度の知り合いだ。

（なんていうことだ！　企業の生命ともいえる実験室に、よりによって競合相手の研究所長を連れてくるとは……！）

中村は心の中で激しく毒づいた。どんな小さな会社であろうとも、研究所の内部を部外者に見せる企業などありはしない。開発課は大手の企業でいえば、中央研究所だ。その中枢部の実験室に競合相手の研究者を招き入れる英治社長の無神経さに、中村は驚きを通り越し心底腹が立った。しかし、客前のことだ。それは言葉に出さず、研究所長には黙礼しただけで、中村は実験を続けた。

「ほー」

客は関心を示した。ＭＯＣＶＤ装置を見れば何の研究をしているか、一目瞭然というものだ。中村の後ろに回り込み、客の研究所長は熱心に観察を続けている。中村は焦りを覚えた。研究はかなりの水準にある。装置の内部を見れば、その水準がわかるからだ。とりわけツーフロー方式だ。

「窒化ガリウムかね……」

客の研究所長は質問をした。

「いろいろ……」

中村は言葉を濁した。

その翌日のことだ。上司の課長が血相を変えて、実験室に飛び込んできた。

「おまえ！　何やっているんや」

怒りで顔が引きつっている。課長は改めて紙片を中村に示した。

某大手家電メーカーの研究所長は実験室を出たあと、英治社長と懇談した。自信過剰気味な男で、中小企業の社長を前にいらぬお節介を焼いたのだった。

「ワシ思うんや。今後伸びるのは、ＣａＡｓのＨＥＭＴの分野ですわな……。日亜さんには、幸いＭＯＣＶＤもあるようやしな。よかったら、ワシんとこでＨＥＭＴを購入してもよろしゅうおます」

ついでながら、ＣａＡｓのＨＥＭＴというのは「高電子移動度トランジスタ」の略称である。確かに携帯電話向けに需要を伸ばしている製品だ。各社とも手がけている製品で、しかし、技術的には改良の余地は少なく、それだけにうま味はなかった。競争が厳しく、新規参入など論外なのである。

それを承知で、大手家電メーカーの研究所長はあえて、英治社長にすすめた。付け加えて言ったものだ。

「ありゃ、あかんですわな……」

大仰にクビを振ってみせる。

「何があかんのです？」

英治社長は思わず聞き返した。

「何がって、そりゃあ、窒化ガリウムなどものにならへんのや、まったく……」

その話を英治社長は真に受けたのだ。

だからといって英治社長を責めるのは酷というものだ。彼は常識の人であり、一流会社の研究者が、そう言うのだから、そう信じるのも当然である。常識の経営者に常識を疑えなどと言うのは無理な話だ。そしていつものように、叱責のメモを持たせたというわけだ。メモにはあった。

「大至急、窒化ガリウムの研究を止め、ＨＥＭＴの研究をやるように——社命」

わざわざ社命と書いているところにも、決意のほどがにじんでいる。

「わかったな！」

上司の課長は、きつく申し渡すと席から離れた。

中村はちらっと目を通しただけで、くしゃくしゃに丸め、ゴミ箱の中に捨て、何事もなかったかのように、再び仕事に取りかかるのだった。

ときおり技術的な相談を受けたり、他の部署の仕事を手伝うのはサラリーマンであるのだから仕方のないことだ。しかし、青色の光は中村にとっては、命も同じだ。たとえ社長の命令といえども、これぱっかりは譲るわけにはいかなかった。

聖女は微笑みかけている。

いま逃せば、また彼女は姿を隠す。逃すわけにはいかないのである。青色の光はすぐそこにあるのだ。社長の命令よりもいまの中村には窒化ガリウムなのだ。

以後も、窒化ガリウムの研究を中止し、ＨＥＭＴの研究をせよ――というメモ書きの社長命令が届いた。それを無視し、寝ても覚めても、窒化ガリウムの日々が続く。

だが、若い社員の間では、意外な人気者だった。日亜化学は片田舎ののんびりした会社だ。やはり中村の行動は「事件」だった。それが一部の社員には痛快に思えてるのかもしれない。中村が社長命令に反抗して、どえらい研究をやっているとの噂も立っていた。暇な会社だ。

「中村さん……」

興味津々というわけで、何か事件が起こったり、中村が新しいことをやり始めるたびに、実験室を訪ねてくる若い社員も少なくなかった。正直いえば迷惑なのだが、無下に追い返すわけにもいかず、訪ねてくれば話し相手にもなる。そんなことで実験が中断するのもたびたびだった。

よく晴れた冬の日だった。

朝早く出勤した中村は、作業着に着替えて実験室に入った。いつもと表情が変わっていた。昨日も実験は失敗した。失敗の原因を自宅で考え、出勤途中のクルマの中で思いついたアイデアを確かめてみようと思った。今度こそは、と思う。それは新しいアイデアだ。これまで考えてもみなかったアイデアだ。聖女ははっきりと姿を見せて、手招きをしている。過去、少なくとも五百回以上実験を繰り返した。初めての微笑みのように思えたのだった。

さっそく実験の準備を始めた。素材を準備し、反応炉のなかを確かめる。反応するまで数時間を要する。その日、結晶の成長は午前中に終わった。新しいアイデアは正解であったかどうか、中村は期待に胸を膨らませながら反応装置をあけてみる。

直径二センチのサファイア基盤の上に窒化ガリウムの結晶薄膜が生成されていた。透明な美しい結晶体だ。サイレンが鳴っていた。昼休みなのだ。しかし、中村は急いでいた。実験結果が知りたかった。反応装置から結晶薄膜を取り出した。台の上にのせてみた。

まことに美しい。中村はダイヤモンドカッターを取り出した。生成された結晶薄膜を切り分けるためだ。結晶薄膜は鋼鉄よりも固い物質だ。それをダイヤモンドカッターで五ミリ角に切り取るのだ。慎重にダイヤモンドカッターをあてる。毎日やっている作業なのだが、その日に限って、わずかに手が震える。

小さな破片だ。それはホール測定をするため測定試料として使われるのだ。ホール測定器のなかには電磁石がある。その上に結晶薄膜の破片を置き、ホール測定を始めた。スイッチをオンにすると、電流が流れ、磁界が発生する。ホール測定器にも、中村には苦い思い出がある。購入をめぐり一悶着があったからだった。高価な買い物だった。それもいまでは懐かしい思い出のひとつだ。

ホール測定器は試料に生じたホール電圧をコンピュータで測定する装置だ。要するに窒化ガリウムの結晶薄膜上に生じた微細なホール電圧を測定するわけだ。ホール電圧がコンピュータで計算され、結果は数値化され、プリンタにアウトプットされる。カタカタとプリンタがなり始めた。紙片を手にしてみる。中村は数値を見て、あっと驚きの声を上げた。

「すごい、すごい」

ホール移動度を二百まで上げることができたのだった。世界の最高水準は約百だ。世界水準の約二倍の数値だ。世界水準をはるかに凌駕したのだった。

しかし疑った。

もう一度調べてみる必要がある。自分でも信じられない数値であったからだ。問題は再現性だ。偶然なら製品化できないからだ。中村は興奮した。再試験の準備を始めた。こうなると、昼食どころではない。カタカタとプリンタは数字データをはき出した。急ぎ手にしてみる。

やはり同じ数値が出た。もう一度確かめてみる必要がある。同じだった。世界最高の数値を再現した。確かに世界一きれいな窒化ガリウムの結晶薄膜ができたのだ。

万歳を叫びたかった。

世界一の窒化ガリカムの結晶薄膜ができたのだ。誰も不可能だといった窒化ガリウムの結晶薄膜だ。中村の不幸は、この喜びを職場の誰とも分かち合えることができないことだった。

「論文が書ける」

と思った。それも世界第一級の論文だ。ファストオーサーとして書く念願の窒化ガリウムの結晶薄膜の論文だ。十分に論文にできる成功だ。のちにノーベル賞級といわれる窒化ガリウム結晶薄膜に関する論文の執筆が、こうして始まるのだった。

4

青い光は、目の前まで迫っていた。あとほんのわずかだ。ともかく世界水準を大きく上回る数値を得た。

（しかし……）

青い光を得るには、まだまだ改良の余地はあった。不可能といわれた窒化ガリウムがようやく青色発光ダイオードとして利用可能であることを実証しただけのことで、富士山の登山にたとえていえばまだ一合目だ。

改良に改良を重ね、苦労の末に開発したツーフローＭＯＣＶＤが頼りだ。この装置で試行錯誤を続ければ、何とか実用に耐えられる窒化ガリウムの青色発光ダイオードが実現できそうだ。

気を引き締めなければならぬ。世界レベルを超えれば、次に待っているのは前人未踏の世界であるからだ。論文も資料もどこにもない。教えを請うにも、教えられる人間などいやしない。数式があるわけでも、実験に必要な機材があるわけでもなかった。

「すべてゼロから……」

あの聖女の微笑みを信じ、頼りにすべきは経験と勘だけだった。装置も自作だった。しかし、自信はあった。成長プログラムを探っていき、さらに滑らかで均一な結晶薄膜を作る自信だ。方法論的にも、いくつかの方法を試してみなければならない。たとえば、サファイア基盤に直接窒化ガリウムを成長させるのではなく、同じ窒化ガリウムの下地を低温で敷いた上に結晶を載せることができないか、この方法も工夫に工夫を重ね、つい実現したのが先週のことだ。

いわゆるツーステップ方式のことだ。この方法では滑らかな成長表面が得られることが確認できた。段階的だが、少しずつ目標に近づきつつあった。見た目にも、美しいものは、ホール移動度でも、格段に数値が上がる。

最初の二百に比較すれば、その二倍の五百まで上げることができた。

「中村っ……」

また上司が飛び込んできた。振り返ってみれば、直属の上司ではなく、製造部門の部長だった。またか——と、臨時の手伝いを覚悟すると、その上司は一枚の紙片を示した。

「窒化ガリウムを中止しなさい——社命」

と、あった。

これで何度目のことか、中村は覚えていなかった。開発課長が紙片を持ってくるたびにゴミ箱に捨てた。

製造部門の部長は人格者として知られ、社員の間でも人望が厚かった。その人望の厚い部長に

「社命」を持たせてきたところに、英治社長の決意のほどがうかがわれる。

「中村……」

部長は椅子を引き、中村の横に座った。

「会社あっての、社員だからね……」

彼はしみじみとした口調で言った。

「わかったな」

製造部門の部長は、懇々と中村を諭し、部屋を出ていった。それが最後通告であることはさすがの中村にもわかっていた。予感はあった。研究費が打ち切られたのは、それから一週間後のことであった。

社命を無視し、勝手をやっているようなヤツに予算は出せないというわけだ。これには困った。信雄会長に直訴して得た予算は三億円。それもほとんど使い果たしている。もう一度会長に直訴してみようかと考えていた矢先の予算打ち切りだ。

通常なら百億円を超す開発プロジェクトなのに、それをたった三億円でやってきた。それすら打ち切られる。怒りはしたが、しかし中村はへこたれなかった。

「何とかなるさ……」

楽観的に考えることにしたのだ。姿勢はあくまで前向きだ。どのみち実験装置も手作りだ。青い光はすぐそばにあった。理論的なツメは、紙と鉛筆があれば十分だ。すべてのデータは頭の中に入っている。

ツーステップ方式を取得できたし、優秀なツーフローMOCVD装置があれば、なんとかなる。問題は材料費だ。これがバカにならなかった。しかし、同期の連中や製造部門の先輩のなかにも、支援者はいた。開発課の女子社員も味方だった。考えてみれば、それほど孤立しているわけではなかった。それに中村は考えることが大好きな男だ。理論は黙想すれば、わき上がってくるのだった。

「さあて……」

ツーステップ方式で、世界レベルの三倍の数値を確保できた。この水準ならば半導体のデバイスは製品化できる。しかし、中村の目標はあくまでも高いのである。

青い光――。

目指すのは、そこだ。発光ダイオードなのである。電子の移動エネルギーを熱転換させ光るのが発光ダイオードだ。つまり原子の周囲を回っている電子が高いエネルギー状態から低いエネルギー状態に移行するとき、余分なエネルギーを光として放出する。それが発光ダイオードというわけだ。

窒化ガリウムに電流を流すと電子移動が始まり、このときエネルギー交換が行われ、光を発する。これが青い光の正体だ。エネルギー交換させるには、二種類の窒化ガリウム層を作る必要がある。

つまり、高エネルギーの電子の性質を持つN型半導体層が一つ。もう一つはP型半導体だ。N層とP層を接合すると、ホモ接合という単純な半導体ができる。そこに電流を流すと、電子エネルギーの移動が始まり、P層が光る。化合物半導体の場合は、シリコンを混ぜるとN型半導体となり、マグネシウムではP型半導体となる。

問題は窒化ガリウムの場合だ。これまでの研究では、N型半導体はできた。しかし、どうしてもP型ができなかった。窒化ガリウムにマグネシウムを混ぜると、絶縁体となってしまうからだ。この研究は一九六〇年代から進められてきた。

中村が論文を調べた限り、実験で最初に成功したのは、名城大の赤﨑勇教授だけだ。しかし、教授が作った発光ダイオードは光度が低く使えなかった。中村も論文を頼りに、赤﨑教授の方法で、発光ダイオードを作ってみたが、発光ダイオードとして利用するには無理があった。

何が原因なのか――。中村は、そのことを考え続けた。考えることが大好きな男には物理現象を考え続けるのは、とても気持ちのよいことなのである。思考を続ける日々が数ヵ月近く続いた。

またも聖女が微笑み、ヒントが生まれた。

一つの仮説だ。

問題はP型だ。おそらく熱が作用してP型ができるのではないか――。ここらあたりが核心部分じゃないかと見当をつけた。それはカンだ。電子線をあてれば発熱する。

赤崎教授の方法だ。熱することができれば、電子線を照射しなくてもいいわけだ。

中村はさっそくアイデアを、実験に移してみた。マグネシウムを添加した窒化ガリウムを成長させたあとで熱処理する実験だ。

「できた、できた」

意外にも簡単にP型ができたことに、中村は拍子抜けした。まあ、いまになって考えてみれば、あたりまえの話なのだ。というのもトランジスタなどあらゆる半導体は、P型とN型が常識となっているからだ。しかし、発見できるまでは、高く厚い壁に思われた。中村が発見した熱処理方法によるP型半導体は逆転の発想から生まれたものだ。なぜ熱を加えるとP型半導体ができるか、その理論的な解明もできた。理屈は簡単だ。熱処理する過程で水素が出ていきそれが作用したのだった。

「さあ、論文だ」

ツーフローMOCVD型装置の開発、ツーステップ処理法、熱処理によるP型半導体の実現。ホール移動度二百の結晶薄膜。ツーステップ法にホール移動度五百の結晶薄膜。画期的なPN結合半導体。結晶欠陥の数でいえば一平方センチあたり十の八乗程度まで精度を上げることができた。

これは前人未踏の記録だった。理屈の上ではN型とP型ができれば単純構造の半導体ができ、電流を流せば光るはずだ。しかし、十の八乗もの欠陥があっては発光は無理——との学会の常識を破り、発光千時間の記録を観測するなど、誰もが驚く記録を作った。

どれほどの発明発見があったか、論文を書くには十分過ぎるほどの材料だ。中村が猛烈な勢いで論文を書き始めるのは、ツーフローＭＯＣＶＤを開発したあたりからだった。特許の申請件数も、驚くほどの数となった。論文を書く下敷きとなったのが特許だった。特許の名目なら会社で論文を書いていても怪しまれないというわけだ。ともかくそうしたのは論文を書くのが目的だ。

中村は考えることと同じように、文章を書くのが大好きである。フロリダ大学で味わったあの屈辱をはらすかのように論文を書いた。あるとき、特許室長に呼ばれた。

「中村っ、いい加減にせんかい……」

特許室長は怒っていた。

特許を申請するには印紙代や弁理士に支払う手数料など一件につき五、六十万の費用が必要である。

特許というのは自らの技術を第三者が勝手に使うことを阻止する企業防衛の有効な方法だ。その先頭に立つべき特許室長が、こともあろうに、カネがかかるから、余計な申請はするな——と、部下に申し渡すのである。

「会社をつぶすつもりか」

とまで特許室長は言った。まあ、しかし特許室長にも同情する余地はあった。というのも、中村が申請した特許の数は百十件近くにも上ったからだった。これじゃ中村の特許だけで、予算を食いつぶしてしまう。

「ああ、そうですか……」

中村は引き下がった。

論争してみても、何の益もないと判断したのだ。特許室には中村の理解者がいた。彼なら何とかしてくれるだろうと思った。目的は論文だ。世界最高の結果が出せたのだから黙っておく手はない。世界中がアッと驚くに違いない。もちろん、会社にバレればクビの可能性もある。覚悟の上のことで、ともかく会社には内緒で論文の執筆を続けた。そして原稿を送った。

しかし……。

日本の学会は中村の業績を無視した。学会は権威主義だ。権威者の推薦でもあれば、話は別だが、名もない片田舎の会社の研究員では相手にできないというわけだ。そういう次第で返事はなしのつぶてだ。

それならば——と、中村は英語の論文を書き、国際的にも研究者たちから高い評価を受けている科学雑誌『アプライド・フィジックス・レターズ』に投稿した。レスポンスは速かった。待たされることなく掲載の知らせが届いた。有名だろうが、無名だろうが、内容が良ければ掲載を許可するというのが彼らの流儀だ。

論文の反響はたいしたものだった。会社に禁止された研究を続け、その成果を日本の学会誌に発表し、それが無視された。しかし、日本に無視された男は、世界から高い評価を受けることになった。

青い光――。

ようやくの思いで、五合目まで上ってきた感じだ。しかし頂上はまだ遠い。解明すべき課題は山積みされている。問題のひとつは十の八乗まで詰め切った結晶欠陥を克服できるかどうか。ホール移動度でいえば五百。それがなぜ光るのかが謎だった。謎は謎として、中村は薄暗い発光ダイオードをさらに改良し、輝度を上げる研究を続けなければならない。実用化にはまだまだ遠かった。

「研究の方向を変えてみなくてはならないかもしれないな……」

アイデアのひとつはホモ接合などという単純な薄膜構造ではなくて、より複雑な窒化インジウムガリウムを使ったダブルヘテロ構造の半導体を開発する方向だ。N型とP型の半導体、つまり同質の単純な二重構造の「ホモ接合」では、光るのはP型半導体だけだ。しかし、ダブルヘテロでは中心の発光層を、両側から性質の異なる物質で挟む、三重構造ないし多重構造にする必要がある。問題は窒化ガリウムとは別の物質を作ることだ。

そのことを考えている矢先のことだ。アメリカから衝撃的なニュースが飛び込んできたのだ。中村は大きなショックを受けた。ニュースには、こうあった。

「米3M社、セレン化亜鉛を使って初の青色レーザ発振に成功……」

中村は打ちのめされた。

学会や業界の常識に逆らってあえて窒化ガリウムを選んだ。セレン化亜鉛に先んじられれば、完全に失敗となる。両脇から冷や汗が流れた。ニュースが事実なら、セレン化亜鉛は青色発光ダイオードの段階を飛び越えて、いきなり「レーザ発振」に躍り出たということになる。しばらく仕事が手につかなかった。

そんな中村のもとに、ある日のこと一通の手紙が届いた。手紙を開いてみると、イリノイ大学のハビル・モルコッシュ教授からだった。モルコッシュ教授は中村の論文を読み、セントルイスで開かれる窒化ガリウムに関するシンポジウムで講演してもらえないかという招待状だった。

ツーフローMOCVD装置を開発したあたりから、中村の名前は学会で少しは知られる存在になっていたのだ。次々と論文を発表したおかげだ。とくに注目を集めたのはP型半導体の開発だった。そして窒化ガリウムで長時間光らせた実績も評価されていた。

「何が最適か……」

「会社の規則があるんじゃよ」

　学会出席の許可を求めると、会社はにべもなく拒絶した。中村が世界からどのように評価されているかなど、英治社長には知るよしもない。規則を盾に、学会出席を拒否したのである。

　正面からやっても埒があかない。中村は奇計を用いることにした。

「直接、社長に手紙を書いてもらえないか」

　電話でモルコッシュ教授に頼んだ。

　モルコッシュ教授は、日本の研究者には人権がないのかと驚いていた。しかし、事情を飲み込み手紙を書くことを引き受けてくれた。モルコッシュ教授のおかげで、しぶしぶながら会社はアメリカ行きを認めた。フロリダ大学以来のアメリカだ。

　人生上での初めての晴れ舞台だ。セレン化亜鉛に先を越され、落ち込んでいた中村には大きな励ましだった。しかし、緊張を強いられた。あまり英語が得意でないので、上手く講演ができるかどうか、心配だったのだ。

　飛行機のなかで論文を読み直してみる。発表することは山ほどあった。シンポジウムはセントルイスのホテルで行われた。出席者は約百人。窒化ガリウムでは最先端の研究をやっている連中だ。

　中村は演壇に立った。ＭＯＣＶＤ装置の改良やホール移動度五百を超えたこと、熱処理によるP型半導体の開発、PN接合半導体の開発——など研究の成果を話した。会場が盛り上がったのは、P型半導体のことにふれたときだった。

「核心部分は水素の出入りにあります」

その発言に会場が反応したのだ。

「それは間違いだ」

会場にいた研究者の一人が反論した。その反論に別の研究者が再反論する。また、別の研究者が立ち上がり発言する。アメリカの研究者は遠慮というものがない。演壇の講演者などそっちのけで、会場では大論争が繰り広げられたものだった。

講演はいよいよ核心に迫り、青色発光ダイオードに話が及んだ。心配した英語も、思ったよりスムーズに口から出た。中村は最後に言った。

「実験の結果、千時間以上光り続けることが観察されました……」

会場はしばらく静寂に包まれた。少しの間をおき会場の全員が立ち上がり、中村の講演に惜しみなく拍手を送った。中村は狐につままれたような気分だった。

演壇から降りると、何人かの著名な科学者が駆け寄ってきた。

「すごい成果だ。素晴らしい、素晴らしい」

を連発したものだ。

「しかし、セレン化亜鉛は発振までいっていますからね」

「なあに、たいしたことはない。発光は一秒以下の寿命。とても使い物にならん」

出席者の一人は輝度は不足しているが、寿命の長い窒化ガリウムのほうが、より可能性が高いというのだった。その話を聞き、中村は安堵した。事情をよく理解していない記者が書き殴った記事だったのだ。

信念を持てば、道は開かれる。

セントルイスの窒化ガリウム国際シンポジウムから帰った中村は、自分の研究に自信を持つことができた。国際的な評価を自分自身の目で確かめられたのがひとつ。そのうえ、競合するセレン化亜鉛の研究は、まだ実用に供する段階になかったことを、確かめることができた。

研究の目標も定まっている。ダブルヘテロ構造。それを作り出すには、窒化インジウムガリウムが必要だ。窒化インジウムガリウムはガリウムとインジウムとの化合物半導体である。インジウムは亜鉛や鉛精製の過程で産出するホウ素族元素の一つで、銀白色の柔らかい金属だ。ガリウムと同じく半導体の材料として、広い用途がある。

もちろん、窒化インジウムガリウムでの結晶薄膜は誰も作ったことのない物質だ。帰国してから、中村はその研究に没頭していた。

「中村っ……」

開発課長の呼ぶ声がした。

イヤな予感がした。開発課長は例によって一枚の紙片を手にしていた。

「従来の一・五倍の明るさなら、製品化できるはずだ。すぐにＰＮホモ結合発光ダイオードを製品化するように——社命」

とあった。

中村が何を研究しているかなど、ほとんど関心を持たなかった英治社長から、メモ書きによる指示だ。どうやらＰＮホモ接合の話が業界で話題になっており、その噂を聞いての指示のようだった。それをすぐに製品化せよというのだ。

中村は無視を決め込んだ。ＰＮホモ接合の発光ダイオードも、たいした発明だ。しかし中村はまだ製品化は無理だと考えていた。第一光度が不足している。だから窒化インジウムガリウムの研究をしているのだ。

（説明しても無駄じゃ）

どうせ、理解などできないと思ったからだった。しかし、執拗だった。毎日のように上司の部長と課長が研究室にやってきては社長指示なるメモ書きを突きつけ、製品化を迫るのであった。

「金食い虫じゃないか。早く製品化して売り上げに貢献したらどうじゃ」

それが上司らの最後の決め文句だった。

「はい」

と以前の中村なら素直に指示に従ったに違いない。しかし、いまは違う。クビをかけての研究開発だ。それに会社の指示でやった仕事の結果は、ろくなものではなかった。中村は決めていた。もはや会社の指示には従わないことを……。そうするのが、もっとも会社のためになると思ったからだ。

中村には強靭な精神力がある。研究に没頭すれば、すごい集中力を発揮し、俗事など目に入らなくなる。しかし、それにしても、会社は執拗だ。いや話は逆で、異状なのは中村の方だ。

窒化インジウムガリウムの結晶薄膜を成長させるには、どうしてもMOCVD装置の改良が必要だった。難易度でいえば、P型半導体など比べようもないほど難しい。ここでも中村はバレーボールで培った生来の負けん気と根性を示した。

社長指示を無視するのだから、覚悟のほどが問われる。しかし、中村には動揺はなかった。すぐそこで聖女が微笑んでいる。それが励ましだった。とっくの昔に、クビの覚悟を決めていたのだから怖いものはない。

青い光――。

ついに中村は手に入れた。様々な成長プログラムを試し、実験に実験を重ねた。その成果が目の前で光っている。

PNホモ接合なら紫色にしか光らない。紫色は波長が短いので光は暗い。しかし、窒化インジウムガリウムなら結晶薄膜を発光層にすることができ、鮮やかで高輝度な青い光を発色する。この光を使えば、発光ダイオードはもちろんのこと、レーザやトランジスタ製造などにも応用できる。さらにいえば、この光はインジウムに加える量により、発光色を調整できる。従来の製品に比較し、原料の種類が少ないので、その分だけ製造工程を簡素化できるメリットもあった。

「本当によかった……」

何がよかったかといえば、社長命令を無視したことだ。おかげで窒化インジウムガリウム結晶薄膜の研究を続けられた。社長の指示に従ってPNホモ接合を製品化していれば開発はそこでストップだ。製品が市場に流れると同時に大手が研究に乗り出し、資金力で追い越されるのは目に見えている。自分のやりたいことを貫いたのが、ダブルヘテロ構造への成功を導いたのだった。

ついに技術は完成した。中村はさっそく測定してみる。輝度は一カンデラ。カンデラとは光度に関する国際単位系の単位で、ｃｄで表す。命名はラテン語に由来し、獣の油で作った蠟燭を意味する。測定値は、青紫色に光ったPNホモ接合の発光ダイオードに比較して約六十倍の光度だ。炭化珪素に比較すれば約百倍の明るさだ。

「これで十分……」

中村は満足げにうなずく。

あとは製品化だ。しかし、これが意外にも手間取った。会社も中村の実力を認めないわけにはいかなかった。

画期的な発明である。新聞発表することになった。しかし、会社は、

「こんなもの新聞発表して効果があるんかいな。だいたい売れるんかい、こんなもの」

と言い出す始末だ。

まあ、会社にしてみれば、勝手気ままをやった中村のことだ。本当に世界的な発明であるのかどうか、にわかには信じがたいものがあったに違いない。疑心暗鬼を募らせたのであろう。

新聞発表を前にしたどたばた喜劇に、中村は愕然とさせられるのであった。

新聞発表は大成功だった。反響は大変なもので日本国内にとどまらなかった。以後、中村特許と呼ばれる青い光に関する問い合わせは世界各地から寄せられ、四国・阿南の中村修二は一躍ときの人となったのである。

6

画期的な青色発光ダイオードの発明に続いて、中村修二は一九九五年に高輝度の緑色発光ダイオードの開発に成功した。またこの年の後半には白色発光ダイオードに続

き、世界で最初の窒化ガリウム系半導体レーザの発振に成功、九九年には紫色レーザの実用化にこぎ着けるなど快進撃を続けていた。

つまり日亜化学が発光ダイオードで独走を続けたのである。関連する特許を含めれば百二十八件にも及び、出願特許数は五百件を上回った。発光体メーカーに過ぎなかった日亜化学は、おかげで急速に業績を伸ばした。

それも当然のことで、一連の独創的ないわゆる「中村特許」により、発光ダイオードの世界で独占的な地位を築き、他社の追随を許さなかったからだ。

ちなみに、売り上げは倍々ゲームで伸び続け、青色発光ダイオードの粗利益は平成九年度で四十二億円、同十年七十七億円、同十一年百二十六億円、同十二年二百六十六億円に達したものと推計される。阿南の発光体メーカーは上場企業に匹敵するほどの業績を見せたのである。

誰が考えても、中村は大功労者だ。十分に報われてしかるべきだ。中村がそう思うようになるのは、のちのちのことだ。会社も中村の処遇を考えるようにもなった。おかげで部下もできた。おそまきながら課長のポストを与えられたのは青色発光ダイオードの新聞発表を行った直後のことだった。

しかし、中村の耳に奇妙な噂が聞こえてくる。会社にとっては大恩人の中村にすれば思いもよらぬことだった。

研究に没頭している姿は鬼のようだが、本来の中村は人好きのする、部下には面倒見のいい男だった。ホメ上手で、部下にはやりたいことをやらせた。失敗すれば、教訓として蓄積される。可能性を頭ごなしに否定するようなことはしなかった。自らの経験から、若い人の可能性をつぶしてはならないと思うからだった。そんな中村を慕う若い社員が大勢いた。集まってくるのは、直接の部下ばかりではなかった。そんな若手社員の一人だった。

「中村さん」と彼は言った。

彼は会社が中村を干すのではないかと言うのだった。バカな！　と、そのとき部下の言葉を一蹴してみせたものの、中村にも心当たりがあった。というのも、不愉快なことが続いていたからだった。同じような噂は、別の友人からも聞かされた。

「中村も用済みじゃわ。次は何を開発させるつもりかのう……」

青色発光ダイオードの製品化が決まったことを機会に、開発課は開発部に昇格し、中村は課長を拝命した。しかし、課長とは名ばかりで、実権を持つのは横滑りで入ってきた部長だった。さらに製品化発表のあと他社から中途入社してきた人間が青色発光ダイオード生産の現場責任者におさまった。名目だけの課長に与えられた仕事といえば、

「青色ＬＥＤはもういいから、青色半導体レーザの仕事をやってもらえんかな」

ということだった。

青い光——。

中村はやるべきことはやりつくした。しかし、会社は青い光から、中村を遠ざけようとしている。世事に無頓着な人間でも、これほど露骨な仕打ちをされれば、一生懸命やっても、報われないもんじゃのう——と思うようになるのも当然だ。

しかし、それでも中村は会社に忠実なサラリーマンだった。それにしても、あまりにも低い評価に、部下たちは怒り、

「中村さん、辞めて会社を興しませんか」

と言う。

その後、一世を風靡するベンチャービジネスの誘いがあった。どこまで本気であったか、それはわからない。励ましのつもりで、言っただけかもしれない。しかし、彼の意図が何であろうとも、会社に忠実なサラリーマンである中村には、そうする勇気がなかった。カネもなかった。あれほど会社に批判的であったのに、しかし、いざとなってみれば、情けないことにスレイブだった。

やはり考えるのは、妻や子供たちのことである。安定した今の生活を投げ出す勇気はなかった。スレイブである自らを解放するために立ち上がるには、まだもう少し中村には経験と時間が必要だった。

外部での評価は日増しに高まっていた。サラリーマン生活で少しだけ変わったのは、会社が論文発表や学会への出席を認めるようになったことだ。しかし、それは「黙認」であって、正式にいえば、どちらも禁止されていた。

青色発光ダイオードを発表して以来、講演依頼がドッと増えた。国際学会へは、平均すると二ヵ月に一度の割合で出席した。会社は青色から中村を遠ざけはしたが、論文発表も学会出席も認めてくれたのは嬉しかった。

学会に出たおかげで、中村の世界は大きく広がり、外国に大勢の友人を得た。いずれも優秀な研究者だ。スタンフォード大学教授のジム・ハリス博士、アメリカで本格的な窒化ガリウムの研究を始めたジャック・パンコフ博士。彼は高齢だが、元気で、彼から多くの刺激を受けた。元ゼロックスの社員で現在はアリゾナ大学教授のフェルナンド・ポンセ博士。ボストン大学教授のデッド・ムスタカス博士。のちにカリフォルニア大学サンタバーバラ校で、同僚となるスティーブ・デンバース博士とウメッシュ・ミシュラ博士などだった。

もうひとつは、彼らから研究者の社会での常識というやつを学んだことだ。情報交換や意見交換のほか、親交を深めるのが学会でもあったからだ。外国の連中から教わることは多かった。

「君はすごい発明をしたのだから、サラリーもすごいだろう?」

と聞かれた。中村は素直なたちだ。

「日本円で一千万弱かな」

答えた。

「そんなバカな！　アメリカなら絶対ミリオネアーだぜ、中村っ」

アメリカなら、それほど研究者を優遇するという。

彼らからすれば、まさしく奴隷だ。スレイブだ。それでいいのか、と親しくなった友人は言った。彼らが言うのも当然だ。世界的な発明発見をいくつも成し遂げ、会社に大きく貢献した男の地位は課長止まりで、年収が一千万円そこそこと聞けば、驚くのも当然であった。中村は彼らとのつきあいから、世間というものを知った。

しかし、中村は会社を辞める決心はつかずにいた。そんなことを考えるよりも、青色半導体レーザの開発を最後まで、やり遂げようと思っていたからだった。

中村はやはり研究者なのだ。俗事から離れて研究に没頭するのが一番だと思っている。それが会社だけ得する結果になるなどという風には、考えなかったし、考えが及ばなかった。怒りっぽく扱いにくいが、中村は会社にとって都合のいい男だったのである。

青色発光ダイオードを発表したあとも、中村は次々と発明発見をする。なかでも出色といえるのは、量子井戸構造と呼ばれる高輝度青色発光ダイオードだ。これは青色半導体レーザの研究をしているとき、偶然にも発見したものだ。量子井戸構造というのは、光を蓄えておく井戸のような薄い層を作り、そこで光エネルギーを増幅させる構造のことだ。まことに美しい青色を放つ文字通り高輝度のダイオードだ。しかし、技術的にはナノテクノロジーの世界なのである。そのとき、中村は社命を受け、レーザ部門にいた。

「実は……」

このパイオニア技術の新発見を説明にいくと、部外者が余計なことを言うなという雰囲気だ。もちろん、発光ダイオードは「中村特許」で生産しているのだが、それでも中村の報告を無視する会社幹部……。

この技術開発でも、会社は何のサポートもしてくれなかった。しかし、高輝度青色発光ダイオードの製品化に成功してからは中村を見る周囲の目が変わったことは確かだ。マスコミも中村の業績を取り上げ、社会が中村を評価するようになった。学会も中村の業績に注目する。

高輝度青色発光ダイオードを発表した翌九四年と九七年には応用物理学会論文賞Aを、九五年には桜井賞を、九六年には仁科記念賞を、それぞれ受賞した。仁科記念賞が企業研究者に贈られるのは、珍しいことで、一般には物理学の分野で優れた業績を上げた研究者や、研究機関に対して贈られるものだ。

九七年にはSIDスペシャル・レコグニション賞と大河内記念賞を、九八年にはジャック・A・モートン賞とブリティッシュ・ランク・プライズを、それぞれ受賞。海外で受けた二つの受賞式には、妻をともなって出席したものだった。夫の喜びは妻の喜びでもあった。

中村修二がマスコミの脚光を浴びるのは以後のことである。しかし、最初に動いたマスコミはアメリカだった。

九九年に「ニューヨーク・タイムズ」や「フォーチュン」が、中村の業績を大きく取り上げたことから、日本のマスコミも追随した。まあ、しかし、会社がマスコミを門前払いしたようだから責めるのは酷といえるかもしれない。

それがなかったため、アメリカで屈辱を味わった博士号も手にした。日本特有の論文ドクターというやつだ。推薦してくれたのは物理学に目を開かせてくれた恩人、徳大工学部の多田研究室の福井萬壽夫助教授だった。徳大工学部にも博士課程が新設され、福井助教授は教授となっていた。論文博士とは論文の質や数を審査し、大学教授会で評価されれば特別に博士号をくれる制度のことだ。

「転職しないか……」

と誘ってくれる友人もあった。

給与は日亜化学の二倍。その上にストックオプション付きの条件だ。まあ、中村がストックオプションの意味を正確に理解していたかどうかは疑問だが、市場価格に換算すれば、十数億円の価値を持つストックだ。

しかし、中村は心を動かさなかった。そのとき、青色半導体レーザの研究にのめり込んでいた。こうして中村は高輝度青色発光ダイオードの開発に成功し、ひとまず青い光の頂上に登り詰めたのだった。

社内でも心地よい環境ができていた。開発課も開発部に昇格した。開発部での地位は開発部主幹研究員。会社は部長級の職務と説明した。当然ながら部員の数も増えた。中村は若い研究者たちにはヒーローのように映っていた。以前のように兼業農家の社員は少なくなり、窒化ガリウムや最先端の光デバイスに関心を抱き、日亜化学に入ってくる学卒者や院卒者が増えていた。最先端の技術を学べるのだから、日亜化学は人気企業のひとつとなっていたのであった。

次第に自分でやることが少なくなる。部下をもてば、部下がすべてをやってくれるからだ。机に座り、何もせずに時間だけが流れていく。世間では、それが偉くなった人ということになる。

しかし、中村はそういう類の人間ではない。体を動かし、研究をするのが彼の人生なのだ。追いつめられた気分で思考を重ねるのが好きなのだ。

ある日、中村は現場に出てみた。現場はがらりと変わっていた。いつの間にか、高価な設備を投入し、自動化された設備で生産が行われていた。青色発光ダイオードでもうけた会社は大々的な設備投資を行ったのだ。中村はいつの間にか浮いていたのだ。

信雄会長が会社に姿を見せなくなったのはそのころからだった。病気がちで自宅で伏せる日が多くなったからだ。中村にとって信雄会長の存在が大きかった。やりたいことをやれたのは、信雄会長がいたからだ。問題は英治社長との関係だった。人間には出合いというものがある。二人の出合いは最悪だったのかも知れない。出合う時間と場所が違っていたなら、もっと良い関係を作れたかも知れない。英治社長とはあまり良好な関係ではなかった。面と向かって何も言わなかったのは、英治社長の性格もあるが、やはり出合いの問題ではないかと中村は思うのであった。

庇護者の信雄会長が病に臥せている。社内における中村の位置は微妙にならざるを得ない。

「中村さん、部長がおよびです」

女子社員に促され、部長の席に出向いてみると、部長は切り出した。

「窒化物半導体研究所というものを、作りたいと思っているんじゃ」

それが英治社長の意向であるのはすぐにわかった。しかし、疑問があった。

「そんなものを作って何をやるんです」

中村は聞いた。

「君に所長になってもらいたいんじゃ。そこで窒化物を使ったトランジスタを開発してもらいたいと思ってな……。中村君、どんなもんじゃろうか」

相談の形はとっているが、社命という言い方だった。中村は反発を覚えた。電子デバイスはすでに研究しつくされ、いまからでは遅いと感じていたからだ。何度も二番煎じの製品開発をやらされた。もう二番煎じにはうんざりしていた。しかし、日亜化学では研究テーマを決めるのは、英治社長だった。社長命令は絶対だ。所長を引き受けるにつき、中村は条件をつけた。

「窒化物以外のまったく新しい材料でのデバイスを開発するのなら……」

「結構や……」

上司は、意外にもあっさり条件を飲んだ。もちろん窒化物以外のデバイスを——と、いったのは本気だった。新しいものに挑戦するというのは中村の研究開発へのマインドであったからだ。会社は条件を飲んだのだから断る理由はない。中村は所長を引き受けた。

窒化物半導体研究所——。たいそうな名前を冠した研究所だ。本気でやるなら、いろんなことができそうに思った。しかし、それは中村を研究の中枢から遠ざけるための陰謀であることに気づくのは、その直後のことであった。発光ダイオードやレーザの研究も、すでに終わっている。何かにつけ社長に楯突く中村は厄介な存在だった。

「中村君、また一人ですべてをやらなければならなくなったね……」

廊下ですれ違ったとき、英治社長がつぶやくように言った。

中村はそこで初めて気がついた。研究所長とは名ばかりだ。一人の部下もなく、用意された机は、オープンスペースにぽつんと置かれていた。予算もなかった。世間でいう窓際族の扱いだ。他の社員たちは、忙しく立ち働いている。喧騒のなか、中村だけがぽつんと取り残されていた。誰がみても飼い殺しという印象だ。

中村は改めて思った。もう自分は日亜化学にとって用済みな人間であることを……。社長を面と向かって罵倒するような無礼をはたらいたことはない。中村は会社に従順な模範的な社員である。社長の命令を無視し、青色発光ダイオードを開発したのは、それが会社のためだと思ったからだ。二番煎じの、会社に迷惑をかけるような研究では、研究者としての良心が許さなかった。そう心がけたのは企業というのは利益を追求する組織であると思っていたからだった。そして画期的な成果を上げた。これで会社との関係が少しは良好になるものと思った。処遇も改善されるものと会社の良識を信じていた。

だが、会社の受け止め方は違っていた。ひどい仕打ちだった。片田舎の会社は噂好きである。ある同僚は耳打ちした。

「中村さん、そろそろここからも追い出されそうですね。次は何をやるんです」

そんな噂が立つほどに、会社との関係は険悪となっていたのだ。

これまでの苦労は何であったのか、中村は改めて思わないわけにはいかなかった。このまま日亜化学に残っても、先は知れている。高輝度発光ダイオードを開発し、主幹研究員を拝命したあたりから、少しは給与も改善された。

しかし、六十の定年退職まで勤めても、何ほどのことが期待できるか。定年時の給与も計算できる。自分はもう四十五だ。たとえ日亜化学でスピード昇進しても、先は知れている。いや、スピード昇進など期待を持つこと自体が、現実的ではないように思えるのだった。中村の処遇は、そんな程度のものだ。

中村は物事を前向きに考える。四十五歳という年齢。まだ若い。磨けばもっと光るはずだ。日がな一日を、机にしがみつき、新聞を読んだり、お茶をする、そんな日々を定年まで続けるのは地獄だ。何よりも、研究を奪われることの恐怖があった。

辞めたい——という思いがふつふつとわいてくる。そんな鬱々とした生活のなか、ある日、中村は学会に出た。帰り際、顔見知りの京大の教授が中村を誘った。

「カリフォルニア大学のロスアンゼルス校で優秀な先生を探しているんだが、中村さん、考えてはくれないかね」

京大教授は、その推薦を頼まれているとのことだった。探している人材は材料物理系だという。彼は熱心に薦めた。心動かされるものがあった。アメリカの大学には、少しは関心を持っていた。しかし、そのとき、中村は曖昧な返事をした。

翌日、中村のもとに見知らぬ人からメールが入った。書き出しにはこうあった。

「京大教授のM氏の紹介でメールを差し上げます。私はカリフォルニア大学のロスアンゼルス校のキンニン・トゥーです」

メールには、近く開かれる国際学会に出席のついでに、是非とも、会って話をしたいという意味のことが書かれていた。

中村の気分転換は、国際会議に出ることだった。あれほど恐れていた飛行機の旅も、いまは楽しみにすらなっている。アメリカの大学には興味があった。せっかくの機会である。国際学会に出席したあと、中村はロスアンゼルス校にキンニン・トゥー博士を訪ねた。大歓迎だった。博士は大学構内を案内したあと、こう切り出した。

「いい条件を出すから、ぜひ、ロスアンゼルス校に来てくれないか」

興味深い話だった。しかし、中村は即答を避けて、日本に帰った。

キンニン・トゥー博士は本気のようだった。その後メールを送ってきて、

「条件を出してくれ」

と熱心に誘うのだった。しかし、中村はまだ中途半端な気持ちでいた。外国の大学で教えることの不安、家族を連れて外国で生活することの不安。だいたい、教授に招聘《しょうへい》されても、大学で教鞭を取ったことのない中村にはどう教えればよいか、見当

もつかない。

「それなら、講義をしなくもいい」

給料の面でも、破格の条件を出した。

「これ以上何の問題があるんだ。条件があるなら、遠慮なく言ってほしい」

条件を出せば、何でも飲んでくれる、そういう態度だ。中村には断る理由がなくなってくる。熱心な薦めに迷った。

自分の良さは逆境のなかでもがんばり、危機感がエネルギーとなってブレークスルーすることだ。日亜化学は中村には逆境だった。その逆境が、これまでの製品開発につながった。逆説的だが、その意味で日亜化学には感謝している。しかし、今後、日亜化学にいても、たいしたことはできそうにない。中村は会社のヒーローであり、誰もが認める貢献者であったとしても、内実は中小企業のワンマン社長が支配する組織のスレイブであるからだ。

以後も中村は日米の間を往復した。飛行機のなかで考えた。真剣に迷った。

もう四十半ば。

時間は限られている。考えてみれば、多くの障害がある。英語が自由に操れないことの不安――。異文化での生活。しかし、これが最後のチャンスかもしれないとも思う。その話は妻や子供たちにもしていなかった。しかし、いくら職場の事情を家で話さなかったからといっても、そこは夫婦だ。彼女も薄々は感じとっていたようだ。

「実はアメリカの大学から誘われている」

と打ち明けたのは、長女と末の娘に対してだった。長女は二十一。次女が十九。末娘以外はすでに反抗期を過ぎて、親の手元を離れようとしているころだった。

「大賛成！」

二人とも、賛成してくれた。

徳大付属の幼稚園に勤務していた妻は三年ほど前から腰を痛め、仕事を続けることに不安を持っていた。腰痛は幼い子供を抱っこすることの多い幼稚園教師の職業病でもある。彼女はしばらく考え、夫とともに渡米することに賛成した。

家族全員が賛成した。まだ迷っていた中村は家族に背中を押されるようにして、アメリカへの移住を決断するのだった。ともかく環境を変えて、新しい研究のため出直したいと思った。しかし、転職先をどこにするか、中村はまだ決めかねていた。

というのも、中村を誘ったのは、ロスアンゼルス校だけではなかったからだ。実は、十指にあまる大学や民間企業、研究機関から誘いがあった。しかし、どういうわけか日本からの誘いは皆無だった。

アメリカの大学も企業も、優秀な人間を雇い入れることに必死だったのだ。彼らには、組織の将来を考える上で人材こそが財産と考えるからだ。最終的にはロスアンゼルス校を含めて、十大学五企業に絞られた。これが人生最後の選択になる、失敗は許されない。中村は現地の情報を集めた。

人生上の一大決断を下すのだ。慎重を期す必要がある。どうせ苦労するなら、なるべく給料も高く、研究環境も整っていて、窒化物の研究も継続できて、さらに治安も生活の環境もよく、研究者として優秀な同僚がいるところ――。

友人に聞いてみた。

「僕ならサンタバーバラ校だな。あそこは気候もいいし、優れた研究者もいる。住むならサンタバーバラだよ。優秀な教授連中が大勢いるしな」

サンタバーバラには大勢の有名人が住んでいて、成功したアメリカ人なら退職して住むのは、サンディエゴかサンタバーバラだという。家族のこともある。環境は大事だ。中村は心を動かされた。

しかし、サンタバーバラ校からのリクルートはなかった。幸いカリフォルニア大学サンタバーバラ校には、旧知の教授がいた。学会で知り合い、互いにファストネームで呼び合う仲だ。彼はサンタバーバラ校材料物性工学部の教授でスティーブ・デンバースといった。

「そういうことか……。そういうことならサンタバーバラ校に来ないか」

やはり中村は国際学会の帰途、サンタバーバラ校にスティーブ教授を訪ねた。大学構内の隅々まで案内したあと、スティーブ教授は中村に講演を依頼した。聴衆は学生ばかりではなかった。大学幹部や実力教授を前にした講演であった。これは大学に入るための通過儀式のようなもので、中村の人柄をチェックしようというわけだ。

カリフォルニア大学は州内各地に散らばる分校を持つ総合大学。大学本部のあるバークレー校や、ロスアンゼルス校、サンディエゴ校などが有名だ。サンタバーバラ校は比較的こぢんまりした分校だった。その分、少数精鋭の雰囲気がある。

中村は家族をともない、サンタバーバラを何度か訪ねてみた。自分たちが暮らすのに問題はないかどうかを下調べするためだ。妻も三人の娘も、サンタバーバラが気に入ったようだった。

熱心にロスアンゼルス校への招請を働きかけてくれたキンニン・トゥー博士には悪いと思ったが、窒化物の研究を継続することや家族のことを考えれば、やはりサンタバーバラ校だと思った。もちろん、米企業の何社かは考えられないような破格の条件を提示し、リクルートしてきていた。それも丁重に謝辞して、サンタバーバラ校への転職を最終的に決めたのは、九九年の晩秋のことだった。

「中村、ひとつ問題がある」

スティーブは言った。

転職に際して、トレードシークレットが問題になるといったのだ。中村は何のことか理解できなかった。同業他社に移籍するとき企業機密漏洩の罪に問われる可能性があると忠告したのだ。考えもしないことだ。しかしスティーブは続けていった。

「まあ、大学へ転職するのだから、直接利益を生み出す製品を作るわけじゃない。訴えられる可能性は少ないと思う」

そうは言われたが、どこからどこまでを企業機密にするかは曖昧だ。まして社員を会社の付属物のように扱うのが日本の企業社会である。社員の成果を、すべて会社のものと考える企業風土からすれば、企業機密の考え方を拡大解釈し、投網《とあみ》をかけてくる可能性は否定できなかった。つまり転職のルールが確立されていないのが日本だ。

「大学なら問題はないだろう……」

そう考えた。

第二の人生の出発にあたって余計な荷物を背負いたくなかった。好条件を出した企業への転職をあえて謝絶し、サンタバーバラ校への転職を、最終的に決めたのは、こうした事情があったからだ。

辞めることは決めた。あとは身綺麗に辞めるだけだ。中村は身辺の整理を始めた。若い社員や女子社員は、そんな中村を不安げに見守っていた。机の上は見違えるほど、綺麗になった。直属の上司である開発部長に辞表を出したのは十二月二十七日だった。開発部長は困ったという顔で言った。

「社長と相談しますから……」

その後、会社は退職の条件を示した。条件は一通の書状に示されていた。書状には大仰に「誓約書」とあった。

書面を示す部長の手がかすかに震えているように見えた。そこには、退社以後三年間は窒化物の研究を放棄すること。右条件を誓約するなら会社は、退職金として六千万円支払うこと——そんな内容の条件提示だった。考える余地などない条件だ。

「お断りします」

中村は明瞭に断った。会社を辞めるのは窒化物の研究を継続するためだ。窒化物の研究は中村には命も同じだった。三年間も研究を中断すれば、研究者としては廃業だ。そんな条件をのめるはずもなかった。

家族とともに、サンタバーバラに移り住むのは翌年の一月のことだった。

奴隷解放——。

中村は、そんな言葉を思い出した。アメリカは自由の天地だ。能力とやる気があれば名誉も社会的地位も、富もふんだんにつかめる大地だ。奴隷的生活から解放され、中村は羽ばたいた、そう実感した。日亜化学の時代と異なり、研究テーマも自由に選べる。何もかも新鮮に映った。

もちろん窒化ガリウムだ。

事前にプレゼンテーションを受け、わかっていたはずだが、驚きの連続だ。研究したいテーマはいくつもあったが、あえて窒化ガリウムを研究テーマにしたのは、カネを集める必要があったからだ。

大学との契約で二億四千万円ほどのシードマネーを受け取った。研究準備資金だ。そのほか月給年十六万ドル。サマーサラリーを含めて二十一万ドルの年俸。研究に必要とする人間を雇い、実験設備をそろえて研究室を立ち上げるには、最低でも年間一億円は必要だ。大学は契約金以外は、どんな事情があろうとも、一銭も出さない仕組みだ。

不足する資金はすべて教授の責任と才覚で、用意するのがルールだ。大学教授はマネージメントの才能も必要というわけだ。

通常、必要資金はスポンサーとなる企業からの支援でまかなう。スポンサーを募るには研究テーマが大切だ。企業や政府の研究機関などが関心を持つような論文を書き、研究成果を発表したり、企画書を書き、政府の研究機関や企業を説得し、資金調達にあたるわけだ。大学教授とは、いわば中小企業のオヤジのようなもので、学生に教えるだけでは評価されないのである。

資金を集めることができる教授のもとには優秀な学生が殺到する。教授は優秀な博士課程の院生を雇い入れ、研究を手伝わせ、業績を上げる。なかには数億ドルの資金を集める凄腕の教授もいる。無能者は大学を去らねばならず、大学は象牙の塔ではなく、文字通りの競争を演じる社会なのだ。

世界最初の高輝度青色発光ダイオードを開発した中村のもとには、多数の企業から寄付の申し入れがあった。ただ企業からの資金提供は寄付だけに限った。共同研究の形で資金提供を受けると、会議などに出席する義務ができてきて、それが厄介に思えたからだ。それでもおもしろいように寄付は集まった。やはり中村の業績が高く評価されてのことであった。中村は意外にもビジネスの才能を示したのだった。

自宅はサンタバーバラのホープランチに購入した。自宅探しで骨を折ってくれたのは旧友のスティーブだった。一億円を超えた。しかし、永住の覚悟を決めての渡米だ。購入を決断したのは、裕子も子供たちもすっかり気に入ったからだ。中村も気に入った。もう永住の覚悟を決めたのだから、研究を除けば家族との団欒が一番だ。

ホープランチは牧場を高級住宅地として再開発したエリアだ。大学に近い。市街地へのアクセスも便利だ。大好きな海岸も近い。何よりも自然が豊かだった。大久《おおく》の浜辺で少年期を過ごした中村は、海や山など自然のなかにいると心が落ち着くのだ。散歩するにも行楽に出かけるにも、サンタバーバラはまことに快適な街だ。裕子の趣味は花作りだ。広いガーデン。それがすっかり気に入った。こうして大学に通う日々が始まる。

驚かされたのは、勉強にかける学生たちの姿勢だった。日本の学生など比べようもない勉強のしかただった。好きなことに、全力を上げて取り組む学生の姿は心地よくもあった。それに比べて日本の学生は……。あまりにも対照的な日米の学生。その違いは教育制度にあるように思えた。意味のない詰め込み教育を強いる日本。好きなことに全力で取り組むことを許すアメリカ。教育とは、その人間の潜在的な能力や才能を引き出し、開花させるのが目的であるはずなのに、日本は逆のことをやっているように思える。

中村自身も犠牲者だと思っている。そう思うのは、アメリカに永住を決め、日本が客観的に見えてきたからだ。日本の現状に思いを致すとき強い怒りすら覚える。その怒りは好きでもない暗記科目を強いられた高校生の時代にまでさかのぼる。サラリーマンとして過ごした日亜時代の生活と重ね合わせたとき、奴隷を再生産する仕組みが、実は教育制度にあるのではないかと思うのだった。

このままで日本はいいのか——と。アメリカに移住してからマスコミに登場し、積極的に社会的発言をするようになったのは、そんな憂国の思いからだった。売名と人はいうかもしれぬ。しかし、中村は本気で日本の将来を憂慮しているのだった。

教育制度を改めなければならぬ——と。

アメリカでの生活は順調といえた。少し心配ごとがあるとすれば、来年から始まる大学での講義のことだ。まあ、それも何とかできそうだ。大学での生活を続けるうちに、自信を持てるようになった。

窒化ガリウムの研究も続けるつもりだ。しかし、それだけなく再びブレイクスルーできる新たな研究もやってみたいと思うようになっていた。アメリカの大地は夢を大きく膨らませてくれる。そんな実感を味わっている矢先のことだった。中村の手元に一通の書状が届いたのだ。訝りながら封書を開けた。

封書には告訴状が入っていた。

原告は日亜化学――とある。企業機密漏洩が告訴の理由と書いてあった。米クリー社のコンサルタントを引き受けているのが企業機密漏洩にあたるというのである。

「バカな！」

中村は思わず叫んだ。俗事に疎い中村だったが、米クリー社と日亜が係争中であるのは知っていた。中村がクリー社のコンサルタントを引き受けているのも事実だ。仮にも日亜を世界的な企業にしたのは自分ではないか。その恩人を訴えてきたのだ。辞めても隷属を強いるのか、怒りは頂点に達していた。

第六章　東京地裁民事第46部法廷

1

そこで中村修二の長い話は終わった。

いつの間にか雨も上がり、雨に打たれた街路樹が外灯に照らされ、きらきらと輝いている。遠望できる羽田沖から絶え間なく旅客機が離発着する姿が見られた。

升永英俊は中村の話に心打たれた。感動の物語だった。日本にも、このような人間がいたことを、喜びたいと思った。

「中村先生、是非ともやりましょうよ。奴隷解放を……」

升永は力強く静かに言った。

それにしても、物理学の各賞を総なめにした、もっともノーベル賞に近い日本人を、こともあろうに、企業機密漏洩の嫌疑で訴えるとは、升永は驚きを通り越し、怒りすら覚えた。しかも話をよくよく聞いてみれば、中村はまぎれもなく日亜化学の大恩人だ。日亜化学の今日があるのは「中村特許」のおかげではないか――。会社を辞めても、自らへの隷属を要求できるとでも、思っているのであろうか。いや、中村を訴えた日亜化学にはその意識すらないのかもしれぬ。

奴隷解放と言ったのは、そうした企業風土に対する挑戦の意味からだった。そして升永は思うのだった。これは日本を大変革するような大変な裁判になる——と。そう思うには根拠があった。

時代は変わったのだ。もはや企業は終身雇用の制度を打ち捨て、企業の都合でどんどんリストラする時代だ。企業経営者は成果主義賃金を言い出している。一律平等は逆に不平等だと労働組合も賛成の側に回った。会社に貢献した社員を手厚く遇し、結果の出せなかった社員には我慢を強いるのが成果主義賃金だ。成果主義賃金を導入したことを契機に年功序列の賃金制度は打ち切られた。

いってみれば、労働市場に市場原理主義が持ち込まれたのだ。それはそれで、ひとつの考え方といえるだろう。この場合好き嫌いは別だ。時代の流れなのだ。ともかく、これまでの日本型といわれた労使協調慣行、松下幸之助的な家族的経営を根底から覆す大事件といえた。大事件なのに、不思議なことにそこでは何の抵抗も起こらなかった。それも、そうだ。労働組合は成果主義の先鋒なのだから。時代が変わったと升永が思うのはそのことだった。

しかし、変わらないものがある。企業と社員との醜悪な隷属の関係だ。経営側は都合のいいことだけを、先取りして、隷属する社員に押しつける。もう終身雇用はやめたというのなら、転職の機会も自由化しなければならない。だが、中村のケースでいえば、会社を辞めてからも、隷属を強い、研究の自由すらも縛ろうとする企業側。

それだけではない。

成果主義をいいながら、それでいて社員の成果を平然と横取りする企業側。発明発見はすべて会社のものなのだ。リストラを自由化し、成果主義をいうのなら、互いの関係が平等でなければならぬ。その前提がなければ本来許されないのが、この企業論理だ。果たして企業と個人は対等なのか。

現実には個人が甚だしく不利な立場にある。中村はノーベル賞級という特大の発明をし、売り上げを倍々ゲームで伸ばすほどの貢献をしながらも、その実、成果の配当を一銭も受け取っていない。そればかりか、転職したのちも縛ろうとする。これほど不平等な関係はあるまい。奴隷と支配者の関係だ。

日亜化学が中村を訴えたのは、問題を会社存続の死活に関わると判断した上でのことであるのは容易に推量できる。経営者としては当然の防御といえるかもしれない。しかし日亜化学は中村を訴える以前にやるべきことがあったはずだ。それを模索した形跡を、升永は認めることができなかった。

現代社会は奴隷制ではない。社員の側からも主張すべきは主張できるのが民主主義社会というものだ。一方、奴隷がより奴隷的であることによって成り立つのが現代の奴隷制制度だ。社員が従順で、その奴隷の奴隷根性に乗っかる怠慢な経営者が現代にはいるのだ。

鞭もない、鎖もない、投獄の懲罰もないのに、現代の奴隷制度が維持できるのは、経営者が狡知であるというよりも、サラリーマンの精神が奴隷根性に冒されているからだ。奴隷根性に冒されたのでは、主張すべきを、主張できないのも当然だ。サイレントなサラリーマンたち。せいぜい飲み屋で上司の悪口を言い、憂さ晴らしする程度が精いっぱいの抵抗だ。

足下がすでに脅かされているのに、それでもなお会社にしがみつけば、なんとかなると会社にしがみつこうとする。時代は変わり、労働市場は激変し、経営者は冷酷になっているのに、古き良き時代の幻想を追い求めるマジョリティたち。そこには奴隷の側の問題がある。

その奴隷根性が官僚支配を許し、政治の腐敗を許すのだ。混迷を深める日本の現実を升永は、そのように見ていた。升永の弁護士としてのマインドは、現在の社会の仕組み、または現在の判例が妥当かどうかを、改めて問い直し、おかしいと思えば、日本の中でたった一人であっても、その変革のために闘わねばならない——ということにある。

中村はマスコミに露出し、過激な仲間の発言を繰り返している。それは彼がサラリーマンとして味わった屈辱の体験を通じて、サラリーマン研究者たちよ奴隷根性を捨てて立ち上がれ——と、メッセージを送っているのだった。

中村は自らを「スレイブ・ナカムラ」と自虐する。その対極に自らのもう一つの体験をアメリカン・ドリームという形で提示してみせる。実は、世界は広く開かれているのだから——と。教育制度を容赦なく攻撃し、日本型経営システムに憎悪の言葉を浴びせ、自分の頭脳と腕一本に頼れ——と挑発する。

あえて下駄履きでエベレストに登れとも言う。サラリーマン諸兄よ、幻想を捨て、職場を放棄せよ、野心を抱き、世界に羽ばたけ——と、革命家のような激しいアジを飛ばす。一連の発言はスレイブ・サラリーマン解放のマニフェストと受け取れるのだった。

中村は言った。

「こんな状態が続けば、優秀な頭脳がどんどん海外に流れ、日本は活力を失うことになってしまう。それも当然です。私が会社から得たのはたったの二万円の報奨金——。日本の技術者は高度経済成長の立役者なのに、冷遇されてきた。どんどん転職して企業に存在意義をアピールしたほうがいい。私はこの裁判に大勝することで、日本の企業と社員の関係を一変させたいのです」

つまり中村は自分の闘いを、世直しと位置づけているのだ。日本はいま、大転換を迫られている。明治維新や、あの敗戦のときと同じように……。改革が迫られているのは、財政再建や不良債権処理、行政機構といった問題だけでなく、まず人びとの生き方を「構造改革」する必要がある――と。

中村は熱く語った。

中村の怒りに共感できるのは、そのことだと升永は思う。中村は奴隷であることをやめ、昂然と叛旗を翻そうとしている。升永はその姿勢に共感を覚えたのだった。

たぶん――。

中村の闘いは奴隷根性に冒された三千万サラリーマンが立ち上がる狼煙《のろし》になる。あちらこちらの企業から火の手が上がるのが、見えてくるようだ。日本を大変革する闘いの狼煙だ。火の手は日本全土を燃やしつくすに違いない。升永は中村の闘いの意味を、そのように理解した。

企業に隷属するサラリーマン。それは研究職の場合も同じことだ。社命を受け、社命通りに仕事をこなし、上司や同僚たちとうまく調子を合わせ、成果についての主張など絶対にしないことだ。さすれば、上司や経営者の覚えもめでたく、出世コースに乗れるというわけだ。企業社会で和とか協調とかが強調されるゆえんなのだ。

しかし、それは幻想に過ぎないと中村は言う。

話を聞きながら、升永は自分とどこか似ていると思った。銀行を辞めたのには理由があった。当時の頭取は長年頭取を務めていた。そんな銀行の人事システムでは、取締役の椅子にも限りがある。同期で一人か二人がせいぜいだ。大過なく一生を勤め上げて家を建て、過半の同期はよくても本店部長で終わる。重役の椅子など、夢のまた夢なのだ。所詮、サラリーマンの一生は、そんなものだ。しかし、銀行を辞めたのは、この銀行がイヤになったからではない。正確にいえば、サラリーマンに向かないと思ったからだ。サラリーマンは窮屈だ。学生のころから自由が一番だという気持ちがあるからだ。頭脳で勝負し腕一本で生きる夢だ。その夢を実現するため弁護士を選んだ。

中村は四十半ばで会社を辞め、自らの頭脳と腕を頼りに、新しい研究の天地を開くため、アメリカに渡った。升永が同じく新天地を求めアメリカに渡ったのは二十代の後半だった。弁護士と科学者との違いはあるが、中村の生き方には、共感できる。

弁護士というのは、好悪の感情を抜きに淡々と実務的に弁護を引き受けることもあれば、依頼人と意気投合し、自ら進んで引き受けるときもある。そのいずれかと聞かれれば、升永は今度の場合は、間違いなく後者だと答えられる。すでに升永は損得を抜きに代理人を引き受けるつもりになっていた。升永はひさしぶりに感情の高まりを覚えた。

二人はがっちりと両手を握り合った。

もう升永の頭のなかには、裁判の戦略方針ができあがっている。

翌日、中村は家族が待つカリフォルニアに旅立った。機体は太平洋上に出た。遠のく祖国の大地を振り返った。淡い緑が揺らいでいた。まもなく春だ。熱い思いが込み上げてくる。機中で思った。自分は、この祖国を限りなく愛している——と。

2

中村修二の代理人として升永英俊が東京地裁民事部に訴状を提出するのは平成十三年八月二十三日のことだった。

主張は明瞭である。窒化物系半導体用ツーフローMOCVD（四〇四特許）は、日亜化学に譲渡していないので、四〇四特許は中村自身に帰属し、因って中村修二は一部請求として当該利権の千分の一の持ち分から中村への権利移転手続きをするよう求める。それが中村の主位的主張だ。

その理由を、同特許の発明は、日亜社長の業務命令に反してなされたものであるから職務発明とはいえず、従って四〇四特許は中村に帰属する——と主張した。升永は考えられるあらゆる法知識を総動員して精緻な訴状を書き上げた。

さらに訴状では、第一と第二の予備的主張を開陳する。仮に譲渡が成立していないとしても、第一次予備的請求として、日亜化学は原告に対し特許法三十五条三項にもとづき共有持分権を移転登記すべきこと、日亜化学は原告に対し、四〇四特許から得た利益のなかから一億円を支払うべきこと。

仮に、主位的主張が認められないとしても日亜化学は原告に対し、四〇四特許の相当対価の一部として二十億円を、特許法三十五条三項にもとづき支払うべきこと。そして特許有効期間中の経済的価値の相当対価を本件訴訟の対象外として、後に別途に請求する予定であることを、主張した。

要するに、中村教授は、日亜化学に対し、青色発光ダイオードの製造において極めて重要な製造装置開発に関する特許に関し、いずれの請求も権利の一部についての請求であることを前提にしながら、第一に、開発者である中村に特許権が帰属することを主張するとともに、利得として一億円の支払いを求めたのだ。第二に、仮に特許権が開発当時の使用者である日亜化学に帰属することが認められるとしても、「相当の対価」（特許法三十五条三項）が支払われなければならない、としてその一部二十億円の支払を求めたわけだ。

訴状は東京地裁民事部に受理され、担当判事も決まった。裁判所からの連絡によれば、司法研修所十五期の三村量一判事という。最高裁で調査官を歴任したエリート裁判官だ。今は東京地裁の裁判長を務めている。最高裁調査官とは、最高裁判事を補佐し、最高裁判決にあたり、判決原案を起草する役割を果たす。

最高裁判事は、いずれも七十を超えるか七十に近い高齢者だ。そこで最高裁判事を補佐する形で、判決文起草を実質任されている裁判官のなかでも最高裁調査官はエリート中のエリートなのだ。三村判事は、民事や労働問題などを手がけ、とくに特許問題にも詳しく、ドイツ法の研究など、いくつもの論文も発表している。

被告の日亜化学から、答弁書が届いたのはそれから一カ月半後の十月二日のことであった。沈黙は訴えをすべて認めたと同然というのが、法曹界のルールだ。答弁書というのは訴状に対する反論だ。

升永は答弁書を読んでみる。日亜側の代理人を務めるのは品川澄雄弁護士だ。長老的な弁護士で、弁護士仲間からは特許法に精通した弁護士として尊敬を受けている人物だ。なるほど、弁護士の選任からして、日亜化学の覚悟のほどが見えてくるというものだ。応戦にあたるのは品川弁護士。ジャッジは三村判事。申し分のない人選だ。役者も舞台も整った。

升永は改めて答弁書を読んでみた。

原告の請求趣旨をすべて否認していた。請求原因もすべて否認。要するに、全面的に争うということのようだ。当然といえば当然のことだ。しかし答弁書というのは実に素っ気ないもので、まだ反論の全容を、すなわち防御の手の内を明らかにしているわけではない。それにしても、事実関係について、答弁書は否認を保留しているのはどういうわけか、原告側が請求根拠とした特許法三十五条三項の適用に、異なる見解を示しただけだった。

　第一回口頭弁論が開かれたのは、同年十月二十三日のことだ。世界的な研究者として高い評価を受ける中村が元いた会社を訴える裁判は、大きな反響を呼んだ。裁判には、直接の関係者だけでなく、ＮＨＫなどテレビ各社、全国紙三紙、法曹専門誌、半導体関係の専門誌、さらにはフリーのジャーナリストなど、大勢のマスコミ関係者が詰めかけていた。世紀の裁判だ。公判廷は満席だった。中村は第一回口頭弁論に先立ち、その前日、長文の上申書を裁判所に提出した。

　平成十三年十月二十三日午後一時三十分きっかり、正面に三村裁判長が左右に陪席判事をともない法廷に現れた。裁判長からみて右手に原告代理人の升永弁護士、中村修二、升永の同僚弁護士の上山《かみやま》浩、同荒井裕樹《ゆうき》が並ぶ。その正面に被告代理人の品川澄雄、内田敏彦、宮原正志《まさし》、吉利靖雄《よしとし》の各弁護士が控える。

　三村裁判長の訴訟指揮が注目された。三村裁判官は柔和な印象で、少しも偉ぶったところがなかった。公判の指揮も、公正でかつ俊敏であった。訴状が確認されたあと、三村裁判長は中村を促した。

法廷に立った中村は長文の上申書を読み上げた。それは彼自身の生い立ちから始まり、生き方や自らの信条を発露し、自分のものだと主張するツーフローMOCVD装置の開発に至る経過を詳しく論じる内容だった。

続いて被告側弁護人が立ち、答弁書を読み上げた。しかし、十月二日付けで送致されてきたものと、ほぼ同じ内容だった。被告は原告の請求をすべて破棄することを要求しながらも、請求原因たるべき具体的事実の記載が不明確かつ不十分であり、求釈明をしようにも際限がなく、本訴の請求事実関係が原告により明確に補充、補正されるまで、原告主張に対する認否を保留するとして、具体的な反論はなされなかった。

三村裁判長は言った。

「被告は中村教授の主張が不明確であるという理由で、ほとんど事実の認否を保留しているが、わかる範囲で認否してほしい。たとえば社長が開発中止の業務命令を出したかどうかは認否が可能なはずです」

三村裁判長は続けて被告に訊く。

「次に原告の主位的主張、つまり特許権の権利移転登録手続きの請求については、中村教授は、最近出された最高裁判例にもとづき主張していると考えられる。また、たとえば不動産の場合でも被告名義の登録につき真正な所有者である原告名義への移転を求めることができるから、原告主張は失当なものではない。最高裁判例の射程で争う方法もあろうけど、被告は譲渡証や就業規則を証拠として提出するなどし、冒認出願ではないと主張できるのではないか」

主位的主張、予備的主張、真正、冒認、失当――など専門用語が頻繁に出てきて、法律家同士のやり取りは一般市民には難解だ。互いの利害関係があって、その利害関係が自他の生存にかかるような問題を争うのだから、法廷の発言は互いに慎重かつ厳密にならざるを得ず、法律的術語を多用し、独特のレトリックが氾濫するのは、そうした事情があるからだ。裁判長の立場ならなおさらだ。

被告代理人は答えた。

「中村教授は特許権の持分について一部請求をしているようだが、私どもは、この点も不思議な主張だと感じられる」

裁判長は再び被告を質す。それは聞く側の立場にもよろうが、質すというよりも、裁判長の言葉は、被告弁護人をたしなめるという印象の発言に聞こえた。

「土地所有権移転請求でも、相続などの関係で持分の移転が認められることがある。また印紙代との関係で、このような一部請求も考えられないことではない。この考え方には議論はあろうが、本件でこれを議論するのは適切ではないと思う。本件では会社の貢献度を考慮した相当対価の額が争点になると思われますから、早く本格的な争点の議論に入りたいと考える」

「被告としても同じ考えです」

　再び三村裁判長は日亜化学代理人に質問を重ねる。

「原告の第一予備的請求は、特許権の持分を代物弁済の目的物としているものと解されるが、これが代物弁済の目的物の特定の仕方として可能か否かは議論の余地があるかもしれない。金銭以外ダメというのならば、日亜側から他の比較例や判例を上げて、その旨主張してほしい」

　さらに三村裁判長は踏み込んだ質問をしている。

「それから中村教授は、オリンパス事件の高裁判決例を前提として主張していると思われるが、日亜はそれでも二万円を支払えば事足りると主張するということか、二万円の主張を認められなければ二十億円が認められてもよいということか。予備的主張として会社の貢献度を主張、立証することも考えられると思う。どこをメインに争うかについて、包括的な主張をしてほしい。また中村教授から詳細な陳述書が出ているので、事実関係につき反論があればしてほしい」

　オリンパス事件というのは、オリンパス社員が会社を相手取り、自分が発明した技術に対し、会社が支払った対価がいかにも、不十分であるとして訴えた裁判だ。東京高裁はほぼ社員の言い分を認めた判決を下したことを指す。異例の訴訟指揮といえた。

　今度は原告に聞いた。

「中村教授は陳述書で詳細に事実関係を述べている。しかし、訴状には簡単にしか書かれていない。また陳述書は中村教授の著書を基にされているようだが、著書は訴えを提起する以前に書かれたものであり、信憑性が高いというのであれば、証拠として提出してもよいと思うので検討されてはいかがか……」

升永は立ち上がった。

「わかりました。私どもは主張を小出しにするつもりはありません。次回はすべての主張を出すつもりでいます。裁判所で権利の存否につき判断していただきたい。権利関係の審理は四カ月で十分。相当対価についても五カ月ほどあればよく、全体で一年以内で終わらせることができると考えている」

と答えた。

「裁判所も同じ考えだ。早く審理を進めたいと思う。裁判は二十億円に対する日亜の貢献度の争いが中心になると思う。たとえば、日亜が中村教授の上司や現場の担当者などの陳述で立証するなら、証人尋問も必要となろう……。次回は法廷でやることにするが、次次回を弁論準備手続きとするか否かは様子を見て決めたい」

升永は裁判長に発言を求めた。

「本件は国民が注視している事件であり、裁判を受ける権利にも関わるから、次次回以降も公開法廷で審理するようにお願いする」

と申し出た。

三村裁判長は原告代理人の申し入れを諒《りょう》とし、次回公判の日時を確認し、第一回口頭弁論が終わったのは、四時過ぎのことであった。これで争いの方向は決まった。第一に特許権の帰属の問題、第二に相当対価と会社の貢献度だ。審理が終わると、記者たちは記事にするため駆けだした。

初めて明らかになった事件の全容。請求は二十億円という。それも一部請求に過ぎないという。衝撃が走った。何よりも大きな衝撃だったのは、社員が発明発見した特許はすべて会社のもの——とされてきた、これまでの「常識」を覆し、特許は自分のものだと明確に主張したことだった。

夕刻、テレビ各社は、この元社員の反乱のニュースを大きく伝えた。翌朝、朝毎読の各紙もまた、世界的に著名な研究者であるカリフォルニア大サンタバーバラ校教授中村修二博士が、自ら発明した高輝度青色発光ダイオードの特許につき、かつて勤務した日亜化学を相手に権利確認と相当対価二十億円の支払いを求め訴えたと報じた。「朝日新聞」は珍しく一面トップの扱いだった。「毎日新聞」は大要以下のように伝えた。


——

青色発光ダイオード（ＬＥＤ）の開発者として世界的に知られる米国カリフォルニ

ア大サンタバーバラ校の中村修二教授（四七）は二十三日、研究成果への正当な報酬を受け取っていないとして、開発当時に勤務していた日亜化学工業（徳島県阿南市）を相手取り特許権の帰属確認と正当な報酬の一部として約二十億円の支払いを求める訴訟を東京地裁に起こした。特許は一般的に企業の財産とされてきたが、発明者本人に正当な報酬が支払われていないと研究者の不満も出ており、「明確なルールづくり」を巡って争われることになりそうだ。

中村教授は日亜勤務時、高輝度の青色ＬＥＤの開発に世界で初めて成功したほか、約百件の関連特許を取得。その結果、日亜は九三年に青色ＬＥＤの量産化に成功した。中村教授は青色ＬＥＤの基本的な製法にかかわる特許（ツーフローＭＯＣＶＤ）が商品化に不可欠だったと主張している。

担当弁護士によると、中村教授は同社から開発で数万円を受け取っているが、「十分な報酬とはいえない」と主張している。

特許法では、原則として企業の資金や施設を使った場合でも発明の権利は発明者個人に帰属するとされているが、日亜は中村教授の開発を自社の特許として他社に一切ライセンス供与せず、権利を独占。売り上げを伸ばしたと主張している。

―――

第二回口頭弁論が開かれたのは、暮れも押し迫った十二月四日のことだった。前回と同様にマスコミ各社の写真撮影、テレビ撮影が終わったあと、審理が始まった。

関係者が注目したのは、原告側の第一および第二準備書面に被告側がどう反論するかであった。しかし、被告側が法廷に提出したのは、中村教授が日亜に同特許を譲渡したという証拠となる「譲渡証書」だった。

「ちょっと待ってください」

升永は裁判長に発言を求めた。すなわち被告側が提出した「譲渡証書」を、証拠として採用することに疑義を挟んだのだ。被告側としては「譲渡証書」を動かぬ証拠として法廷に出すことで、会社と中村との間には譲渡契約が成立していると主張する意向のようだ。譲渡契約が存在するのだから、所有権確認は却下されるべきだとする主張を補強する材料というわけだ。その証拠自体に疑義を挟む、升永は示された書類を手にしてみる。

奇妙だと思った。

確かに譲渡証書は、会社が作った一定の様式のものだ。譲受人の記載欄は、あらかじめ印刷されたもので、日亜化学代表者小川英治とあるだけで押捺《おうなつ》もない。

しかも譲渡証には譲渡対象である特許を受ける権利については何も記載がなく、年月日の日付も記載されておらず、譲渡対価も記載されていなかった。また、譲渡者である「中村修二」の名も鉛筆書きされているだけで印鑑は押されていなかった。

（これが譲渡証書といえるのか）――と、疑問を抱いたのだった。

被告側が提出した「譲渡証」を、確認したあと、三村裁判長は、中村教授から日亜化学に四〇四特許につき、特許権譲渡が認められるか否かの点を先に審理し、そのため次回公判では中村教授の本人質問と、日亜の担当者の証人尋問を行うことを決定した。

翌年一月半ば。

被告側の一月十六日付け被告準備書面が升永英俊弁護士のもとに送致されてきた。A４横書き五ページの準備書面だった。

四つの論点からなる。

第一に日亜化学には、昭和五十六年の取締役会において制定された名称を「業務改善提案制度」と呼ばれる「社規十七号」が存在すること。第二に、社規十七号が存在する以前から従業員の発明につき、特許を受ける権利は発明完成と同時に会社に移転するとの「暗黙の了解（法律的には停止条件つき譲渡契約と呼ぶ）」が従業員と会社との間で成立しており、かかる諒解のもとに従業員の職務発明については出願人名義を被告会社として特許出願してきた経緯のあること。

第三に、署名捺印の問題に関連させ、たとえ署名捺印がなくとも、「暗黙の停止条件つき譲渡契約」が存在するのだから、個別の譲渡行為がなくとも、被告会社は四〇四特許につき発明完成と同時に継承するのだから、譲渡証書は必要ないこと。

第四に、中村教授の譲渡証書の署名は鉛筆書きとはいえ、被告が用意した「明細書作成用紙」も自筆で記述し、特許室に持参しているのみならず、特許登録時に社規により報奨金を受領し、本件訴訟するまで十年以上も異議申し立てをしていない——事実関係からみるならば、権利を被告側に譲渡する意志がなかったとする中村教授の主張は、意志解釈を無視した暴言——と断じている。

升永には予想された反論であった。

被告主張の骨幹は「暗黙の合意」におかれている。会社と従業員との間には、従業員が雇われた段階で、従業員の発明発見についても、会社に帰属するという見解だ。職務発明であろうが、中村のように業務命令を無視して開発にあたった発明発見であろうとも、彼が会社に籍を置く限り、彼の発明発見はすべて会社に帰属するという論理だ。もっといえば一兆円規模の市場価値を持つ中村特許であっても、彼が日亜化学の社員であったという理由だけで、社規が定める「表彰および報奨金」でこと足りるというわけだ。

ついでながら、表彰とは、会社が永年勤続者などに与える「感謝状」の類の、物品としては無価値な紙切れだ。報奨というのは、ほめる意味を表すため、お上が民に与える金品のことだ。そのコンテキストからいえば「表彰および報奨金」を与えるのは、経営側が従業員をほめおく恣意的な行為なのだ。

恣意的な行為であるのだから、ほめおくに際する金品の多寡もまた、恣意的に差配されるというわけだ。なるほど、中村が四〇四特許を出願するにあたり受け取った二万円という金額を、そう理解するなら、妥当といえる。その意味からしても「表彰および報奨金」というのは、従業員と会社との間で交わされる権利譲渡の対価を、すなわち等価交換を含意しないと解されるべきだ。

四〇四特許が職務発明といえるかどうかを含め、被告準備書面を読む限り、いくらでも争う余地はある。しかし、問題は世間の常識なるものだ。その世間の常識なるものが、法律的にみて適法かどうかを、中村も升永も裁判を通じて明らかにしていきたいと考えるのである。そう考えるのは、経営者には従業員をいつでも自由に馘首《かくしゅ》できるリストラ大権が与えられ、終身雇用制度も崩れ、世間一般の常識なるものを墨守すべき、外部的条件が大きく変わったからだ。

一月二十二日に開廷された第三回口頭弁論では被告日亜化学側が提出した中村教授や他の従業員の作成した出願関係書類や譲渡証のほか、中村教授の入社前及び入社後の複数の就業規則等の書類が提出されたなど、証拠書類の確認が行われただけで、実質的な審理は行われなかった。

ただ三村裁判長は以下の二点につき、被告原告双方を質している。すなわち、日亜側に対しては、中村教授が入社したとき、職務発明の予約継承の規定はなく、提出したのは入社後のものであることから、この規定を追加した経緯や、規定を追加する前に入社した者に対する効力について主張するよう訴訟指揮がなされた。他方、原告側には、中村教授が捺印した書類の中にはシャチハタ印を押したものが含まれていたため、シャチハタ印を押したものが無効であるという主張の根拠として、心裡留保の構成も検討するよう訴訟指揮がなされ閉廷した。

「いよいよ証人尋問……。譲渡契約が成立しているかどうか。山場になりますね」

若い弁護士荒井祐樹が言った。証人尋問の準備が深夜まで続くのだった。証人尋問は周到に準備された。

第四回口頭弁論は、法廷を地裁一〇三大法廷に移し、大勢の傍聴者が見守るなか、開廷された。宣誓のあと、被告側証人が証人台に立ち、被告側代理人が主尋問にあたった。

「証人にうかがいます」

法廷に緊迫した空気が流れる。

被告側証人は、中村教授の後輩にあたる人物で、中村が在社している当時から、特許出願の事務処理にあたってきた。当時の状況をよく知る人物として召喚されたのだ。まず聞かれたのは譲渡証書についてだ。

証人は答えた。多少緊張気味なのは法廷という場所がらからして仕方あるまい。

「譲渡証書は、必ずしも特許出願に際して、必要なものとは考えていなかった」

また、こうも答えた。

「私は、職務発明の場合は、発明は、発明の完成と同時に当然会社のものとなると思っていた。日亜の特許室以外の社員も職務発明についての特許権は、当然会社のものだと思っていた。現在に至るまで日亜の全社員は、そう思っている」

さらに、こうも証言した。

「四〇四特許の出願当時だけでなく、現在も職務発明の特許権についての権利が発明社員個人に帰属し、会社は発明社員から特許権の譲渡を受けなければ職務発明の特許権を取得できない——とは考えていない」

ほぼ被告側の準備書面の論旨に沿った証言だった。反対尋問にあたった升永の尋問にも同様に答えた。続けて升永が聞いた。

「平成二年九月、発明当時、特許法の規定で発明者に権利があって、個人の属するということを知っていましたか」

「(その認識は) なかったと思います」

「譲渡証書を作成する経緯を説明願いたいのです……」

「譲渡証書にサインがなくても、発明者が出願依頼書と明細書素案のセットを提出して出願依頼をした時点で、特許は会社のものになると理解していた」

「セットというのは？」

「全ての特許出願について、明細書素案だけが特許室に出されるということはなく、発明した社員は、全て、明細書（素案）に出願依頼書をつけて特許室に出していた。仮に、例えば、金曜日に明細書素案だけが先に提出されても、翌週、月曜日には出願依頼書が届けられていました」

「本当のことを言わないと、偽証罪になりますよ、いいですか」

被告側証人に、升永は声を荒らげた。日亜側からすでに法廷に出されている二つの出願依頼書の特許室受付欄に手書きで記載されている日付が、すなわち出願依頼書の特許室への提出日に押された日付スタンプと違っていたからだ。

法廷には緊張が走った。しかし、升永はそれ以上追及はしなかった。

続いて中村に対する尋問が始まった。

「四〇四特許のとき、これを書いた記憶はありますか」

升永が聞いたのは、被告側が裁判所の証拠提出した特許申請書のことだ。

「ありません」

「実験中にこられ、そこで書いた覚えはないですか」

「ＭＯＣＶＤで結晶薄膜を成長させているときは忙しくて手が離せません。それが四

○四特許であったかどうかわかりません。そのほかにも書いていますから……」
「自分に特許権があると、平成二年のとき思っていましたか」

「なかったです。特許室の人間でも知らないのに、私が知るはずがないでしょう」

「報奨金は二万円だったと？」

「ご褒美という意味なんでしょうね」

「在職中、権利を主張したことはありましたか……」

「日亜の人間で知っている人がいないぐらいですから、請求のしようがない」

升永弁護士の主尋問のあと、被告代理人が反対尋問を行った。尋問の趣旨は、中村教授の会社へのロイヤルティに疑義があると追及することにあった。かつての同僚とやり取りしたメールのコピーを根拠に質した。

「このメールの記憶がありますか」

「あります」

「クリー社とのコンサルティング契約を結んでいますね。関係は？」

中村の答えは率直だった。

続いて裁判長自身が、中村に対する補充尋問を行った。三村裁判長は中村教授に改めて特許譲渡について質した。

「四〇四特許についてですが、忙しいので実験の片手間に書いたと言っていますね。

また平成二年には様式が変わった。そのことに抵抗を感じませんでしたか」

「当時、私にとっては、論文を書くことが第一でした。特許を出すのも、論文を公開したい一心で、その論文の公開のために会社に不利益を生じさせないよう特許を出していたにすぎなかったのです」

「個別の記憶はありますか」

「私は、特許公報の第一項目（権利関係を記載した部分）の記載には関心がなかった。私としては明細書の技術的内容のみ興味があったので、そこしか見ていなかった。特許公報の一項目は見たかもしれないが、関心がないので、気にとめなかった。開発の人間は他社の特許公報はよく見るが、自分の職務発明の特許は、出願をするまでが自分の責任で、その後は、特許室の仕事という、仕事の分担意識がある。私もそうでした」

「ここに書いてあるのは？」

三村裁判長は書類に目を通しながら、質問を続ける。

「出願するまで、自分の守備範囲なので、明細書についてよく書くが、出願した後は、もう特許室に出願をまかせますので、出願関係の書類を見ていない。特許公報が世に出ても自分の守備範囲の明細書の技術のところをよく見て、それで終わりです」

廷内にざわめきが起こった。奇妙なことといえる。被告証人も原告証人である中村教授も、四〇四特許に関し、権利関係や譲渡の認識がなかったと証言したことだ。傍聴席の誰もが疑問に思った。

「双方に譲渡の認識がないのに譲渡が成立しているといえるのか——」という疑問だ。しかし、そう考えるのは素人で、被告側はだからこそ、「暗黙の合意」（停止条件つき譲渡契約）を主張するのだった。

（たとえ、そうだとしても、しかし、被告はある重要な決定的といえる事実を見落としている……）

と升永は別なことを考えていた。

3

中村修二は日本に向かうＪＡＬジャンボ機に搭乗していた。機内アナウンスがまもなく成田国際航空に到着すると告げている。ニューヨークでのテロ事件以後、太平洋航路はがら空きだ。その分だけ、快適な旅ができる。

中村は大きく伸びをした。十二時間を超える飛行機の旅は、旅慣れしている中村にも疲れる。書類から目を離し、機窓をみる。房総半島が間近に迫っている。房総半島は淡い緑に包まれていた。祖国日本はもう春だ。日本の春は美しい。中村は一斉に草木が芽吹くこの季節が好きだった。地上の生物は、新しい生命を育み、大きくはばたく季節だ。茶褐色の大地をうっすらと緑が覆っている。

中村は喜怒哀楽をはっきり表す男だ。日本では、喜怒哀楽を表に出さないのが男子たるものの徳目の一つであると考えるのは、いまでも多数派の考えだ。しかし、中村は違った考えをもっている。人生というのは、仕事を楽しみ、仲間と喜びを分かち合い、理不尽さに怒り、他人の不幸に心を痛め――にあると思っている。

青い光を手にしたときは、歓喜した。その歓喜を妻裕子に伝えた。全身全霊で青色発光ダイオードの研究開発に献げ、勝ち取った喜びだ。その喜びを夫婦で分かち合った。大学時代、日本の教育制度に心底腹を立てた。社会人になり、会社のやり口に憤慨した。先輩や後輩、同僚たちの優しさに涙した。かげながら中村の研究を支えてくれた小川信雄社長には感謝した。

青色発光ダイオードの成功を喜んでくれた恩師多田教授。しかし、この日本は何かがいびつだ。それは日本型というシステムであることに気づいた。日本的というシステムを変えねばならぬとも思う。

逆境のなかで中村は、創造というのは逆境のなかから生まれるということを知った。逆境に追い込まれるのは、自分自身に責任があるのも、中村はわかっている。逆境のなかで青い光の創造ができた。非妥協的でわがままな自分のことも知っているつもりだ。わがままを通せたおかげで、青色発光ダイオードの開発はできた。その意味では、日亜化学にも同僚たちにも感謝している。天才とか異能者というのは、わがままな人間の別称なのかもしれない。フッと中村の口元に笑みがこぼれる。

いまアメリカでは、家族との生活を思いっきり楽しんでいる。仕事とは楽しむものだと改めて思うようになったのは、米国に生活と仕事を移してからだ。研究生活で難題に遭遇するのも楽しみのひとつだ。若い学徒を相手の授業や研究指導も、刺激的かつエキサイティングだ。研究者仲間と喧嘩腰でとことんやり合うのも、決して嫌いではない。もちろんどこで生活しようが、辛いこと、悲しいこと、腹だたしいことはあった。しかし、どのような場面でも、自分の感情は殺さなかった。そうやって中村は四十余年の人生を生きてきた。それでよかったと思っている。

いま中村は喜びでいっぱいだった。好きな研究ができる環境を手に入れたからだ。永遠に挑戦が許される研究環境。科学技術は日進月歩。油断すれば、成果は他人も持っていかれる。中村はいつも難題を抱えている。中村は「解けない解はない」と思っている。

中村をもう一つ、祝賀すべきことがあった。フランクリン協会賞を受賞することが決まったことだ。受賞したのは中村のほか、ＮＥＣ特別主席研究員の飯島澄雄の二人で、受賞者の多くは、その後ノーベル賞を受けており、フランクリン協会賞を一つのステップと考えればノーベル賞は現実味を帯びてくる。

中村は自分でも大きな仕事をなし得たと思っている。しかし青色発光ダイオードの開発は開発途上だ。まだまだ改良の余地がある。たとえば、投入電力に対し、光として出力する効率をさらに高める研究も必要だ。照明だけではない、他の分野への応用の研究にも関心が向く。中村の関心領域はとどまるところを知らない。フランクリン協会賞は、そうした中村の研究姿勢を顕彰するものだ。

同協会は、ベンジャミン・フランクリンの遺産をもとに、一八二四年から協会賞を創設し、科学技術の発展に貢献した六分野の研究者・科学者に九八年からはメダルを贈っている。過去の受賞者にはアインシュタイン博士やキュリー夫人ら九八人のノーベル賞学者が名を連ねる。日本人では六一年に江崎玲於奈芝浦工大学長が、九〇年に有馬朗人元東京大学総長が、九八年に外村彰日立製作所フェローがそれぞれ受賞している。フランクリン協会賞がノーベル賞に近いといわれる理由だ。

名城大教授などを兼務する飯島博士は九一年、炭素原子が直径数ナノ（ナノは十億分の一）メートルの円筒状につながる「カーボンナノチューブ」を発見したことが評価されての受賞だ。壁掛けテレビや燃料電池などに応用されている。中村は九三年、高輝度の青色発光ダイオードを開発したことが評価されての受賞だった。半永久的な寿命と省電力が特徴で、単に光源としてだけでなく、大型ディスプレーなどに多方面に利用されている。

化石燃料の大量消費からくる枯渇の心配、深刻な環境汚染。危険な原子力発電に依存しなければならない緊迫したエネルギー事情。青色発光ダイオードは、白熱灯などの従来型発光体とは比べようもない、省エネルギー型のまったく新しいタイプの発光体だ。しかも応用範囲は想像以上に広い。市場規模でいえば、数兆円ともマーケティングされる。中村の発明発見は文字通り、人類史に残る大発見だ。関係者がノーベル賞候補と騒ぎ立てるのも理由のないことではなかった。

授賞式は四月二十五日、米ペンシルベニア州のベンジャミン・フランクリン記念ホールで行われる予定だ。授賞式には、妻をともない出席することにしている。日本では評価の低い中村だが、海外の評価は逆に高い。内外の多くの栄誉を手にしているが、中村にはフランクリン賞には特別な思いがある。自分の研究姿勢と、研究成果が正当に評価されたと思うからだ。

ＪＡＬジャンボ機がぐっと高度を下げ、大きく旋回を始めた。淡いピンクの枝先を伸ばすのは桜の木々であることが視認できた。ゆっくりと旋回しながらジャンボ機は、成田空港の上空に達した。常緑樹の緑のなかに開く桜の木々はまことに弱々しくある。

中村は読みかけの書類を閉じた。

中村はシートベルトを確かめてみる。今度の帰国も、裁判のためだ。二月五日の口頭弁論以来、二ヶ月ぶりの公判廷だ。升永弁護士も、第五回準備書面を書き終えている。

日亜化学は「黙示の合意」を主張している。

平易な言い方をすれば、「黙示の合意」とは、職務発明は発明の完成と同時に、その特許権は初めから会社に帰属するという乱暴な主張だ。従業員をスレイブと言うに等しい理屈だ。しかし、升永弁護士は、それは特許法の読み違いで、読み違いをしている以上、会社側も発明者個人も、特許権の譲渡契約を締結しようにも、互いにその動機を持ちようがないと主張した。

黙示の合意……。の主張に升永弁護士は反論に撃って出た。日亜化学言う「職務発明についての社内規定」ができたのは、中村特許＝四〇四特許が、それ以前に出願されているため、日亜化学がどのような理由をもってしても、争う余地がないと迫る。さらに升永弁護士は特許法三五条一項につき、「法の不知の過失」を指摘し、日亜化学の自己責任を問うた。法の不知これを許さず、か……。その論理の展開に、なるほど——と、中村は膝を打った。反論は見事な出来映えである。

五月には東京地裁が、中村特許の帰属につき、すなわち四〇四特許が中村のものであるか、それとも日亜化学に帰属するのか、中間的な見解を示すということだ。その判断次第で中村が請求する「相当対価」が決まる。

世論は中村の主張を後押ししているようにも見える。昨年八月の提訴以来、確かに風向きが変わってきている。マスコミが事件を大きく取り扱ったこともある。中村はメディアに露出し、多くを語ってきた。その影響がどれほどのものであったかはわからない。しかし、一石を投じたのは、確かだった。

いや、法律論争を尻目に現実が先行しているようにも思えた。会社と研究者との関係を見直す動きが出てきている。いくつかの企業は従業員の発明発見につき、制度の見直しに着手した。たとえば、ソニー、オムロン、三菱化学などは、貢献度に応じ、褒賞金を支払う制度をスタートさせている。

ホンダの報奨金は貢献度に応じ青天井という。従業員の発明発見を、会社が独り占めにする時代は終わった。上場各社とも、権利移譲にともなう相当対価の計算の仕方など新しいルール作りを始めている。

企業側がそうするのは、そうしなければ有能な人材が流失してしまうという恐れを抱いているからだ。経営者も、事態の深刻さにようやく気がついたのだ。これはよい兆候だった。人材を確保するには、企業内研究者に応分の対価を支払う必要がある。

従業員は企業に隷属するという考え方が、もはや通用しなくなった。企業は従業員に対し、よりクールな立場をとるようになった。

終身雇用を止め、年功序列の賃金もポストも見直された。つまり結果平等から、機会平等への人事制度の大転換だ。経営側は、賃金も貢献度に応じて決める新しいルールを打ち出した。そうであってみれば、研究の成果物の相当対価、その配当を求め研究者も沈黙を破り自らの権利を主張するのも当然だ。

この動きは慣例墨守の官僚の世界にも広がりつつある。経済産業省・特許庁が国立大学教官や、国立研究機関の研究職国家公務員による発明発見の報酬についても、上限を六百万円と定めてきた従来の「特許庁長官通達」を三月末で撤廃することを決めたのは二〇〇二年二月初めのことだった。

公務員研究者の発明意欲を促すのが狙いと説明されている。政府機関の内部にも、そうしなければ、人材が流失するという危機の認識が広まっているのである。国立研究機関は精彩を欠き、実際、公務員研究者の流失は危険領域を超えている。施政者が危機感をもって当然な状態にあった。

国家公務員が職務上確立した特許は、これまで国のものとされてきた。民間企業が国の持つ特許を使用するときは、商品売り上げの一定額を特許実施料として国に支払い、国はその一部を、上限六百万円を限度に当該発明者に支払っていた。四月以降の発明報酬は原則として上限を撤廃し、報奨金は無制限となり、各省庁はそれぞれの貢献度に応じ、支払い基準を定め公務員研究者に支払うこととなる。

公務員の世界にも広がっている報奨制度。日本経済を支えてきたのは研究者・技術者だった。それにも係わらず正当に礼遇されてきたと言い難い状況にあった。しかし、時代の流れは、研究者や技術者を再評価しようとしている。そこに一石を投じたのが中村裁判だ。

（いいことだ）

と中村は思う。

特許法は明確に言っている。職務発明の特許出願権は、発明者を雇用する企業にあるのではない、職務発明の発明者個人に帰属する――と。特許法は経済価値の大なパイオニア的発明発見をなした研究者には「使用（実用価値）等が（企業収益）貢献した程度を考慮し相当対価を支払うべきこと」を明示している。

産業振興の観点からも、発明発見を促す施策は重要だ。近代資本主義は飛び抜けた才能が巨大な経済的価値を創造したとき、その才能に人びとは敬意を払い、しかるべき対価をもって報いてきた。そうやって、技術開発を促し、近代資本主義は発展を遂げた。エジソンもフォードも、そうであった。諸外国では、多くの科学者が特別に礼遇されたのは、資本主義の精神からしても当然のことだ。

何事も集団主義の特殊日本では、個人という概念はなかった。存在するのは、滅私奉公を強いられても、それを無抵抗に受け入れるサラリーマン研究者ばかりだ。中村が一石を投じて以後、世論は二つに分かれている。会社あっての個人ではないか……。企業研究者には残念ながら、職務発明は個人に帰属するという逆の発想はなかった。

会社あっての個人……。その考え方がサラリーマン研究者を自縛し、腐りきった企業風土に乗っかり経営者は易々と成果物をむさぶり喰らっている。

中村には心配事が一つあった。裁判の行方だ。日本の裁判所は保守的だ。判事はマジョリティーに倣うのが常だ。判事を自縛するのは前例だ。そう考えると、フッと不安になってくる。こういうとき大事なのは世論形成だ。その必要を、升永弁護士はくどいほど繰り返した。法律もまた人間によって運用される限り、裁判官も世論の動向を無視するわけにはいかないからだ。

ノーベル賞にもっと近い研究者……。

その中村ですらも、スレイブなサラリーマンを説得するのは難しい。彼らも理屈はわかっている。わかっていても、スレイブ状態に甘んじ、決して逆らわない。会社に逆らい上司に抗命するなどとんでもない話だ。厄介ごとは御免だ。あえて苦労はしたくない。研究者の自立を促す上で、それは考えている以上に大きな壁だった。

研究者の自立を阻害してきた大きな壁だ。国際標準から外れている日本のシステム。しかし、いつか壁は崩れる。今度の提訴でようやく扉が開かれようとしている。是が非でも扉をこじ開けなければならない。自分の提訴がほんの少しは役に立てば——。そう考えられることが、中村には励みになっている。その言葉をかみしめているとき、ジャンボ機は轟音を立て、祖国の大地を滑走し始めていた。

エピローグ

二〇〇五年一月三十日午後。ホテルの記者会見場は、異様な熱気に包まれていた。企業研究者が会社を相手に起こした裁判の結果が出て、原告である企業研究者が記者会見を開くというのだ。異様な光景だ。新聞記者、雑誌記者、テレビの報道陣。会場にはザッと二百人近い報道関係者が主役登場を待っていた。

原告の中村修二が一人で記者会見場に現れた。フラッシュが放たれる。テレビカメラが一斉に回り始める。しかし、不思議な記者会見である。記者会見場には、同席するはずの代理人弁護士の姿がないからだ。中村の額に脂汗が浮かんでいた。目を見開き、会場をにらむように見渡した。険しい形相だ。中村は吐き捨てるように言い放った。

「日本の司法制度は腐っている！」

声はうわずり、軀が震えている。中村修二は怒りを爆発させた。本当に怒っていた。怒って当然だ。その怒りの表情を捉えようと、カメラマンがフラッシュを無遠慮に焚く。過半の記者たちは、何を中村が怒っているか。明確な情報を持っていなかった。もちろん東京高等裁判所が四〇四特許にかかる相当対価請求の可否をめぐる係争につき和解を、原告被告双方に勧告した事実は、記者会見に出席している記者たちも周知していた。

高裁の和解勧告……。

裁判上の和解とは、裁判所が関与する形で和解することを言う。和解調書に記載された内容は、確定判決と同様な強制的効力を持つ。和解には起訴前の和解と控訴上の和解と二通りある。中村特許裁判は後者だ。

すなわち控訴上の和解とは、裁判所の勧告にもとづき当事者が訴訟上の請求について互いに譲歩し、権利関係に関し合意をなし、訴訟終了することである。民事訴訟の過半は裁判所の勧告にもとづき、和解で決着するのが常だ。和解は判決とは異なり、紛争を早期に解決でき、控訴による費用負担が軽減できるメリットがあるからだ。そこで誰もが注目したのは、確定判決と同等の効力と縛りを持つ裁判所が勧告した和解の内容だった。

「公判廷で判断を得る！　それが法の正義……」

升永英俊弁護士の常日頃の主張だ。和解では、判例による規範が確立できないとも言っていた。中村も升永弁護士の判断が正しいと思い、最後まで闘う決意をしていた。常日頃の升永の発言からすれば、和解などというのは考えられないことだった。弁護人も原告本人にも和解には拒否的だった。

少なくとも中村の脳裏に和解の二文字はなかった。ひたすら判決を求めた。和解勧告を拒否するのは、それにはそれなり理由があった。東京地裁判決でほぼ全面勝利を勝ち取ったことが一つ。升永弁護士が超人的な能力を発揮し、勝ち取った判決だ。この法理を覆すのは弁護の手練れといえども至難と目されていた。

こういう重大事案では、若手の弁護士や大学の司法研究者など法曹関係者が模擬裁判を行うのが通例だ。法曹専門誌に掲載された幾つかの模擬裁判の結果も、その多くは原告主張を容認する判決を出していた。東京高裁判決がよもや東京地裁判決をひっくり返し、原告が請求する発明特許を根拠にした相当対価を否認するとは考えられなかった。

中村はことの経緯を振り返ってみた。

中村が四〇四特許ほかの特許につき、特許を受ける権利の原始的（元々の）帰属の確認を求める一方で、仮に特許を受ける権利が認められないときでも、同特許で得た利益（増分利益）の配分を求める権利がある、として相当対価を求め、日亜化学を提訴したのは二〇〇一年一月のことであった。

元いた会社を訴えるとは、尋常ならざることだ。裁判とは労力を要する闘いだ。中村の本来の仕事は青色発光ダイオードの研究を継続することだ。いざ裁判が始まれば、貴重な時間を裁判に割かなければならない。研究者としては油がのりきった四十代半ば。人生の損失だ。もっとも大事なことは研究だ。しかし、わかっていても、中村には、そうせざるを得ない事情があった。

理由は単純明快……。カリフォルニア大学サンタバーバラ校教授に転出した中村を、コンサルタント契約を結ぶ米クリー社と関連させ、企業機密の流失の疑いがあるとして青色発光ダイオードの研究差し止めを求める訴訟を起こされたからだ。日亜の訴えを認めれば研究継続が不可能となる。沈黙は相手の主張を認めたことになる。それが法のルールなのだ。対抗措置が必要だ。こうした経緯から中村は、日亜化学を逆提訴したのだ。

「俺を日亜が、まさか！」

あのとき中村は思った。中村はときとして思う。日亜が訴えなければ自分はどうしただろうか、と。たぶん違った行動を取っていたかも知れない……。青色発光ダイオードの研究を禁止されなかったら逆提訴はしなかった。サンタバーバラ校教授として、淡々と研究生活をしていたはずだ。だが、訴えられた以上は防御しなければならない。そこで知人の紹介で升永英俊弁護士を知った。升永と初めて会ったのは、JR川崎駅前のホテルのロービーだ。依頼を升永は一度弁護を断った。

最初、事態を悲観的にみていたからだ。企業あっての個人。その逆はない。日本は従業員個人よりも企業が優位に立つ社会だ。職務発明に対する日本の企業社会での評価は思いのほか低い。果たして裁判所が職務発明の対価を認めるか、升永にも自信がなかった。中村は升永と長時間議論を交わした。

大型事案を数多く抱える升永は、まことに忙しい弁護士だ。しかし、中村の話が気になっていた。升永はもう一度中村に会うことを決めた。升永は中村が職務発明したという高輝度青色発光ダイオードのことも、特許法の子細も調べ直してみた。そこで発見したのが特許法三十五条各条項に示す規定である。

まず特許法には、発明発見は自然人たる個人に属すると明確に書いてある。使用者が当該職務発明を事業化し、利用するとき、譲渡契約を結び、事業化で生み出された超過利益は職務発明者の貢献度に応じ、職務発明者に相当対価を支払わなければならないとある。

ついで判例を調べて見た。残念ながら、日本の企業内研究者は温和しく従順で、相当対価を請求する勇気など持ち合わせていないようだ。だから事例は少なく、判例もごくわずかで、参考にならなかった。しかも、そのほとんどが和解決着である。さらに升永は中村が職務発明した青色発光ダイオードを調べてみた。先駆者はあった。名古屋大学の赤崎勇教授だ。しかし、実用に供したという記録はなかった。製造方法のノウハウも公開されていない。しかも中村の職務発明は、今世紀中は困難という青色発光ダイオードは高輝度を達成している。

すなわち実用化に堪えうる製品だ。今一度、連絡をとって話を聞いてみよう。すぐに連絡をとった。しかし、そのとき中村はサンタバーバラだった。

「秋口に東京で学会があるので、そのときお会いしたいと思います」

半年ぶりに二人は再開した。

中村の話を聞いているうちに、心が動いた。もちろん升永は法学部出の弁護士ではあるが、母校東大工学部に学士入学し、化学を専攻した工学士の学位を持つ弁理士でもある。それに升永には中村がなし得た職務発明による高輝度青色発光ダイオードの人類史的な意義を理解できる知見があった。

人工の灯りは、動物油、植物油、化石燃料の時代を第一世代とすれば、エジソンの電気的なフェラメント発光や蛍光灯は第二世代にあたる。その流れでいうなら、高輝度青色発光ダイオードは第三世代のパラダイムを切り開く新しい光源だ。中村の手による高輝度発光ダイオードの発明は初めて「白色発光」を可能にした技術だ。さらにいえば、白熱灯や蛍光灯に比較すれば、消費エネルギーは数百分の一。くわえて言えば、応用分野はテレビのディスプレーなど多方面に広がっていく。まさしく人類史的な発明発見だ。

「やりましょうよ、中村博士！」

と言ったのは、升永の方だった。考え抜いた末の言葉だった。企業内研究者はいかにも無権利な状態にある。能力の高い研究者ほど海外に脱出する。この状態を許しておけば日本はダメになる。まず人類史的な発明をなした中村修二が狼煙を上げる。続いて職務発明で重要な発明発見を成した企業内研究者も、あとに続くことを期待した。この裁判を二人は、日本の世直しの一つと考えたのだった。こうして裁判が始まったのである。

二〇〇二年九月。

中間判決が出た。中間判決とは、すなわち請求原因につき、双方の議論が熟したと判断されるときに裁判所が下す判決のことだ。中間判決で東京地裁は、中村の要求である特許を受ける権利の帰属は、日亜化学にあるとの判断を示した。しかし、二〇〇四年一月、東京地裁は原告中村の貢献度を五割と評価した上で相当対価を六百二億円と認定し、その一部二百億円を原告に支払うよう命じた。

職務発明の相当対価としては、過去最高の金額だ。日本の裁判所に正義はあった。中村は歓喜した。逆に日亜化学の受けた衝撃は大きかった。経団連をはじめ経済界も、通産省も東京地裁判決に異義を申し立てた。勝利判決を得たのは、もちろん代理人弁護士の超人的な弁護に因るところが大きかった。升永が立てた弁論法理は、緻密かつ堅牢だった。

特許法三十五条の援用。

暗黙の合意、の主張を逆手にとっての「特許権譲渡の契約不成立」の主張。

被告の法律不知も突いた。

法律を知らないのだから、契約を結ぶにも結びようもないという主張だ。

日亜化学も反論再反論した。

第一に、そもそも中村が開発した青色発光ダイオードは、窒化ガリウムの結晶を世界で初めて作った赤崎勇名大教授の論文を再検証する実験から始めたもので、中村特許は、その応用技術に過ぎないこと。

第二に、中村が開発した「ツーフロー方式」（四〇四特許）は量産化に適さず、量産化は日亜の技術陣が独自に開発した「アニール法」によるもの。そうしなければ工業的に作れなかったこと。従って「ツーフロー方式」は無用の長物であること。ついでながら「アニール」とは「焼なます」の意味だ。

第三に、報奨には十分に配慮し、一九八九年からの十年間で同世代の一般社員に比べ六千万円も多く中村を褒賞金員報いたこと。退職時は二千万円に近い年俸を支払い、それは決して少なくない金額だとも反論した。

第四に、右事実からみて四〇四特許などもろもろの職務発明を含め中村の貢献度を考慮しても、せいぜい一千万円程度に過ぎない。最後に日亜化学は中村博士を「嘘つき」呼ばわりするほど議論をヒートさせた。これに対し日本の企業経営者は、企業内研究者を「スレイブ扱い」にして恥じない、と中村は逆襲した。

原告側のマスコミでの発言を「一方的だ」と日亜化学は批難した。つまり日亜化学は裁判報道を含め一連のマスコミでの原告発言を広報宣伝戦と受け止めたのだった。確かに升永弁護士は裁判を闘う上で世論動向を重視にする弁護士だ。そしてこの希代の特許をめぐる法廷闘争をマスコミも大きく取り上げた。

しかし個人と組織との闘いである。広報宣伝戦に原告側が優位だったという批難は、冷静にみるなら、その当否を疑わざるを得ない。個人を相手にした会社上げての闘いだ。たとえ徳島県阿南市に本社を置く自称「田舎企業」といえども元社員個人を相手にし、広報宣伝戦に負けたなどというのは、経営者としての見識が問われる。日亜化学も会社存続のすべてをかけて裁判に臨んだはずだ。少なくとも企業倫理を考えると き、そう処するのが経営者の責務というものだ。それに日亜化学は青色発光ダイオードの製造販売を先行させることで世界的な企業に成長を遂げた立派な会社だ。いまさら「田舎企業」を自称することはあるまいと中村は思うのだった。

それに裁判官がマスコミの書いたことに惑わされるほど無知であるとは考えがたい。世間と無縁に裁判官は孤高を持する人たちだ。他方、裁判とは知力の限りを尽くす総力戦でもある。何が出てきてもおかしくはない。それは中村によくわかっていた。だから証言台で会社の言い分をそのまま証言した元同僚や上司にも恨みを持つことはなかった。

議論は煮詰まった。

こうして東京地裁は判決した。原告側の全面勝利と言っていい判決だ。相当対価を増分利益の五十パーセントと認定したのも予想を超えた判決だった。判決文を読み中村は歓喜した。予想されたことだが、日亜化学は判決を不服として控訴した。情況が微妙に変わるのは以後だ。風向きが変わり、陰に陽に圧力も加わった。奇妙な噂話も聞こえてきた。

いずれ中村は潰される。

巨額の対価支払いで企業経営は立ちゆかず経営破綻を来す。

開発者のみが暴利をむさぼる。

技術開発はチームワークによるもので、チークワークを損なう判決だ。

終身雇用を保障され、それで別途の対価要求は二重取り。

論文は日亜化学の技術集団の実験結果をまとめたもので、中村はファーストオーサーとは言えない。

量産化に貢献したのはアニール法。

判決に対し、あるいは中村個人に対し、さまざまな噂や批判的議論が起こった。正鵠を得る議論もあれば、悪意に充ち満ち、為にする議論も数多くあった。なかでも本気で議論されたのは、巨額の相当対価の支払いで、企業経営は破綻する、という議論だ。経済界も通産省も、その一点に照準を合わせ、東京地裁判決を批判した。日亜化学とは、法廷の審理で決着をつければいいのだが、頭を悩まされたのは、こうした正体不明の雑音だ。

「会社が潰れる？　それは嘘だ！」

と、中村は報道関係者から質問を受けるたびにキッパリと否定した。

根拠はこういうことだ。

そもそも職務発明に対する相当対価とは、その対象はあくまでも、必要経費を差し引き残った「超過利益」であって、当該技術者が業務発明で生み出した特許なりノウハウなりの、ライセンス料を基準に算定されるものだ。マスコミ人を含め多くの人たちが勘違いをしているのは、相当対価を当該職務発明で確立した特許ないしは技術が生み出した利益そのものと理解していることだ。

ある評論家は滑稽にも「儲けの山分けを求める請求」などと珍妙な解説をしたものだ。あげくに相当対価を認めれば、太るのは研究者だけで、会社は設備投資すらできず、工業化ができなくなるとまで言い切ったものだ。

それは誤解というよりも、無知というべきで、計算の仕方はちょっと難しいが、手っ取り早くいえば、使用者（会社）が受け取るべき利益の額に職務発明者が貢献した度合いを乗じて求める対価だ。少し専門的に言い変えれば、従業員の職務発明を企業経営に活用することにより、使用者が得た利益から、職務発明に要した研究開発費用、事業化の費用などの支出を差し引き、その額（利益）を職務発明者と使用者との貢献度に応じ、分配するという算定方式が採られているのが一般的だ。

東京地裁は中村の職務発明の貢献度を五十パーセントと認め、相当対価を六百億円余と算定し、その一部として二百億円の支払いを、日亜化学に命じた。東京地裁が認めた相当対価は六百億円余だが、しかし、これなら東京高裁でもいけると思った。東京高裁ではさらに上積みされ、一千億円を超えるのではないか、中村はそう試算した。

「根拠はある」

一千億円を超える職務発明の相当対価。升永弁護士も同じ強気な見方をしていた。経済団体のお偉いさんたちは、東京地裁判決にカンカンで、組織を上げての逆キャンペーンが始まった。しかし、世論が中村に味方していた。経営者に対する批難の声も上がった。研究開発は企業の命。研究者にインセンティブを与えなければ企業資源は枯渇する、という真っ当な意見もあった。

中村のもとに企業内研究者から、多くの励ましの手紙やメールが送られてきた。その数数千通。企業内研究者の大半は、相当対価の請求を支持していると確信が持てた。いまや中村修二の主張は、企業内研究者の世界ではマジョリティになっていた。

相当対価の評価……。

東京高裁での最大の争点である。争点は絞られ、地裁同様に控訴人被控訴人とも、知力の限りを尽くし、闘ってきた。升永の事務所にも楽観的な空気が流れていた。東京高裁の審議が始まり、判事が関心を示したのは、やはり相当対価と貢献度の二点だった。もちろん控訴人の日亜化学は、社内関係者を総動員し、中村修二の貢献度は、たかが知れていると貢献度ゼロの論陣を張った。

法廷に立つ元同僚や上司たち。彼らは中村と視線を合わせるのを避け、会社が用意した筋書きに沿った証言を繰り返した。中村に対する個人攻撃も加えられた。まあ、会社も必死なのだ。首位的主張である「特許は誰の物か……」を問う審議で、その帰属を中村修二であると判決されれば、会社は立ちゆかなくなるからだ。生きるか死ぬか、経営者の必死の気持ちはわかるが、しかし、自らの主張を取り下げるつもりはなかった。

「来年の一月には高裁判決が出ます」

と、升永弁護士から連絡を受けたのは、二〇〇四年も押し迫った十一月末だった。待ちに待った東京高裁判決。しかし、意外だったのは、裁判所は和解の可否を打診してきているという。どういうことなのか。なぜ東京高裁は判決を忌避するのか。十二月半ば、東京に向かう旅客機に乗った。機中、中村は不安になるのを払拭することができなかった。

なぜ和解なのか……。

中村はどうしても、理解できなかった。しかし、升永弁護士は裁判所が和解の可否を打診してきた事実を、依頼人に伝えただけで、何も和解勧告を受け入れようとしているわけではない。それに升永弁護士の日頃の言動からすれば、判決を忌避し、和解を受け入れることなど、天地がひっくり返っても考えがたいことだ。升永弁護士が求めるのは、判決を以て、規範することだ。そう考えることで中村は自分の気持ちを落ち着かせた。

しかし、事態は暗転した。

和解勧告を受け入れ？　マジかよ。

報道関係者の問い合わせに中村修二は仰天した。その記者は「中村番」を自認するほど四〇四特許裁判を執拗に追い続けてきた顔見知りの記者だ。さすがにネタ元は明かさなかったが、彼は確認できないようなデタラメを口にするような男ではない。確かに和解斡旋に動く知人も幾人かあった。経済界も和解を期待していた。和解……。それが日本的な解決の仕方であるのも、中村はわかっていた。いや、話は逆で、そうした問題解決が嫌だから裁判に踏み切ったのだった。

中村には勝利の自信があった。というのも、このとき高輝度青色発光ダイオードの発明発見がノーベル賞候補にノミネートされていると報道されていたからだ。世界の物理学学会は中村修二の研究業績を高く評価し仁科記念賞をはじめベンジャミン賞、フィンランド政府のミレニアム技術賞など数々のメダルを受賞し、中村は、ノーベル賞にたどり着く階段を着実に上りつめようとていた。ノーベル賞にもっとも近い男、そう言われた所以でもあった。それが自信の裏付けだ。

それにしても当事者の自分を抜きに和解するなど、そんなバカなことがあるか。升永弁護士も判決を求めていた、中村も判決に拘泥した。中村はまったく信じられなかった。

「升永先生をお願いします」

中村は即刻ホテルの部屋から、港区神谷町の升永英俊の事務所に電話を入れた。

「先生は重要な用談中で電話には出られません」

顔見知りの秘書は、素っ気なく電話の取り次ぎをスルーした。一時間後、中村はもう一度電話をした。やはり同じ返事だ。秘書は重要な用談中と言った。いまの升永に中村裁判を除き、電話にも出られぬほど重要な案件を抱えている？　中村は思い当たることがなかった。何が起こったのか。升永弁護士までを、中村は信じられなくなった。心は疑心暗鬼に揺れた。

神谷町升永弁護士事務所……。

重要な用談中のはずの升永英俊は、このとき執務室の内側からカギを掛け、秘書には誰であろうと、いっさい電話を取り次ぐな！　と命じ、自室に引きこもった。自室に引きこもること五時間。夕刻という時間は過ぎ、赤坂や銀座が華やぐ時刻だ。顔は青ざめ、目は血走り、ネクタイを外し、夜叉の如しの形相だ。オシャレな升永には珍しいことだ。秘書が再び中村から電話が入っていることを告げた。升永はようやく腰を上げた。

「落ち込んでしまってね……」

升永は電話の向こうの相手に言った。一時間後、二人は升永の事務所で逢った。

「和解というのは事実ですか」

問い詰める中村の額に怒りの血管が浮いていた。

「電話をかけようと思った。できなかった。落ち込んでしまって、いまは廃人同様」

少し間を置き、升永は続けた。

「心の整理が必要だった。中村博士にどう伝えるべきか、考えていた」

「和解ですか」

中村は同じ質問を繰り返した。

「高裁の意見は、和解は六億円。四〇四特許だけならせいぜい二億円と言った」

地裁判決の百分の一。

「そんなむちゃくちゃな。まさか和解勧告を受け入れるじゃないですよね」

怒りのトーンがさらに上がった。

「………」

「和解勧告など無視。いや、拒否すべきです。高裁の判決を待ちましょうよ」

升永は中村を凝視した。

「そうしたい。私の考えも、中村博士と同じだ。しかし、高裁の和解勧告は判決文と同じです。判決を待っても、結論は同じ。いや、ゼロ回答の可能性もある……」

「しかし、最高裁があるじゃないですか」

「最高裁は憲法問題を審議するところで、オカネをめぐる事実関係の審議は、高裁で終わりです。たとえ最高裁に上告してみても勝てる見込みは、ほぼゼロ。中村先生……」

「六億円の根拠は何です？」

「裁判所なりに計算した結果だと思う。根拠は曖昧。私にもわからない」

「受け入れられませんね……」

「しかし、中村先生……。あらゆる可能性を考えれば和解がベスト。弁護士として依頼者の利益を守る、その立場から薦められる唯一の選択は和解勧告を受け入れることです」

中村の呼び方を、升永は「博士」から「先生」に変えた。そこに升永の微妙な心の揺れが現れていた。

「バカな！」

中村には信じられなかった。あれほど判決に拘った升永弁護士。判決を以て法の規範を確立する言った升永弁護士。悩み抜いた末とはいえ、その弁護士が裁判所の勧告する和解を受け入れることを、依頼人に勧めている。押し問答のような議論が始まった。

中村は言った。

「ノーベル賞級の科学者を、どう処遇するか……。実は判事自身も、そのことを問われる裁判ではないですか。しかし、裁判官が下した判断は、判決を忌避し、双方に和解を勧告など、こりゃあ、判事の事実上の職務放棄……。私にはそうとしか思えないです」

中村の攻撃の矛先は司法制度に向かった。

「中村先生……。私も司法の一員です。裁判所に逆らっては、弁護士の商売はできないのですよ」

判決を以て法の規範とすると言う升永の前に立ちはだかる司法制度の分厚い壁。司法制度に反逆することは、法曹人であることを辞めることだ。そこまで言われれば、中村も沈黙せざるを得なかった。それでも納得できるものではなかった。脅しでも入ったか。脅しに屈服したのか。疑義は膨れあがる。日頃の言動とは相矛盾する升永弁護士の態度。中村には心変わりにしかみえなかった。

しかし、升永弁護士は力の限りを尽くした。依頼人の要求に応えるべく、升永はあらゆる角度から被告日亜工業の主張に猛反撃を加え、公判廷で新しい法理と規範を確立するため獅子奮迅したのを、中村も間近で見ている。

それに升永は最高最強の第一級の弁護士だ。最高裁に上告するにも、いまさらに升永に代わる弁護士を探すのは無理だ。いや、升永弁護士以外には代理人は務まるまい。たぶん依頼人の利益を守るには和解勧告を受け入れる以外にないというのは、升永の言う通りかもしれない。それがわかっていても、しかし、怒りを静めることができなかった。

もう一つ……。

中村修二には、和解を受け入れざるを得ない事情があった。日亜化学工業を提訴して裁判が始まって以後、中村は裁判にエネルギーを取られ、研究から遠ざからざるを得なかったことが苦痛だった。中村には、研究は命も同然だ。静かな環境を取り戻し、研究に没頭したかった。それは家族の願いでもあった。

ただ升永弁護士が和解を入れたことは、中村には依然ナゾとして残った。ナゾはナゾのままでいいではないか。次の研究テーマに心は移り、もう吹っ切れていた。

怒りの記者会見から一週間後。

中村修二の姿は、カリフォルニアのサンタバーバラに向かう機中にあった。ジャンボジェット機は房総半島を左旋回し、水平飛行に入った。右手に現れたのは富士山だ。

「さらば日本……」

中村修二は小さく言った。機窓に拡がる太平洋。激しく日本を罵る中村だが、この風景を見ると、いつも感傷的になる。波頭が真っ白な筋を幾つも作っていた。

日本には恨みはない……。

しかし、最高裁に上告し、仮にゼロ回答の判決を出していたとすれば、国家も行政も裁判所も国際社会で大恥をかくことになるのではないか。ノーベル賞級の発見発明を、評価し得る目利きが日本には皆無であることを世界に晒すことになるからだ。

しかし、中村修二は不思議な気分に襲われた。

これまでの日亜との争いは何であったのか。怒りの記者会見から丸一週間。あれでよかったのかも知れない……。何故、そういう気持ちになったのか、自分でも説明のしがたいことだった。徳島大学の工学部大学院を卒業したての、右も左もわからぬ中村を、大胆にも好きな研究を自由にやらせてくれた信雄社長。あれこれ注文をつけはしたが、研究の継続を黙認した英治社長。いまになって考えてみれば、会社を守るには、英治社長はああする以外になかったのかもしれない。彼の立場なら、自分もそうしたかも知れない。

「杯を交わす日が来るだろうか……」

そんな風に思う自分がいることに、中村は驚いた。

そして陰陽に応援してくれた上司や同僚たち。とくに量産化を図る上で果たした彼らの協力は決して小さなものではない。彼らの協力なければ、この偉業をなすことはできなかったのではないか……。青色発光ダイオードの量産に踏み切り、全世界に広め、販売認知させたのは彼らであり、経営者としての英治社長だ。

徳島で過ごした青春の日々が懐かしく思い出される、この心の変化。名状のしがたい懐かしい光景が脳裏に浮かぶ。激しい気性の徳島が好きだ。この心の動き。説明のしがたい変化だった。大好きな海は、夕闇に消えた。漆黒の海。その存在を示すのはわずかな星明かりだけだ。中村は書類を広げた。気持ちはすでに次の研究テーマに移っていた。

それから十年後の十月。

中村修二のノーベル賞の受賞が決まった。そのニュースを弁護人升永英俊は、最近参画した弁護士法人の事務所で聞いた。二人の交友は続いていた。升永はかつての依頼人の慶事を喜び電話した。相変わらずの甲高い声で早口でしゃべるのも、あのときと同じで、海の向こうからは喜びの声が伝わってきた。

早いものだ。あれから十年が経つ。二人とも少しも変わっていなかった。ノーベル賞が決まり、再びときの人となった中村修二は、特許法三十五条を企業優位に改悪しようとする経団連や経産省の動きを強く批判していた。人は怒りのブレークスルーというのだが、中村の思いはあのときと同じだ。

しかし、怒りの人中村修二は妻の目から見れば、喧嘩っ早く、負けん気な性分は、影を潜めて、いまの夫は穏やかでまろやかな人間だ。とくにこの数年は……。ノーベル賞受賞のニュースを妻と祝い、二人でワインを開けているとき、妻が不意に言った。

「あなた、かわったわね……」

「そうだろうか」中村は妻に応えた。

一方、升永英俊弁護士は国家を相手に訴訟を起こしている。七十を超えて、さらに過激だ。いわゆる「一票の格差」是正を求めて、「一人一票実現国民会議」を立ち上げ、違憲訴訟を提起し、各地裁判所で違憲判決を引き出している。人は奇人変人というが、大まじめに天下国家を説き、平和憲法と民主義を護ることの大切さを訴える、その姿は人びとを魅了し、大勢の賛同者を集めている。今度の闘いの相手は国家そのものだ。大上段から振り下ろす天下国家を批判する論理は変わらずの勢いだった。

（完）

（この作品は、事実をもとにしたフィクションです。）

本書は、二〇〇二年八月、徳間書店から刊行された『日本を捨てた男が日本を変える　高輝度青色発光ダイオードの発明者　中村修二』を改題し、加筆・修正し、文庫化したものです。

文芸社文庫

中村修二ノーベル物理学賞受賞までの闘い
日本を捨てた男が日本を変える

二〇一四年十二月十日　初版第一刷発行

著　者　杉田　望
発行者　瓜谷綱延
発行所　株式会社　文芸社
〒一六〇-〇〇二二
東京都新宿区新宿一-一〇-一
電話　〇三-五三六九-三〇六〇（編集）
〇三-五三六九-二二九九（販売）
印刷所　図書印刷株式会社
装幀者　三村淳

ISBN978-4-286-16117-4